KB043011

변변찮은 마술강사와 금기교전

Akashic records
cf bastard magic instructor

그리고.

"자암깐
그게 무슨 소리야아아아아아─?!"

시스티나 피벨
고지식한 우등생.
위대한 마술사였던 조부의 꿈을
자기 힘으로 이뤄내기 위해
흔들림 없는 정열을 바치는 소녀.

자 습

"아~ 오늘 첫 교시 수업은
자습입니다~."
"……졸리거든요."

"……………………………."

침묵이 지배했다.
교실 안을 압도적인 침묵이 지배했다.

루미아 틴젤

청초하고 마음씨 고운 소녀.
누구에게도 밝힐 수 없는 비밀을
가지고 있으며 친구인 시스티나와
함께 열심히 마술 공부에 매진 하고
있다.

글렌 레이더스

마술을 싫어하는 마술강사.
만사에 무책임하고 의욕 제로.
마술사로서도 삼류라서 장점은
전혀 없는 셈. 하지만 그런 그의
진정한 모습은―?

내가 나로 존재하는 이상,
이런 남자가 제멋대로 설치는 걸 용납할 수 없어.
설령 꼴사납게 땅바닥을 구르게 되더라도
나는 이 녀석에게 이의를 제기할 거야.
그게 바로 내 마술사로서의 긍지니까.

……간다!

"에라이! 날아가라, 떨거지들아!
흑마 개량형【익스팅션 레이】—!"

"어……? 거짓말……."

《나는 근원의 시작과 끝을 아는 자.──》

《나는 신을 베어 죽인 자.》

천천히. 한층 더 천천히.
글렌은 마력을 끌어올리면서
의식을 집중해 또박또박 주문을 자아냈다.

Akashic records of bastard magic
instructor

세리카
아르포네아

제국 마술 학원 교수.
글렌의 스승인 동시에
길러준 부모 이기도 한
수수께끼가 많은 여성.

CONTENTS

Akashic records
of bastard magic instructor

변변찮은 마술강사와 금기교전

히츠지 타로 지음
미시마 쿠로네 일러스트
최승원 옮김

교전은 만물의 예지를 관장하고, 창조하며, 장악한다.
그러하기에 그것은
인류를 파멸로 인도하게 되리라—.

『멜갈리우스의 천공성』 저자 : 롤랑 엘트리아

Akashic records of bastard magic instructor

서 장 백수인 내가 계약직 마술강사가 된 이유

이것은 어느 날 이른 아침의 일상 풍경.

"뭐랄까~ 난 진심으로 이렇게 생각해. 일하는 건 곧 지는 거라고."

오랜 수행 끝에 깨달음을 얻은 표정으로 사내— 글렌은 그렇게 말했다. 나른한 듯이 손으로 턱을 괴면서, 테이블을 사이에 두고 정면에 앉은 묘령의 여성에게 담담한 시선을 보낸다.

"내가 살아 있는 건 네 덕분이야. 네가 있어서 정말 다행이지 뭐냐."

글렌의 시선을 받고 있는 여성은 우아한 동작으로 다리를 바꾸어 꼬더니 찻잔을 기울이며 이렇게 대답했다.

"후, 그러냐. 죽어, 밥벌레."

아무렇지 않게 폭언을 내뱉은 여성의 갸름한 얼굴에는 가련한 미소가 피어 있었다.

"아하하! 세리카는 엄격한걸! 아, 한 그릇 더."

하지만 글렌은 태연자약하게 웃어넘기며 빈 수프 접시를 눈앞의 여성— 세리카의 바로 코앞까지 쭉 내밀었다.

"넌 참으로 뻔뻔하군."

세리카는 미소를 잃지 않은 얼굴로 아득히 멀리 있는 무언가를 그리워하는 표정을 보였다.

"보통 공짜밥 먹는 식객이라는 건 좀 더 겸허한 법이다만."

"아~ 오늘 음식은 약간 짜더라. 난 좀 더 담백한 맛이 취향인데."

"게다가 불평까지? 정말 기가 막히는군."

세리카는 잠시 방긋 웃더니―.

"《뭐·어쨌든·폭발해라》."

―느닷없이 룬어(語)로 세 소절의 주문을 영창했다.

그 순간, 귀가 먹먹해지는 폭음이 울려 퍼지며 시야를 홍련의 충격이 가득 메웠다. 세리카가 영창한 주문으로 발동한 마술 폭풍이 글렌을 인정사정없이 날려버린 것이다. 그 여파로 고가의 가재도구가 즐비한 호화스러운 식당은 단숨에 난장판이 되었다.

"이, 이 바보가! 너, 날 죽일 작정이야?!"

새카맣게 탄 글렌은 바닥에서 콜록콜록 기침하며 악을 썼다.

"죽여? 그게 무슨 소리냐. 쓰레기를 치우는 건 청소라고 말하는 거란다. 글렌."

"아이의 실수를 부드럽게 타이르는 엄마 같은 말투로 할 말이 아니잖아! 하다못해 인간 취급이라도 해달라고요!"

전혀 반성하는 기색이 없는 글렌의 말에 세리카는 어깨를 축 늘어뜨리며 한숨을 내쉬었다.

사회의 낙오자나 다름없는 몰골의 글렌과 대조적으로 세리카는 뛰어난 미녀였다.

겉보기로는 스무 살쯤 됐을까. 황혼에 물들어서 붉게 타오르는 벼 이삭 같은 화려한 금발. 선혈을 연상케 하는 진홍빛 눈동자. 그 용모는 가까이에서 보면 소름이 돋을 정도로 아름다웠고, 은은하게 풍기는 요사스러운 향기에선 마성(魔性)조차 느껴진다. 팔다리가 늘씬하게 뻗은 몸은 마치 모델처럼, 크게 지나치지도 않고 부족하지도 않은 참으로 여자다운 완벽한 비율을 자랑했다. 몸에 걸친 것은 기장이 긴 검은색 드레스 로브. 정숙한 분위기를 자아내는 한편으로, 크게 벌어진 가슴께와 벨트로 강조된 육감적인 곡선이 요염한 아름다움을 강조하고 있었다.

참으로 화려하고 요염한 용모였지만 그에 뒤지지 않는 압도적인 기량과 타고난 매력이 조화를 이루는— 세리카는 그런, 어딘가 세상과 동떨어진 인상을 주는 여성이었다. 하지만 그녀의 온몸에서 흘러나오는 품격은 마치 고귀하고 긍지 높은 귀족 같았고, 한마디 더 거들자면 두 사람이 함께 사는 이 산처럼 거대한 귀족 저택의 주인도 세리카이며 글렌은 단순한 식객에 지나지 않았다.

두 사람의 사회적 지위에는 누가 봐도 큰 격차가 있었다.

"그건 그렇고 이봐, 글렌. ……너 슬슬 일자리를 찾아보는 게 어때?"

세리카는 진홍색 눈동자로 글렌을 똑바로 내려다보며 말했다.

비틀거리며 바닥에서 일어나려던 글렌은 그 순간 움직임을 딱 멈추었다.

"네가 전에 하던 일을 그만두고 내 집의 식객이 된 지 벌써 1년이다. 넌 매일같이 먹고 자고, 먹고 자면서 아무 일도 하지 않으며 멍하니 시간만 보낼 뿐. 그런 건 수명 낭비라고 생각하지 않아?"

한숨을 섞어가며 말하는 세리카에게 글렌은 당당히 가슴을 펴고 자신만만한 태도로 대답했다.

"괜찮아. 난 지금의 내가 좋거든. 사회의 톱니바퀴가 되어서 완만하게 죽어가던 예전의 나보다는 지금의 내가 훨씬 더 빛나고 있으니까!"

"뭘 어떻게 비교해야 집 안에 틀어박혀서 밥만 축내는 삶이 더 빛난다고 할 수 있는 거냐. 차라리 그냥 죽어. 제발."

상쾌한 미소로 엄지를 세우는 글렌을 보고 세리카는 이제 기막혀 할 수밖에 없었다.

"너란 녀석은 참…… 옛 친분으로 널 돌봐주고 있는 나에게 조금이라도 미안하다는 생각은 안 드는 거냐?"

"훗, 나랑 너 사이에 이제 와서 무슨 섭섭한 소릴."

"《그대는 섭리의 원환으로 귀환하라·오대원소는 오대원소로·상(象)과 섭리를……."

아무래도 화가 난 모양이다. 세리카는 착 가라앉은 눈으로 뭔가 흉흉한 주문을 외기 시작했다.

"잠깐만?! 그건 【익스팅션 레이】잖아?! 기, 기다려! 그것만은 참아줘! 완전히 산산조각 날 거라고! 으아아아아아!"

글렌은 재빨리 뒷걸음질 치더니 그을음이 생긴 벽에 등을 대고 뒤집힌 목소리로 비명을 질렀다.

세리카는 그런 한심스럽기 짝이 없는 글렌의 모습을 보고, 직접 손을 쓰는 건 바보 같다는 생각이 들었는지 도중에 주문을 해제했다.

"뭐, 됐다. 너 같은 놈을 마술로 처분하는 건 그야말로 마술에 대한 모독일 테니까. 전설의 검을 바퀴벌레에게 겨누는 거나 마찬가지겠지."

"그거 말이 좀 심하지 않아? 바퀴벌레에게 실례잖아."

"지적하는 건 그쪽이냐?! 일단 자각은 있는 건가. 정말 못 말리겠군!"

세리카는 갑자기 피로가 몰려왔는지 고개를 축 늘어뜨렸다.

"뭐, 어쨌든 슬슬 너도 앞으로 나아가야 할 때라고 생각해. 계속 이렇게 시간을 낭비하고 있을 수는 없잖아? 그건 너 자신도 잘 알고 있을 테지?"

이번에는 제아무리 글렌이라도 흘려들을 수가 없었다. 세리카가 진심으로 자신을 걱정한다는 것을 알기 때문이다.

"그렇다고는 해도…… 이제 와서 일이라니…… 대체 내가 뭘 할 수 있겠어?"

글렌은 어린애처럼 토라져서 시선을 피했다.

"너라면 그렇게 말할 줄 알았지. 그러니 내가 너에게 일자리를 하나 알선해주마."

"일자리?"

"그래. 실은 지금 알자노 제국 마술학원에 강사 자리가 하나 비어 있다."

"마술학원?"

글렌은 의아한 듯이 눈썹을 찌푸렸다.

"갑작스러운 일이다 보니 대신할 강사를 찾기가 곤란하더군. 그러니 잠시 네가 계약직 강사를 맡아줬으면 해."

"잠깐 기다려봐. 그런데 하필이면 왜 나야? 거기에는 할 일 없는 교수 놈들이 우글거리고 있잖아. 임시 강사라면 그놈들한테 시키면 되는 거 아냐?"

"너무 그렇게 말하지 마라. 우리 교수진은 이제 곧 제도에서 열리는 제국 종합 마술학회에 참가할 준비를 하느라 다들 바빠. 안타깝지만 지금 이 시기에 학생들을 신경 쓸 여유는 없어."

"아~ 그러고 보니 그런 시기였던가."

"아무튼 기간은 한 달. 급료도 특별히 정규직 강사와 같은 액수가 지급되도록 힘써 주마. 네 업무능력에 따라서는 정규직으로 전환하는 것도 생각하도록 하지. 어때? 나쁘지 않은 이야기지?"

생각해볼 필요도 없는 파격적인 대우였지만, 글렌의 표정은 우울했다.

"흥……."

지금까지의 장난스러운 태도를 버리고 자조 섞인 코웃음을 흘리며 창가로 걸어간다.

"……무리겠지."

글렌은 창밖의 먼 곳을 쳐다보면서 중얼거렸다.

안개가 낀 아침 하늘은 더없이 푸르렀다. 창밖으로는 여느 때와 마찬가지로 각진 지붕의 건물들이 늘어선 고풍스러운 거리와— 그리고 아득히 먼 하늘 위에 떠 있는 반투명하고 거대한 고성(古城)의 위엄찬 모습이 보였다.

장엄하며 웅장한 모습을 자랑하는 그 고성의 이름은 『멜갈리우스의 천공성』— 이 도시 페지테의 상징이자, 결코 다가갈 수 없고 만질 수 없는 먼 하늘 위에 있음에도 대체 언제부터 그 자리에 있었는지조차 확실하지 않은 환영의 성이다.

"무리라고? 어째서지? 글렌."

"너도 알잖아? 나에겐 다른 사람을 가르칠 자격이 없다는 걸……."

그렇게 말하는 글렌의 등은 어딘지 모르게 쓸쓸해 보였다.

"그야 그렇겠지. 넌 교사 자격증이 없으니까."

"야, 사람이 모처럼 무게 좀 잡아보려는데 현실을 들이밀지 말라고."

세리카의 정곡을 찌르는 태클에 글렌은 입술을 삐죽 내밀며 항의했다.

"뭐, 자격증은 걱정하지 마라. 학원에서의 내 지위와 권한으로 어떻게든 될 테니까. 그리고 네가 실적을 올리기만 하면 뒷구멍으로 자격증을 따는 건 그리 어려운 일이 아니야."

"야, 잠깐! 그건 직권 남용이잖아!"

"네 능력이라면 마술강사로 일하는 것에 문제는 없을 터. 너도 옛날에는 나름 마술을 공부한 몸이니까 말이지. 어때, 한번 해보는 건?"

"흠, 어떻게 할까…… 좋아. 살짝 불안하기는 하지만 여기서는 일단 온 힘을 다해서 거절해볼까♪"

글렌은 검지를 세워서 입술에 대고 고개를 살짝 갸웃거리는— 본인이 여자였다면 귀여웠을 법한 제스처를 취했다.

"그 동작, 징그러운 데다가 짜증까지 나는군. 게다가 거절까지? 진심으로 나가 죽으라는 생각이 무럭무럭 드는데."

세리카의 관자놀이에 두꺼운 힘줄이 불거졌다. 인내심이 한계에 달한 모양이다.

"참고로 너에게 거부권은 없어."

그리고 일그러진 미소로 그렇게 단언했다.

"흐음? 그래도 싫다고 한다면?"

"벼락을 맞는 게 취향이냐? 아니면 불꽃으로 바비큐는 어때? 아, 꽁꽁 얼려버리는 것도 후보에 넣어줄까?"

"훗, 말로 안 되겠으니 바로 폭력에 호소하겠다는 건가? 그게 근본적인 해결책이 될 거라고 생각하는 건 아니겠지?"

"지긋지긋할 정도로 정론이기는 하지만, 그게 네가 할 소리냐!"

엄청난 마력이 세리카의 손바닥에 모이기 시작했다.

"멍청한 녀석. 넌 아직도 내 진정한 무서움을 모르는 모양이군……."

하지만 글렌은 조금도 위축되지 않고 자신있는 미소를 지으며 세리카를 마주 보았다.

"넌 알고 있을 텐데. 내가 『그럴 마음』만 먹는다면 너 정도의 마술사는 전혀 문제되지 않는다는 사실을……."

"칫."

글렌의 말을 들은 세리카의 표정에 희미한 긴장감이 감돌았다.

"네 싸구려 협박은 내가 『그럴 마음』을 먹게 했을 뿐이야!"

글렌은 그렇게 말하자마자 바닥을 박차고 거의 천장에 닿을 높이까지 도약했다. 그대로 멋지게 뒤돌아 공중제비를 돌더니— 세리카의 발밑에 양 무릎과 양손과 이마를 대며 착지했다.

"부양해주세요!"

훌륭한 플라잉 오체투지(五體投地)였다.

"……확실히 난 너에게 전율을 느꼈다."

"부탁입니다! 세리카 씨! 전 절대로 일하고 싶지 않다고요! 제발 절 부양해주세요오오오오! 신발이든 뭐든 핥으라면 핥

을 테니까요!"

"너 말이다……. 넌 인간으로서의 자긍심도 없는 거냐?"

"멍청아! 자긍심이 누구 밥 먹여줘?! 엉?! 어디 한 번 대답
해보시지!"

"게다가 이번에는 적반하장으로 나오는 거냐. 이젠 진짜로
죽여버리고 싶은걸."

"……훗, 너에게 날 부양할 권리를 주마."

"죽어!"

세리카는 엎드린 채로 자신을 올려다보는 글렌의 얼굴을 인
정사정 볼 것 없이 짓밟았다. 남들에게는 뻔뻔하다고 알려진
세리카조차, 이제는 울상 지을 수밖에 없었다.

"에잇, 아무튼 일을 해! 싫으면 이 집에서 나가! 안 나간다
면 진심으로 분해해주마! 난 이제 네 한심스러운 꼬락서니를
보는 건 지긋지긋하다고!"

"너, 넌 악마냐?! 내가 무슨 세계 평화 같은 거창한 걸 바
라는 것도 아니잖아! 난 그저 지극히 평범하게, 평온하고도
평화로운 은둔형 외톨이 생활을 계속하고 싶은 것뿐이라고!
그런 소박한 소원을 가지는 것도 죄라는 거야?! 애초에 너에
겐 날 평생 부양하고도 남을 재산이 있으면서!"

글렌은 아무런 거리낌도 없이 인간으로서 완전 글러먹은 태
도를 고수했다.

"그리고 너도 알잖아?! 내가 마술을, 그 이름을 듣는 것조

차 싫을 정도로 혐오한다는걸!"

"······글렌."

"아무튼 난 이제 절대로! 무슨 일이 있어도! 두 번 다시 마술과 연관되고 싶지 않아! 흥이다! 마술강사 같은 걸 할 정도라면 차라리 길바닥에서 구걸하는 편이 더 낫—."

"《그대는 섭리의 원환으로 귀환하라·오대원소는 오대원소로·상과 섭리를 잇는 인연은 괴리할지어다》."

세리카가 빠른 목소리로 주문을 자아낸 순간, 빛의 파동이 글렌의 바로 옆을 질주하며 뭔가가 공간에 빨려 들어가는 것 같은 장렬한 소리가 울려 퍼졌다.

글렌은 파동이 지나간 쪽으로 시선을 돌렸다. 바로 옆에 절단면이 깔끔한 인상깊은 커다란 구멍이 생겨 있었다. 물리적인 파괴로 이루어진 결과가 아니라는 것은 명백했다. 이를테면 이것은 소멸이라는 표현이 어울릴 법한 초상 현상— 마술의 위업이었다.

"칫······ 겨냥이 빗나갔나."

세리카는 입을 뻐끔뻐끔하며 굳어버린 글렌을 가라앉은 눈으로 쳐다보며 손바닥을 내밀었다.

"이번에는 맞출 거야······ 《그대는 섭리의 원환으로 귀환하라·오대원소는 오대원소로·상과 섭리를······."

"마, 마마아아아아아아아아아?!"

이렇게 해서 글렌의 새로운 직장은 반강제적으로 정해졌다. 1년 만에 얻은 그의 직업은 영광스러운 알자노 제국 마술학원의 계약직 강사. 단, 한 달이라는 기한이 전제로 붙은 여러모로 장래가 불안해지는 직업이었다.

제1장 의욕 없는 계약직 강사

알자노 제국. 위치는 북 셀포드 대륙의 북서쪽 끝. 겨울에는 습하고 여름은 건조한 해양성 기후 지역을 국토로 삼은 제국주의 국가다.

그 제국의 남부에 있는 요크셔 지방에는 페지테라는 도시가 있다.

페지테의 가장 큰 특징은 알자노 제국 마술학원이 세워진, 북 셀포드 대륙에서도 손꼽히는 학구 도시라는 점이었다. 마술학원의 설립과 동시에 생겨났으며, 마술학원과 함께 발전해 온 도시 페지테. 경사가 가파른 지붕이 특징인 옛 건축 양식 건물들이 거리의 경관을 고풍스러운 이미지로 연출하는 한편, 마술학원에 필요한 막대한 양의 마술 소재와 물품의 수요를 충당하기 위해 외부와의 교역도 활발하게 이루어지고 있었다. 그래서 사람의 왕래도 활발하고 항상 국내 유행의 최첨단을 달리는— 옛것과 새것이 공존하는 도시이기도 했다.

희미하게 아침안개가 서린 페지테의 한 장소. 석재 가도의 옆에 늘어선 램프식 가로등 밑에 한 명의 소녀가 서 있었다.

솜털같이 부드러워 보이는 미디엄 블론드와 커다랗고 파란 유리구슬 같은 눈동자가 특징인, 나이는 대충 열다섯에서 열여섯쯤 돼 보이는 소녀였다. 매끄러운 피부는 마치 질 좋은 비단 같았다. 청초하고 온화한 기질이 외모와 자세에서 자연스럽게 우러나오고 있으며, 깨끗하고 고운 얼굴은 마치 종교 그림에 나오는 천사처럼 가련했다. 언뜻 보기에 덧없는 인상을 주는 것 같으면서도, 동시에 어딘지 모를 굳은 심지가 느껴지는— 그런 소녀였다.

한편으로 지나가는 사람이라면 누구나 한 번쯤 돌아볼 법한 그 아름다운 용모와는 어울리지 않게 복장은 약간 기묘했다. 시원해 보이는 조끼와 플리츠 스커트. 게다가 그 위에 걸친 건 케이프 로브. ……페지테는 여름철에도 밤이 되면 쌀쌀한 도시인데 어째선지 가벼운 차림이었다. 그리고 특이하게도 왼손에만 장갑을 끼고 있었다.

"흠흠~♪"

소녀는 누군가를 기다리는 모양이다. 등에 멘 가죽 가방의 가방끈을 쥐고, 기분 좋은 얼굴로 콧노래를 흥얼거리며 시간을 보내고 있었다.

마침 그때—.

"……아야야!"

갑자기 뒤에서 들려온 고통을 호소하는 목소리에 소녀는 무슨 일인가 싶어서 고개를 돌렸다.

그러자 곧 손가락을 움켜잡은 채로 얼굴을 찡그린 한 명의 노인이 보였다. 그의 발밑에는 낙엽과 나뭇가지가 담긴 금속 양동이. 그리고 부싯돌이 떨어져 있었다.

"무, 무슨 일이세요? 할아버지."

처음 보는 노인이었지만, 소녀는 얼굴에 걱정스러운 표정을 띠고 망설임 없이 달려갔다.

"음? 아니, 그게…… 하하하. 아가씨에게 꼴사나운 모습을 보였구먼."

노인은 마음씨 고운 소녀의 질문에 표정을 풀더니 쑥스러운 지 쓴웃음을 흘렸다.

"실은 이걸 태우려고 했는데 그만 실수로 부싯돌에 손가락을 찧어서 말이지……. 허허, 나이는 먹을 게 못 되는구나."

자세히 보니 노인의 손가락은 약간 부어 있었고 피도 났다. 상당히 세게 찧은 모양이다. 비교적 큰 상처는 아니었지만 그래도 꽤 아파 보였다.

"이것 참, 집에 가서 할멈에게 약초를 꺼내달라고 해야겠군……."

소녀는 노인의 손가락을 보더니 주위를 두리번거렸다. 아무도 없는 걸 확인한 후, 노인에게 장난스러운 미소를 지으며 검지를 입가에 대고 윙크를 던졌다.

"이건 비밀이에요, 할아버지."

"……응?"

소녀는 고개를 갸웃하는 노인의 손을 부드럽게 잡고 룬어로 주문을 읊었다.

"《천사의 은혜가 있으라》."

그러자 노인의 손을 감싸 쥔 소녀의 손이 흐릿하게 빛났고, 빛에 감싸인 노인의 손에 생긴 상처가 눈에 보일 정도로 빠르게 아물었다.

백마(白魔) 【라이프 업】. 피술자의 자기 치유 능력을 높여서 상처를 낫게 하는 백마술이다.

"……오, 오오……?!"

노인은 눈을 동그랗게 뜨고 그 광경을 쳐다보았다.

"응, 무사히 나았네요. 그리고…… 《불의 아이들아·손끝에 작은 불꽃·비추어라》."

소녀는 이어서 흑마(黑魔) 【파이어 토치】의 주문을 읊었다. 그러자 소녀의 손가락 끝에 작은 불꽃이 깃들었다. 그 작은 불꽃을 금속 양동이 안에 떨어뜨리자, 안에 있던 쓰레기가 이글이글 타오르기 시작했다.

"아가씨…… 이 신비한 힘은…… 소문으로만 듣던 마술이라는 겐가?"

"예. 사실은 학원 밖에서 쓰면 벌을 받지만요."

놀라는 한편으로 감탄한 표정을 짓는 노인에게 소녀는 혀를 살짝 내밀고 개구쟁이처럼 웃었다.

"그러고 보니 그 옷…… 그 기묘한 학원의 학생들이 입는 교복이었구먼. 아가씨의 친구들은 다들 이런 신비한 힘을 쓸 수 있나 보지?"

"예. 다들 저보다도 능숙하게 다양한 힘을 쓸 수 있답니다."

"호오…… 그것참 편리하겠구먼. 우리도 그런 신비한 힘을 쓸 수 있다면 여러모로 편할 텐데 말이야……."

"아하하, 그건 그럴지도요. 그런데 할아버지, 제가 마술을 쓴 사실은…… 가능하면……."

"그래그래. 비밀로 해달라는 게지? 잘 알고 있고말고."

"예, 감사합니다."

"무슨 소릴, 나야말로 고맙지. 고맙구나, 아가씨. 덕분에 한시름 덜었어."

"루미아~! 늦어서 미안~!"

소녀와 노인이 서로를 마주 보며 웃고 있자니, 멀리서 누군가가 달려오는 발소리가 들렸다. 시선을 돌리자 길 건너편에서 소녀와 비슷한 옷을 입은 또 다른 소녀가 달려오고 있었다.

"음, 저 애는…… 아가씨의 친구인가?"

"예. 지금 제가 신세를 지고 있는 집안의 따님이자, 제 단짝이기도 해요. 그럼 할아버지, 전 슬슬 가볼게요. 평안하시길."

"그래, 열심히 공부하려무나."

소녀는 고개를 가볍게 숙여서 노인에게 작별 인사를 한 후, 이쪽으로 달려오는 친구에게 다가갔다.

이른 아침이다 보니 한산한 페지테의 큰길.

화강암으로 깔끔하게 포장된 길을 두 소녀가 나란히 걸었다.

"루미아는 참 완고하다니까…… 먼저 가라고 했는데……."

"흑흑, 그런…… 아가씨를 두고 갔다간 보잘것없는 식객에 불과한 저는 나리와 사모님께 꾸지람을 듣게 될 거라구요……."

"바보. 농담이라도 그런 말 하지 마. 우린 가족이잖니."

"아하하, 미안. 시스티."

두 소녀는 그런 평범하고도 거리낌 없는 대화를 나누었다.

"그건 그렇고 별일이네. 시스티가 물건을 깜빡해서 두고 나오다니."

노인과 헤어진 후 친구와 합류한 소녀— 루미아는 옆에서 걷는 친구를 신기하다는 눈으로 쳐다보았다.

"그것 때문에 저택까지 다녀오는 바람에 널 기다리게 해서…… 정말로 미안."

루미아의 옆에서 어깨를 약간 늘어뜨리고 터벅터벅 걷고 있는 소녀— 시스티나는 우울한 한숨을 내쉬었다.

시스티나는 순은을 녹여서 밑으로 흘린 것 같은 긴 은발과 약간 날카로운 인상의 비취색 눈이 특징인, 루미아와 비슷한 또래의 소녀였다. 하늘에서 내리는 눈도 무색할 만큼 새하얀 살결과 조각상처럼 정교하게 다듬어진 단정하고 아름다운 용모는 누가 봐도 자긍심이 높고 억척스러운 인상이었지만, 한편으로는 마치 요정처럼 늠름하고 눈부신 인상을 주고 있다. 지금은 약간 의기소침한 표정이지만, 평소에는 시원스럽고 씩씩한 패기가 행동거지 곳곳에서 드러나 보이는— 그런 소녀였다.

루미아, 그리고 시스티나. 이 두 소녀는 타입은 달라도 평범한 마을 처녀가 결코 흉내 낼 수 없는 타고난 아름다움과 기품— 매력을 지니고 있었다. 옷은 마술학원 학생이라면 누구나 입고 있는 평범한 교복 차림이었지만, 아무런 특색도 없는 거리의 한 귀퉁이가 두 사람이 서 있는 것만으로도 마치 사교계처럼 화사해졌다.

"혹시…… 시스티. 역시…… 그 일 때문이야?"

루미아는 걱정스러운 얼굴로 시스티나의 안색을 살폈다. 루미아가 아는 시스티나는 물건을 깜빡해서 집에 두고 올 리가 없는 소녀다. 어디까지나 기본적으로는…….

"……그럴지도."

시스티나는 친구에게 걱정을 끼치지 않으려고 애써 미소를 짓고 대답했다. 하지만 완전히 지울 수 없는 우울함이 표정 구석구석에 남아 있었다.

"역시 아쉬워서……. 왜 휴이 선생님은 갑자기 강사를 그만두신 걸까?"

"어쩔 수 없잖아. 선생님도 사정이 있으시겠지."

"아아~ 안타까워라……. 휴이 선생님의 수업은 굉장히 알기 쉽고 질문에도 꼬박꼬박 대답해주셔서…… 굉장히 도움이 됐는데……."

"게다가 굉장히 멋있는 분이셨고?"

"바, 바보! 그게 무슨 소리야?! 그런 건 전혀 관계없잖아!"

루미아가 놀리듯이 말하자 시스티나의 얼굴이 확 달아올랐다.

"난 긍지 높은 마술의 명문 피벨 가의 차기 당주로서 마술을 공부하기 위해 이 학원에 다니고 있는 거야! 강사에게 바라는 건 수업의 질뿐이라구!"

시스티나가 강하게 항변했지만 루미아는 다 안다는 얼굴로 쿡쿡 웃을 뿐이었다.

"아, 그러고 보니 시스티. 이건 다른 이야기인데, 오늘 대신할 사람이 계약직 강사로 온다는 모양이던데?"

"……나도 알아."

시스티나는 진심으로 관심 없다는 듯이 대답했다.

"하다못해 휴이 선생님의 절반이라도 따라갈 수 있으면 좋겠는데."

"그건 그래. 휴이 선생님의 수업에 익숙해지면 다른 강사분의 수업으로는 부족한 기분이 드니까."

두 사람이 그런 대화를 나누며 십자로 근처에 도착했을 때였다.

"우오오오오오?! 지각, 지가아아아아악?!"

눈에 핏줄이 선 아수라 같은 표정으로 입에 빵을 물고 있는 수상하기 짝이 없는 남자가, 오른쪽 통로에서 두 사람을 향해 맹렬하게 달려들었다.

"······어?"

"······꺄악?!"

"이, 이런! 잠깐 거기서 비켜, 이 꼬맹이들아아아아아!"

가속이 붙은 물체는 갑자기 멈출 수 없다. 그런 고전 물리 법칙을 올바르게 답습한 남자가 두 명의 가련한 소녀를 몸으로 치어버리려 한 순간—.

"위, 《위대한 바람이여》!"

시스티나가 즉시 한 소절의 영창으로 흑마 【게일 블로】를 발동했다. 그녀의 손에서 단숨에 발생한 맹렬한 돌풍이 남자의 몸을 쳐 올리듯 낚아챘고—.

"어~?! 나, 지금 하늘을 날고 있잖아~?!"

—고개를 위로 들지 않으면 눈에 들어오지도 않을 정도로 하늘 높이 올라간 남자의 몸은, 포물선을 그리며 길 건너편에 있는 원형 분수대 안에 추락했다.

두 소녀는 멀리서 성대하게 솟은 물기둥을 멍한 표정으로 쳐다보고 있었다.

"저기, 시스티? ······너무 심한 거 아니야?"

"으, 응······. 아하하······ 엉겁결에 그만. 이걸 어쩌지?"

두 사람의 시선을 받은 남자는 말없이 일어나 첨벙첨벙 물소리를 내며 분수대에서 기어 나왔다. 그리고 두 사람 앞까지 성큼성큼 걸어와서 말했다.

"훗, 괜찮아? 아가씨들."

"아니, 당신이야말로 괜찮은 거야?"

남자는 상쾌한 미소를 지으며 멋지게 폼을 잡아봤지만, 행색은 보는 사람이 다 슬퍼질 정도로 꼴사나웠다.

묘한 남자였다. 그녀들보다 몇 살 정도 연상으로 보이는 청년이다. 검은 머리카락과 검은 눈동자, 키가 크지만 우락부락하지 않은 체격. 외모 그 자체에 특징적인 점은 없지만 문제는 입고 있는 옷이었다. 솜씨 좋은 장인이 재단한 흰 셔츠, 넥타이, 검은 정장 바지. 하지만 남자는 그 옷을 입는 게 어지간히 성가셨는지 철저하리만치 불량하게 풀어 입고 있었다. 옷을 고른 사람과 입은 본인이 다른 사람이라는 건 누가 봐도 명백했다.

"아하하, 갑자기 길에서 뛰쳐나오면 위험하니까 조심해야지."

"아니…… 갑자기 뛰쳐나온 건 당신이었던 것 같은데……."

시스티나가 자기도 모르게 태클을 건 그 순간이었다.

"시, 시스티!"

루미아가 뺨을 부풀리며 시스티나와 남자 사이에 끼어들었다.

"이분에게만 책임이 있는 건 아니잖아! 시스티도 갑자기 사람에게 마술을 쓰다니…… 자칫하면 다치는 정도로 끝나지 않았을지도 모른다구!"

"으…… 미안."

시스티나는 겸연쩍은 듯 시선을 내리깔았다.

"자, 시스티. 이분에게 제대로 사과해."

"응. 저기…… 정말로 죄송했습니다. 아무쪼록 이 무례를 용서해주세요."

"나 원 참, 부모 얼굴이 보고 싶군그래! 넌 대체 어떤 교육을 받고 자란 거냐? 엉?"

"……이쪽이 저자세로 나오자마자 이 태도…… 이 사람, 대체 뭐야?"

"아, 아하하…… 여기서는 참아."

제아무리 루미아라도 약간 질린 표정을 짓더니 다시 남자를 돌아보며 꾸벅 고개를 숙였다.

"정말로 죄송해요. 저도 같이 사과드릴 테니까 용서해주시면 안 될까요?"

"아~ 진짜 어쩔 수 없지! 나는 쬐끔도 잘못한 게 없고 전부 다 일방적으로 너희들 잘못인 건 확실하지만, 그렇게까지 말한다면 특별히 용서해줘도 상관없…… 응?"

투덜대던 남자는 루미아를 보더니 뭔가 깨달은 것처럼 미간을 찡그렸다.

"응? 으응?"

"저, 저기…… 제 얼굴에 뭐가 묻었나요?"

남자는 당황하는 루미아를 무시하고 얼굴을 쑥 내밀었다.

느닷없이 노골적인 시선에 노출된 루미아는 눈을 깜빡거렸다.

"아니…… 너…… 어딘가에서……"

남자는 고개를 갸웃거리며 루미아의 이마를 손가락으로 쿡 찔렀다. 뺨을 쭉 잡아당긴다. 가느다란 어깨와 허리를 쓰다듬다가 앞머리를 올려서 눈을 들여다보려고 했다.

　"당신, 이게 무슨 짓이야아아아아아?!"

　하지만 곧 분노한 시스티나의 상단 뒤돌아 차기를 옆머리에 정확히 맞고 날아갔다.

　"으갸아아아아아아아아아?!"

　남자는 꼴사나운 비명을 지르며 바닥을 굴렀다. 아마 새로 지었을 남자의 옷은 물에 젖은 데다가 찢어지고 더럽혀지는 바람에 맵시 있던 원형은 흔적조차 남지 않았다.

　"부주의하게 부딪힌 건 그렇다 쳐도 방금 그 행동은 뭐야?! 여자애의 몸을 아무렇지도 않게 만져대다니 믿을 수가 없어! 저질!"

　"아니, 잠깐 기다려! 진정해! 난 그저, 학자 나부랭이로서 순수한 호기심과 탐구심으로 말이지! 이상한 생각은 아마 조금밖에 안 했을 거야!"

　"더 나빠!"

　"쿠헉?!"

　시스티나의 주먹이 옆구리에 멋진 각도로 꽂히자 남자는 고통에 몸부림쳤다.

　"루미아, 경비대에 연락해. 이 남자를 넘겨야겠어. 역시 그냥 변태였잖아."

"뭐?! 자, 잠깐 그건 참아주세요! 일을 시작한 첫날부터 그런 일이 생겼다간 세리카가 날 죽일 거라고요! 정말로 죄송합니다! 용서해주세요! 주제넘게 굴어서 죄송했습니다!"

자신보다 나이가 어릴 터인 소녀들의 발밑에서 부끄러운 줄도 모르고 엎드려 절하는 한심스러운 성인 남자의 모습이 그 자리에 있었다.

"저기…… 반성하고 있는 것 같으니 용서해주자."

"뭐? 진심이야? 루미아, 넌 진짜 물러 터졌다니까……."

"감사합니다! 이 은혜는 평생 잊지 않겠습니다! 감사합니다!"

그러자 남자는 벌떡 일어나더니 거만한 말투로 말했다.

"그런데 너희들. 그 교복으로 보건대 마술학원의 학생이지? 이런 데서 대체 뭘 하고 있는 거냐?"

"용서받자마자 이 태도…… 이 사람, 대체 뭐야?"

"아, 아하하……."

두 소녀는 이제 기막혀할 수밖에 없었다.

"지금 몇 시인 줄은 알아? 서두르지 않으면 지각한다고? 그건 알고나 있는 거냐? 오…… 나 지금 굉장히 선생다웠어……."

두 소녀는 자신이 한 말에 도취한 남자를 무시하고 서로의 얼굴을 마주 보며 고개를 갸웃했다.

"……지각, 이요?"

"그게 무슨 소리예요. 아직 충분히 여유 있는 시간인데."

"그럴 리가 없잖아! 벌써 여덟 시 반이 지났는데!"

남자는 품속에서 꺼낸 회중시계를 시스티나의 눈앞에 내밀었다.

"그 시계, 혹시 시간이 빨리 가는 거 아니에요? 자, 이것 보세요."

시스티나도 지지 않고 회중시계를 꺼내서 남자의 눈앞에 내밀었다.

시곗바늘이 가리키는 건 여덟 시였다. 참고로 오늘 수업 시작 시간은 8시 40분이다.

"……."

잠시 두 사람 사이에 이상한 침묵이 흘렀다.

"철수!"

"도망쳤어?!"

그리고 만났을 때와 같이 남자는 맹렬한 속도로 두 사람 앞에서 떠나갔다.

"제기랄! 그 녀석, 내 시계에 손을 댔겠다!"

의미를 알 수 없는 고함을 지르며 멀어져 가는 그 뒷모습을 두 소녀는 멍하니 눈으로 배웅할 수밖에 없었다.

"대……대체 뭐야? 저 사람."

"……응. 그래도 왠지 재미있는 사람이었지?"

"저건 재미있다기보단 완전히 글러먹은 거잖아."

변함없이 어딘가 어긋나 있는 친구의 감상에 시스티나는 한숨을 내쉬었다.

"난 저런 인간과는 이제 두 번 다시 만나고 싶지 않아. 저런 한심한 남자를 보고 있으면 화가 치밀어 오르니까! 역시 사정 봐줄 것 없이 경비대에 넘길 걸 그랬나?"

"아하하……."

시스티나는 어색하게 웃는 루미아와 함께 다시 걸음을 옮기기 시작했다. 그리고 그대로 방금 만난 기묘한 변태 남자를 잊으려 노력했다. 마술사에게 기억의 정리는 기초 중의 기초다. 실제로 시스티나의 머릿속에서는 그 남자의 존재가 깨끗하게 지워졌다.

─사실 나중에 다시 한번 그 존재를 머릿속에 새기게 되지만…….

"자, 그럼 오늘 하루도 열심히 하자. 루미아."

"응."

곧 두 사람 앞에, 부지를 철책으로 에워싼 평소와 다름없는 마술학원의 장려한 모습이 나타났다.

알자노 제국 마술학원. 알자노 제국의 인간 중 그 이름을 모르는 자는 아무도 없으리라. 지금부터 대략 4백 년 전에 당시의 여왕, 알리시아 3세의 제안으로 거액의 국비를 투자해서 설립한 국영 마술사 육성 전문학교다. 오늘날 대륙에서 알자노 제국이 마도 대국으로 위명을 떨치는 기반을 만든 학교이자, 항상 시대의 최첨단 마술을 배우는 최고의 배움터로서 인근 국가에도 명성이 높았다. 현재 제국에 있는 고명한 마술사 대부분이 이 학원의 졸업생이라는 확고한 사실이 존재하는 까닭에, 알자노 제국 마술학원은 제국에서 마술에 뜻을 둔 자라면 누구나 동경하는 성지가 되었다. 그러므로 학원의 학생과 강사들은 자신이 이 학원에 속해 있다는 사실에 모두 긍지를 가지고 있으며, 그 긍지를 가슴에 품고 나날이 연구에 힘쓰고 있었다. 그들에게 망설임은 없었다. 그 연구가 장래에 제국을 지탱할 초석이 되리라는 것을, 자신들에게 확고한 지위와 영광을 약속해줄 것을 올바르게 이해하고 있기 때문이었다.

따라서 이 마술학원에서 수업에 지각하거나 땡땡이를 치는, 주말 학교에서나 있을 법한 수준 낮은 규율 위반은 어지간해서 발생하지 않는다. 하물며 학생의 올곧은 열의에 응해줘야 할 강사가 지각하는 사태는 그야말로 있을 리가 없었다. 있을 리가 없을 터였다.

"……늦어!"

마술학원 동과 2층의 가장 안쪽에 있는 마술학사 2학년 2반 교실. 교실 구조는 정면의 칠판과 교단을 긴 목제 의자가 반원형으로 둘러싸고 있었다. 그 좌석 맨 앞자리에 앉은 시스티나는 치솟는 짜증을 숨기지도 않고 말을 내뱉었다.

"이게 어떻게 된 거야! 벌써 수업 시작 시간은 한참 지났는데!"

"확실히 좀 이상한걸……."

시스티나의 바로 옆자리에 앉은 루미아도 고개를 갸웃했다.

"무슨 일이라도 생긴 걸까?"

주위를 둘러보니 모습을 드러낼 낌새를 보이지 않는 강사 때문에 같은 반 학우들도 의아함을 감추지 못하고 있었다.

『오늘 이 반에 휴이 선생의 후임을 맡은 계약직 강사가 올 거다.』

1부터 7까지 존재하는 마술사의 위계. 그 최고위인 제7계제^{셉텐데}에 도달한 대륙 굴지의 마술사 세리카 아르포네아 교수가, 직접 이 반까지 와서 아침 조회 시간에 그 사실을 발표한 지 벌써 한 시간이 지났다. 그녀가 일궈놓은 『뭐, 제법 우수한 녀석이다』라는 사전 평가는 이미 무너져 내릴 기세였다.

"그 아르포네아 교수님이 추천하는 인물이니까 조금은 기대해봤는데…… 이 사람은 틀린 것 같네."

"그, 그럴 수가. 평가를 내리는 건 아직 이르지 않을까? 뭔가 이유가 있어서 늦는 것뿐일지도 모르는데……."

시스티나는 그렇게 말하는 루미아를 돌아보고 맹렬하게 반박했다.

"넌 사람이 너무 물러, 루미아. 잘 들어. 어떤 이유가 있든 지각을 한다는 건 본인의 의식 수준이 낮다는 증거야. 정말로 우수한 인물이라면 절대로 지각 같은 걸 할 리가 없을 테니까."

"그런가……?"

"참 나, 이 학원의 강사로 취임하는 첫날부터 이런 대형 지각이라니 배짱 한번 두둑한걸. 이건 학생을 대표해서 한 마디 해줘야겠네……."

마침 그때였다.

"아~ 미안, 미안. 늦었다."

교실 앞문이 어딘가에서 들은 목소리와 함께 덜컥 소리를 내며 열렸다.

아무래도 소문의 계약직 강사라는 작자가 이제야 도착한 모양이다. 이미 수업 시간은 반이나 지났다. 아마도 마술학원이 설립된 이래, 전대미문의 대형 지각이리라.

"이제야 오셨나 보군요! 당신, 대체 이게 어떻게 된 거죠?! 당신에게는 이 학원의 강사라는 자각이—"

시스티나는 당장 설교를 해주려고 남자를 돌아보다가…… 그대로 굳어버렸다.

"다, 다, 당신으은?!"

축 젖은 불량하게 입은 옷차림. 걷어차였을 때 쓸린 상처, 멍, 얼룩.

싫은 기억이 되살아났다. 아침 통학 중에 마주친 그 변태가 변함없는 모습으로 그 자리에 서 있었다.

"……아뇨. 사람 잘못 보셨습니다."

남자는 자신에게 삿대질하는 시스티나를 보더니 뻔뻔하게 시치미를 떼면서 무시했다.

"사람을 잘못 봤을 리가 없잖아요?! 당신 같은 남자가 또 어디 있겠냐구요!"

"어이, 아가씨. 다른 사람에게 삿대질하면 못쓴다고 부모님이 안 가르쳐주시던?"

남자는 표정만은 신사다운 얼굴로 시스티나에게 대답했다.

"아니, 그보다 당신. 왜 이렇게 늦게 온 거죠?! 그 상황에서 뭘 어떻게 해야 지각할 수 있는 거냐구요!"

"그야…… 지각한 줄 알고 당황했었는데 아직 시간에 여유가 있다는 걸 깨닫고 안심해서 잠깐 공원에서 쉬고 있었더니, 본격적으로 잠이 오길래 그대로 자느라 늦은 게 당연하잖아?"

"뭔가 상상했던 것보다 훨씬 더 글러먹은 이유였어?!"

말하는 내용에 태클을 걸 구석이 너무 많다 보니 지각을 탓할 기분조차 들지 않았다.

주위의 반응도 마찬가지였다. 마침내 나타난 강사의 이상한 모습에 교실 안의 학생들이 웅성거리기 시작했다.

하지만 남자는 그런 반응을 성대하게 무시하고 교탁에 서서 분필로 칠판에 자신의 이름을 적었다.

"아~ 전 글렌 레이더스라고 합니다. 오늘부터 약 한 달간 학생 여러분의 공부를 도와줄 예정입니다. 짧은 기간이지만, 앞으로 열심히 하겠……."

"인사는 됐으니까 얼른 수업을 시작해주시겠어요?"

시스티나는 짜증을 감추지 않고 냉정하게 쏘아붙였다.

"아~ 뭐, 하긴 해야겠지. ……나른하지만 시작해볼까. ……

일이니까."

그러자 조금 전까지의 정중한 말투는 어디로 갔는지 바로 본색을 드러냈다.

"좋아, 그럼 시작하자. ……1교시는 마술 기초 이론Ⅱ였지. ……하암."

하품을 씹어 삼킨 글렌은 분필을 손에 들고 칠판 앞에 섰다.

그러자 곧 교실 안에 있는 학생들이 바싹 긴장했다. 시스티나도 글렌에 대한 앙금을 버리고 그의 일거수일투족을 주목하기 시작했다.

'자, 과연 실력은 어떨까…….'

첫인상은 최악이었지만, 저 글렌이라는 남자는 대륙 굴지의 마술사인 세리카 아르포네아에게 『제법 우수하다』라는 평가를 받은 남자다. 그런 남자의 수업에 기대감을 품는 건 당연한 일이리라.

그렇다고 해서 시스티나는 세리카의 평가를 곧이곧대로 받아들일 생각은 추호도 없었다. 어디까지나 평가를 하는 건 자신이다. 지금까지 그래왔던 것처럼 이해하기 어려운 부분은 이해할 수 있을 때까지 끈덕지게 질문할 것이고, 대충 얼버무리려고 해도 가만히 내버려 두지 않을 것이다. 항상 이러다 보니 언제부턴가 『강사 킬러 시스티나』라는 전혀 원하지 않은 별명이 학원 안에 퍼지게 됐지만, 그것도 전부 자신이 마술이라는 숭고한 길을 진지하게 걷고 있기 때문이었다. 타협할 생각은 없었다. 오히려 그 별명에 자부심조차 가지고 있었다.

'자, 그럼 어디 솜씨 좀 볼까? 기대의 계약직 강사 씨.'

시스티나는 물론이고 모든 학생의 시선이 모이는 가운데 글렌은 칠판에 글자를 적었다.

자습.

칠판에 커다랗게 쓴 그 글자를 보고 모든 이가 침묵했다.

"아? 자습…… 어? 자스……읍? 어? ……어?"

시스티나는 그 단어에 자신이 가장 먼저 떠올린 의미와 다른 의미가 있는지 몇 번이나 해석을 시도했다. 하지만 그 시도는 모조리 실패로 끝났다. 당연하다. 이런 짧은 단어에 담긴 의미라고는 단 한 가지밖에 없을 테니까.

"아~, 오늘 첫 교시 수업은 자습입니다."

글렌은 자못 당연하다는 듯 선언했다.

"……졸리거든요."

아무렇지 않게 최악의 이유를 중얼거리는 투로 덧붙이면서…….

"…….."

침묵이 지배했다. 압도적인 침묵이 교실 안을 지배했다.

글렌은 그런 학생들을 방치한 채로 잘못된 건 자신이 아니라 세상이라는 듯 당당하게 교탁에 엎드렸다.

10초도 지나지 않아서 코 고는 소리가 들리기 시작했다.

"……"

침묵이 지배했다. 압도적인 침묵이 교실 안을 지배했다.

그리고—.

"잠깐, 그게 무슨 소리야아아아아아아?!"

시스티나는 두꺼운 교과서를 치켜들고 글렌에게 맹렬하게 돌진했다.

"부디 재고해주십시오! 학원장님!"

알자노 제국 마술학원 학원장실에 노성이 울려 퍼졌다.

그 목소리의 주인은 어딘가 신경질적인 인상을 주는 이십대 중반의 안경 쓴 남자였다. 학원의 정식 강사라는 증거인 올빼미 문장이 들어간 로브를 걸치고 있었다. 그의 이름은 할리. 대부분의 마술사가 제4계제^{콰트르데}로 생애를 마치는 이 세계에서 이 젊은 나이로 벌써 제5계제^{퀸데}에 도달한 천재 마술사였다.

"저는 이 글렌 레이더스라는 어디서 굴러먹다 온지도 모를 개뼈다귀 같은 남자에게, 아무리 계약직이라고는 해도 이 학원의 강사 자리를 맡기는 걸 결코 용납할 수 없습니다!"

탕! 하고 양손으로 세차게 사무용 책상을 내려치며 정면에 앉은 초로의 남성을 노려본다.

"하지만 말일세, 할리 군. 그를 채용한 건 다름 아닌 세리카 군의 추천이 있었기 때문이네만?"

사나운 태도로 격렬하게 몰아붙여도 초로의 남성은 어디서 산들바람이 부냐는 듯 인자한 표정을 무너뜨리지 않았다.

"릭 학원장님! 설마, 당신은 그 마녀의 진언을 받아들이신 겁니까?!"

"설마고 뭐고, 받아들였으니 글렌 군이 계약직 강사로 온 게 아닌가. 확실히 그에게 교사 자격증은 없지만, 교수의 추천서와 적성이 있다면 계약직에 한해 특례로 채용할 수 있다는 조항이 있으니 아무런 문제도 없네만……."

"그 적성이 문제란 말입니다! 이걸 읽고 다시 한 번 생각해 주십시오!"

할리는 서류 다발을 학원장— 릭이 앉은 책상 앞에 큰 소리가 나도록 내던졌다.

"이건 전에 측정한 글렌이라는 남자의 마술 적성 평가 결과입니다! 대체 뭡니까! 이 참담한 결과는!"

"흐음? 호오, 뭐랄까 특징이라 할 만한 게 없구먼. 마력 용량^{캐퍼시티}도 의식 용량^{메모리}도 보통, 계통 적성도 전부 평범, 좋건 나쁘건 평범한 마술사…… 아니, 기초 능력만 보면 중간보다 아래인가."

릭은 할리가 건넨 서류 다발을 손에 들고 슥 훑어보았다.

"하물며 그 녀석의 위계는 고작 제3계제^{트레데}! 어디 경력도 한 번 보시는 게 어떻습니까!"

"음? ……오오, 그는 이 학원의 졸업생이었나."

할리는 바보 취급하듯 「흥!」 하고 코웃음을 쳤다.

"글렌 레이더스. 열한 살 때 마술학원에 입학…… 열한 살이라고?!"

서류를 눈으로 훑던 릭은 놀라서 큰 소리를 냈다.

"학원에 입학하는 학생의 나이는 보통 열넷이나 열다섯이건만, 그걸 열한 살 때?!"

"……예. 당시에는 사상 최연소의 나이로, 어렵기로 이름 높은 마술학원의 입시를 통과한 소년이라며 꽤 소란스러웠던 모양이더군요."

할리는 지긋지긋하다는 듯 인상을 찌푸렸다.

"하지만 그자의 영광은 거기까지였습니다. 입학 후의 성적은 지극히 평범. 그리고 4년 동안의 마술학사 과정을 거쳐서 열다섯 살의 나이로 졸업……이라는 명목의 퇴학. 최종 성적도 역시 평범. 딱히 주목할 부분도 없습니다."

"흠…… 아무래도 그런 것 같군……."

"그리고 문제가 되는 건 그 후의 행적입니다! 그자는 마술이라는 지고의 신비를 탐구하는 길에 몸을 담갔으면서 오늘 이때까지 4년간 아무 일도 하지 않고 시간을 낭비해왔습니다! 만약 그 시간 동안 마술의 길에 매진했다면 마술의 발전에 얼마나 많은 공헌을 했을지 아시잖습니까!"

확실히 글렌의 경력란에는 4년간의 공백이 있었다.

"호오…… 4년 동안이나 무직이라……. 대체 무슨 일이 있었던 걸까."

"이제 제가 무슨 말을 하고 싶은 건지 아시겠습니까?! 그자와 같이 낮은 위계의 저속한 마술사 따위는 이 학원의 강사로서 어울리지 않다는 겁니다!"

"음~ 우리 마술학원의 강사 모집 요강에는 경력과 위계에 딱히 제한을 두지 않는 걸로 알고 있네만?"

"그런 건 굳이 적어두지 않아도 암묵의 룰이었지 않습니까!"

할리는 다시 책상을 강하게 내리쳤다.

"머릿속으로 되새겨 주십시오. 학원에 재적하고 있는 쟁쟁한 강사진을! 콰트르데는 기본이고 이미 퀸데, 제6계제^{세데}에 도달한 자조차 있습니다! 그리고 그 전원이 고도의 마술을 체득하고 연구 성과를 남긴 자들뿐! 어째서 그들이 글렌 같은 남자와 같은 취급을 받아야 하는 겁니까!"

"흠……."

"당신도 문제입니다! 학원장님! 이런 중대한 서류를 읽어보지도 않고 왜 그의 채용을 허락한 겁니까!"

"그야, 뭐, 당연한 소릴. 세리카 군이 추천해준 남자가 아닌가. 뭐랄까…… 왠지 재미있는 일을 저질러 줄 것 같은 기분이 들지 않나?"

릭은 장난꾸러기처럼 입가를 일그러뜨렸다.

"들 리가 있겠습니까! 당신은 그 마녀를 지나치게 과대평가하고 있습니다! 그 마녀는 과거의 영광에 매달려서 자신의 욕망을 채우기 위해, 지켜야만 하는 질서를 파괴하는 구시대의 해악에 불과합니다!"

그 순간—.

"할리, 제법 말주변이 늘었구나."

학원장실 안에 갑자기 울려 퍼진 느긋한 목소리를 듣고 할리의 몸이 얼어붙었다.

"후후, 그 코흘리개가 퍽이나 훌륭해지셨군. 제법 기쁜걸?"

목소리가 들린 쪽을 돌아보자 방 한구석에 얼굴 한가득 심술궂은 미소를 지은 세리카가 서 있었다.

"헉…… 언제부터 거기에? 세리카 아르포네아……."

"글쎄, 언제부터였을까. 이 선생님이 모자란 학생에게 문제를 내마. 맞혀보도록."

"전이 마술로…… 아니, 시간 조작…… 그런 바보 같은……마력의 파동도, 세계 법칙의 변동도 느끼지 못했는데……."

"응, 오답이다. 넌 아직 삼류로군. 정진하도록. 그런 김에 과제를 주마. 방금 일어난 신비로운 현상을 연구한 리포트를 3백 장 이내로 정리해서 가져오도록. 아, 이건 교수 명령이다."

"큭……!"

세리카는 굴욕에 몸을 떠는 할리를 본척만척하며 릭에게 인사를 건넸다.

"잘 지냈나, 학원장."

"오오, 세리카 군. 자네는 변함없이 젊고 아름답군. 참으로 부러우이."

"후후후, 학원장도 아직 젊고 멋지네만?"

"하하하, 그런가! 그럼 세리카 군, 오늘 밤에라도 나와…… 어떤가?"

"아하하, 거절하도록 하지. 아니, 그보다 변함없이 왕성한 모양이군. 이제 슬슬 말라 비틀어져도 좋을 나이이건만."

"푸하하하하하하! 나는 평생 현역이고말고!"

할리는 그런 정겨운 분위기를 책상을 내려치는 것으로 날려 버렸다.

"난 인정 못 한다! 세리카 아르포네아! 저딴 어리석은 놈을 강사로 앉히는 건 절대로 인정 못 해! 무슨 일이라도 생기면 다 네 책임인 줄 알아라!"

"……취소해."

그 순간, 낮게 흘러나온 목소리에 방 안의 공기가 얼어붙었다.

"네가 날 아무리 욕해도 딱히 상관없다. 뒤에서 그 녀석을 욕하는 것도 눈감아 주마. 하지만…… 내 앞에서, 내 면전에서 그 녀석을 욕하는 건 용서할 수 없다. 취소해라. 사과해."

세리카가 압도적인 존재감을 드러내자 할리의 몸은 눈 깜짝할 사이에 뱀을 본 개구리처럼 굳어버렸다.

"무슨, 소릴…… 글렌이라는 남자가…… 보잘것없는 삼류 마술사라는…… 건 사실……일 텐데……!"

할리는 식은땀을 흘리면서 목에서 쥐어짜 낸 듯한 가느다란 목소리로 반론했다.

세리카는 그런 할리를 눈을 가늘게 뜨고 차갑게 흘겨보았다.

"네가 이걸 받을 수 있겠느냐?"

세리카는 그렇게 말하며 왼손에 낀 장갑을 천천히 벗으려 했다.

"—허억?!"

세리카의 그 동작을 본 할리는 눈에 보일 정도로 당황하며 안색이 새파래졌다.

"아, 알았다. 취소……하지. 내가…… 말이 지나쳤다……."

그 말을 들은 순간, 세리카는 방긋 웃으며 장갑을 도로 꼈다.

"제기랄…… 두고 보자!"

할리는 그런 말을 남기고 도망치듯 학원장실 밖으로 나가 버렸다.

남겨진 릭과 세리카 사이에 한동안 침묵이 흘렀다.

"나 원 참, 여전히 말괄량이로군. 학원장실이 날아갈까 봐 간담이 서늘했다네."

릭은 기가 막힌다는 표정으로 한숨을 내쉬었다.

"하지만 세리카 군, 아무리 자네라도 이번 일은 도가 지나 쳤어."

"……나도 알아. 정말로 미안하다."

"아무런 실적도 없는 마술사를 막무가내로 강사 자리에 앉히다니, 아마 저 반응은 할리 군뿐만 아니라 이 학원에 관여하는 모든 이의 진심이라고 봐도 무방할 걸세."

세리카는 잠시 입을 다물었다가 곧 망설임 없이 말을 꺼냈다.

"책임은 지마. 그 녀석이 이 학원에서 무슨 일을 저지르건 전부 내가 책임을 지겠어."

"그렇게까지 그를 감싸주는 건가……. 그가 자네에게 어떤 존재인지…… 물어봐도 괜찮겠나?"

"하하. 딱히 연애가 얽힌 관계도, 특수한 인연이 있는 것도 아니야. 다만……."

"다만?"

"다만, 난 그 녀석이 삶의 의욕을 되찾아줬으면 해. 뭐, 노파심이라는 거지."

"우와~ 저것 좀 봐, 로드. 저 강사의 낯짝을……."

"응, 굉장하네. ……눈이 완전히 죽었어."

"저렇게 의욕 없는 사람을 보는 건 처음이야……."

교실 여기저기에서 소곤거리는 목소리가 울려 퍼졌다.

"그래서~ 아마 이렇게 되니까~ 분명 이런 느낌으로~ 그리고~ 대충 이렇게~."

학생들의 완전히 경멸하는 시선 앞에서 정수리에 성대한 혹이 달린 남자, 글렌은 마치 좀비처럼 흐느적거리는 동작으로 교편을 잡고 있었다.

"아아~ 휴이 선생님이 계셨을 때가 좋았는데……."

"휴이 선생님, 대체 왜 그만두신 걸까……."

단적으로 말해 글렌의 수업은 그들이 처음으로 경험하는 최저, 최악의 수업이었다.

일단, 들어도 대체 무슨 설명을 하는 건지 도무지 이해할 수가 없었다. 애초에 이건 수업조차 아니었다. 느릿느릿한 목소리로 갈피를 잡을 수 없는 마술 이론의 해설을 읽으며 때때로 뭔가 떠올린 것처럼 칠판에 이해할 수 없는 지렁이 같은 글자를 적을 뿐…….

학생들은 수업 내용을 무엇 하나 이해할 수 없었지만, 이 글렌이라는 계약직 강사가 엄청나게 의욕이 없다는 사실만큼은 이해했다. 이런 수업을 듣는 건 그야말로 시간 낭비였다. 차라리 그 시간에 따로 교과서를 펼쳐서 독학하는 편이 더 나으리라.

그래도 극히 드물게 이 최악의 수업에서도 뭔가 얻을 수 있지 않을까 싶어서, 진지하고 성실하게 귀를 기울이는 기특한 학생도 있었다.

"저기…… 선생님. 질문이 있는데요……."

작은 체구의 여학생이 조심스럽게 손을 들었다.

그녀의 이름은 린. 약간 내성적인 작은 동물 같은 분위기를 지닌 소녀였다.

"뭐지? 말해봐."

"그게…… 조금 전에 선생님께서 소개해주신 56페이지 세 번째 줄에 있는 룬어로 된 주문의 공통어 역(譯)을 잘 모르겠어서……."

"훗, 나라고 알겠냐."

"예?"

"미안하군. 직접 조사해봐라."

너무나도 당당한 태도에 오히려 질문한 린이 어리둥절해 했다.

이런 글렌의 대응에 처음부터 화가 나 있었지만, 더더욱 열이 뻗친 시스티나가 자리에서 일어나 맹렬하게 항의했다.

"기다려주세요, 선생님. 학생의 질문에 그런 식으로 대응하는 건 강사로서 문제 있는 거 아닌가요?"

뾰족하게 날이 선 시스티나의 규탄을 들은 글렌은 진심으로 성가시다는 듯 한숨을 내쉬었다.

"저기 말이다. 그~러~니~까~ 나도 모른다고 했잖아? 모르는 걸 대체 어떻게 가르쳐주라는 거냐?"

"학생의 질문에 대답하지 못했다면 다음에 조사해서 알려주는 게 강사로서 올바른 태도가 아닐까요?"

"음…… 그럴 거면 역시 직접 조사하는 편이 빠르지 않을까?"

"그런 문제가 아니라구요! 제가 말하고 싶은 건—"

"아, 혹시 너희들 아직 사전 찾는 법도 못 배웠어? 그럼 직접 조사할 수 있을 리 없겠지……. 어쩔 수 없군. 귀찮지만 내가 조사해두마. 아아~ 괜히 일만 늘어났잖아……."

"큭…… 사전 찾는 법 정도는 알고 있어요! 이제 됐다구요!"

의욕 없는 태도를 개선할 여지가 보이지 않는 글렌.

어깨를 들썩이며 거칠게 자리에 앉는 시스티나.

그 모습을 조마조마한 얼굴로 지켜보는 루미아.

교실의 분위기는 최악. 학생들 사이에 만연하는 짜증. 헛되이 흘러가는 시간.

이렇게 해서 글렌의 기념할 만한 첫 수업은 아무런 보람도 없는 시간 낭비로 끝나고 말았다.

글렌의 첫 수업이 끝난 후. 학원의 여자 탈의실.

교복과 케이프 로브를 벗어서 속옷 차림이 된 시스티나는 목제 로커 안에 그 옷을 내팽개치며 오갈 데 없는 짜증을 입 밖으로 내뱉었다.

"대체 뭐야! 저 인간은!"

"아하하…… 진정해."

루미아가 어색한 미소를 지으며 달랬지만, 시스티나의 분노는 가라앉을 줄 몰랐다.

"의욕이 없어도 너무 없는 거 아냐?! 어떻게 저런 인간이 계약직이라고는 해도 이 학원의 강사가 된 건데?!"

"음…… 나도 글렌 선생님이 조금만 더 의욕을 보여주셨으면 좋겠는데……."

다음에 그녀들이 받을 수업은 연금술 실험이었다.

그녀들이 평소에 입고 있는 교복과 로브는 몸 주위의 기온과 습도를 조절하는 마술— 흑마 【에어 컨디셔닝】이 영구적으로 부여되어 있어서 겉보기와는 달리 여름에는 시원하고 겨울에는 따뜻한 무척 편리한 물건이었다. 남성과 달리 태어나면서부터 외부의 마나와 친화성이 높은 까닭에 그 자질이 한층 더 성장하도록, 마술 습득 초기 단계에는 옷을 얇게 입는 것을 장려하는 여성에겐 마음 든든한 아군이었다.

하지만 연금술 실험은 학생들의 손으로 마법 소재를 가공하고, 기구를 조작하고, 촉매와 시약을 다루는 수업이다. 실험 내용에 따라서는 옷이 심하게 더러워지거나 약품 냄새가 배는 경우도 있었다.

그런 까닭에 여학생 일동은 이 탈의실에 모여서 후드가 달린 실험용 로브로 갈아입는 중이었다.

반라가 된 소녀들의 싱그럽고 탱탱한 피부. 아이에서 어른으로 변해가는 시기인 사춘기 소녀 특유의 요염하고도 청초한 육체. 누구나가 아낌없이 그 젊음의 증거를 드러내고 있었다. 같은 또래의 남학생들에게는 지나칠 정도로 자극적인 살색의 유토피아가 바로 이 자리에 펼쳐져 있었다.

"하아…… 분명 다음 연금술 실험 감독도 그 인간이 맡는 거였지?"

"응, 맞아. 글렌 선생님은 휴이 선생님의 후임이니까."

"으윽…… 위에 구멍이 날 것 같아."

그 순간 얼굴을 찌푸리고 있던 시스티나가 갑자기 뭔가 생각 난 것처럼 씨익 웃었다. 옆에서 옷을 벗어서 속옷 차림이 된 루미아를 흘깃 쳐다봤다.

"이건…… 힐링이 필요하겠어."

"시스티?"

시스티나는 당황하는 루미아의 등 뒤로 재빨리 다가가더니 갑자기 덥석 끌어안았다.

"에잇!"

"꺄악?!"

시스티나는 루미아의 보드라운 등에 찰싹 달라붙어서 속옷에 감싸인 그녀의 두 가슴을 손으로 움켜잡았다.

"아~ 역시 루미아의 몸은 기분 좋다~. 피부는 하얗고 고운데다가 부드럽기까지 하고."

"잠깐, 시스티, 이, 이러지 마!"

루미아는 응석 부리는 아기 고양이처럼 뺨을 비벼대는 시스티나의 품에서 벗어나려고 얼굴이 새빨개지도록 저항했다. 하지만 시스티나의 팔은 뱀처럼 몸에 휘감겨서 떨어질 줄 몰랐다.

"꺄앙! 시스티, 아앙, 그만해!"

"으으음…… 루미아. 어째 넌 성장이 순조로운 것 같네."

시스티나는 손바닥에 전해지는 탄력 있고 부드러운 감각이 예전과 미묘하게 변화한 것을 깨닫고 미간을 찡그렸다. 루미아의 가슴은 너무 크지도 않고 작지도 않았다. 마치 루미아라는 소녀의 체격을 정밀하게 계산해서 달아놓은 것 같은 이상적인 황금비와 조형미를 유지한 언덕이었다.

"하아…… 좋겠다. 난 이상하게 가슴에는 영양분이 안 가는 편이라……. 으으…… 힐링은커녕 기분만 더 우울해지기 시작했어……."

"잠깐…… 그만하라니까, 시스터. 그렇게 세게 쥐면…… 아, 아앙!"

"아~ 진짜 부럽네 정말! 자, 자 여기가 좋은 거냐~? 응? 응?"

"하앙! 시, 싫어! 그만해……."

아무래도 이런 장소에서 사춘기의 소녀들이 생각하는 건 대개 비슷한 모양이다.

"치, 치사해요! 테레사! 당신, 어느 틈에—."

"우후후, 성장기니까요."

"절 놔두고 어느새, 발칙해요! 에잇! 이렇게 해드리겠어요!"

"꺄악! 웨, 웬디 양?!"

탈의실 여기저기에서 비슷한 선정적인 광경이 펼쳐졌다.

여학생 일동은 시끄럽고도 즐겁게 소란을 피웠다.

하지만 그런 소녀들 앞에서 탈의실 문이 갑자기 쾅! 소리를 내며 난폭하게 열렸다.

"아~ 성가시네 진짜! 세리카 녀석, 그렇다고 옷까지 갈아입을 필요는…… 응?"

활짝 열린 문 앞에는 빌려 온 실험용 로브를 어깨에 얹은 수상한 남자가 서 있었다.

글렌이었다.

문에서 가장 가까운 곳에 있던 시스티나와 루미아의 눈이 글렌의 눈과 마주쳤다.

세 사람 모두 말없이 경직.

그리고 지금까지 반라의 소녀들이 요정처럼 장난치던 낙원은 단숨에 어디론가 사라지고, 그 자리에는 시간조차 얼어붙어서 모든 것이 침묵한 동결 지옥이 펼쳐졌다.

"……아~."

글렌은 탈의실 안을 지그시 둘러보았다. 여학생들밖에 없는 것을 확인한 후, 성가신 듯이 머리를 벅벅 긁으며 탈의실 밖에 있는 이름판을 힐끔 쳐다보았다.

"옛날하고 다르게 남자 탈의실과 여자 탈의실의 자리가 뒤바뀐 거군……. 나 원 참, 쓸데없는 짓이나 하고 앉았어."

서서히 엄청난 살기가 소용돌이치기 시작했다.

그 저항할 수 없는 흐름을 앞에 둔 글렌은 지긋지긋하다는 듯이 한숨을 내쉬었다.

"이것 참, 이게 바로 요즘 제도에서 유행 중인 청소년 취향의 소설에서 자주 나오는 돌발 상황인가? 하하, 설마 직접 내 몸으로 체험하게 될 줄은 몰랐는데."

시스티나를 필두로 한 소녀들이 천천히 움직이기 시작했다.

글렌은 그녀들을 위풍당당하게 손으로 제지했다.

"아~ 잠깐. 너희들, 진정하라고. 나는 항상 이런 약속된 전

개에 해주고 싶은 말이 있었는데 말이지. 뭐, 잠깐만 들어봐라. 이제 곧 죽는 사람 소원인 셈치고."

소녀들은 움직임을 멈추었다. 사형수에게도 죽기 전에 마지막 유언을 남기는 것이 허락되는 법이니까.

"내가 생각하기에…… 이런 종류의 소설에 나오는 주인공은 바보 아닐까? 이런 이벤트가 발생한 시점에서 히로인에게 두들겨 맞는 건 이미 확정된 일인데 왜 당황해서 시선을 피하거나 손을 치우는 건지 모르겠단 말씀이야. 고작 여자 알몸을 슬쩍 본 것만으로 두들겨 맞는 게 등가 교환이라니, 수지 타산이 안 맞잖아? 아무리 생각해봐도."

그런 최저, 최악의 서론을 꺼낸 글렌은 이 자리에서 당당하게 영혼이 담긴 선언을 했다.

"그러니 난— 이 광경을 똑똑히 눈에 새길 거다!"

글렌은 핏발이 설 정도로 눈을 부릅뜬 아수라 같은 표정으로 팔짱을 끼고, 눈앞에 펼쳐진 살색 광경을 지그시 응시했다.

""""이, 변태——!""""

이날 어떤 계약직 강사가 마술학사 2학년 2반 여학생들에게 차마 눈뜨고는 못 볼 정도로 처참한 교내 폭력을 당했다.

참고로 이날의 연금술 실험은 담당 강사가 인사불성이 된 탓에 중지되었다고 한다.

"아야야…… 진심으로 아프잖아……. 보, 보통 이렇게까지

하냐?"

지금은 열두 시를 지난 점심시간.

온몸이 할퀸 상처와 멍투성이인 데다가 옷까지 넝마처럼 변한 글렌은 좀비처럼 흐느적거리는 움직임으로 학원 복도를 배회하고 있었다. 스쳐 지나가는 학생들이 무참한 모습의 글렌을 보고 화들짝 놀랐지만, 그에게 남들의 시선을 신경 쓸 여유는 없었다.

"그런데 요즘 꼬맹이들은 참 발육이 좋단 말씀이야⋯⋯. 대체 뭘 먹어야 저렇게 쑥쑥 자라는 거지? ⋯⋯딱 한 명 발육이 불량한 녀석이 있기는 했지만. 뭐, 아무렴 어때. 밥 먹자, 밥."

만약 당사자가 들었다면 목숨이 위험한 발언을 중얼거리면서 마술학원의 식당으로 이동했다.

알자노 제국 마술학원의 식당은 거대한 귀족 저택 같은 학원 본관의 1층에 있었다. 전통적으로 싸고 맛있는 요리가 나와서 학생들에게 평판이 높은 식당이었다.

"여기에 오는 것도 진짜 오랜만이네~."

식당 안에는 흰 식탁보를 씌우고 촛대로 장식한 길고 큰 테이블이 몇 줄이나 있었고, 오전 수업을 마치고 식사를 하러 온 학생들로 혼잡했다.

기본적으로 식당 이용자는 안쪽에 있는 주방 카운터에서 요리를 주문한 후 식대를 지불하고 요리를 받는다. 그리고 각자 자유롭게 앉아서 식사를 하는 방식이었다.

글렌도 식당 안쪽 카운터 너머에 있는 주방장에게 요리를 주문했다.

"아~ 난 토종닭 향초 구이에 감자튀김을 곁들인 걸로. 그리고 라르고 양 치즈와 엘리사 새순 샐러드. 키르아 콩 토마토 소스 볶음. 포타주. 호밀 빵. 전부 곱빼기로."

글렌은 이른바 마른 체형 대식가라고 불리는 체질의 인간이었다. 그 탓에 백수인 데다가 얹혀살던 시절에는 세리카에게 몇 번이나 빈축을 샀는지 모른다.

잠시 기다리자 요리가 나왔다. 글렌은 가죽 주머니의 지갑에서 셀트 동화를 몇 개 꺼내 급사에게 건넨 후, 나무 쟁반 위에 얹은 요리를 받았다.

"자, 그럼 비어 있는 자리가……."

식사 중인 학생들로 대부분 자리가 차 있었지만, 맞은편 오른쪽 끝의 테이블 구석에 두 자리가 나란히 비어 있는 것이 보였다.

누가 먼저 자리에 앉으면 곤란하므로 글렌은 빠른 걸음으로 이동했다.

그리고 문득 깨달았다.

"그게 이상하다니까. 작년에 발표된 포젤 선생님의 마도 고고학 논문은. 너도 그렇게 생각하지 않니, 루미아?"

글렌이 앉으려던 자리 맞은편에 낯익은 두 얼굴이 보였다.

"그 사람의 설을 따르면 『멜갈리우스의 천공성』이 건조된

건 성력전(聖曆前) 4,500년쯤이 된다구. 확실히 차원 위상에 관한 술식이 본격적으로 확립됐다고 여겨지는 건 고대 중기지만, 페지테 주변에서 다수 발견된 고대 유물의 벽화나 발굴된 유물을 보면 성력전 5,000년에는 이미 『멜갈리우스의 천공성』같은 물체가 떠 있던 걸로 추정돼. 이 사실을 무시한 채 마도 기술상 불가능하다는 이유만으로 4,500년 설을 밀어붙이는 건 아무래도 이상하다는 거지. 그 사람이 새로 고안한 연대 측정 마술은 아무래도 이 5백 년을 얼버무리려고 만들었다는 생각밖에 안 들지 뭐야! 탁상공론과 문헌 조사를 지나치게 맹신한 나머지 필드워크를 등한시하는 경향이 있는 현대 마술사다운 설이야. 애초에 정말로 천공성이 고대 중기의 차원 위상 술식으로 하늘에 감춰졌다고 한다면 벌써 예전에 풀리고도 남지 않았을까? 왜냐하면 당시의 대기 마나 밀도로 봐서는 익스텐션 한계가— (생략) —고대 문명이 멸망하는 계기가 된 마나의 겨울이 두 차례나 있었고— (생략) —마나 반감기의 수치에도 모순이— (생략) —애초에 표의(表意) 고대어의 시간 차 진화 과정에 세 가지의 소류(素流) 분기 계통이 있는 건 명백한데— (생략) —요컨대 문장 상징학적인 차이에서 신과 민간 신앙의 대립이— (생략) —텔렉스의 신화 분해론에서도 고대 문명이 단일 문화가 아니라— (생략) — (생략) — (생략) —."

"그, 그렇구나……."

식사하는 것도 잊은 채 끊임없이 열변을 토하는 은발 소녀와, 철저하게 듣기만 하는 금발 소녀— 루미아가 약간 식은땀을 흘리며 어색한 미소를 짓고 있었다.

아무래도 저 두 사람은 마도 고고학에 관해 의논하는 중(약간 일방적이지만)인 모양이다.

마도 고고학이란 초 마법 문명을 구축했다고 여겨지는 성력전 고대사를 연구해서, 당시의 마도 기술을 현대에 되살리려고 하는 마술 학문이었다. 그중에서도 특히 『멜갈리우스의 천공성』에 집착하는 마술사들을 가리켜 멜갈리언이라고 부르기도 했다.

아무래도 저 은발 소녀는 전형적인 멜갈리언인 모양이다.

"실례."

일단 한 마디 양해를 구한 글렌은 금발 소녀의 정면, 은발 소녀의 대각선 앞자리에 털썩 앉았다.

그러자 은발 소녀는 이제야 제정신이 들었는지 글렌의 존재를 눈치챘다.

"윽?! 다, 다, 당신은—."

"아뇨. 사람 잘못 보셨습니다."

성대하게 무시한 글렌은 식사를 시작했다.

토종닭 향초 구이를 나이프로 적당하게 썬 후, 호밀 빵에 가늘게 썬 감자튀김과 치즈 샐러드를 같이 끼워서 먹는다. 새순 샐러드의 씁쓸한 맛과 숯불로 구운 토종닭의 향긋한 지방이 조화를 이루어서 산뜻한 맛이 났다. 코를 스치는 향초의 향기도 실로 식욕을 자극했다.

"맛 좋다. 뭐랄까~ 이 대범한 맛이 참으로 제국답다고 할까……."

키르아 콩 토마토소스 볶음을 숟가락으로 떠서 입안에 넣는다. 고추와 마늘 향이 섞인 토마토소스의 풍미가 아주 훌륭했다.

조금 전에 그런 사건이 있었는데도 글렌의 태도는 실로 뻔뻔했다. 그 태도를 본 은발 소녀— 시스티나는 입을 뻐끔뻐끔할 수밖에 없었다.

덜그럭덜그럭하고 식기가 부딪치는 소리가 들린다.

하지만 뜻밖에도 무거운 침묵을 유지한 채로 진행되는 거북한 식사 풍경……이 되지는 않았다.

"저기…… 선생님은 꽤 많이 드시네요? 혹시 식사하는 걸 좋아하시는 건가요?"

"응? 맞아. 식사는 내 얼마 안 되는 즐거움 중 하나니까."

"후훗, 그 볶음 요리 정말 맛있어 보이는걸요. 굉장히 좋은 향기가 나요."

왜냐하면 글렌의 등장에 완전히 기분이 상해서 입을 다문 시스티나 대신, 어째선지 루미아가 적극적으로 말을 걸었기 때문이었다.

명백한 적의를 보이는 시스티나와 달리 이 루미아라는 소녀는 아무래도 조금 전의 사건을 대수롭지 않게 여기는 것 같았다. 그리고 보니 글렌을 구타하는 여학생들 사이에도 끼지 않았던 모양이고…….

"오, 너도 알겠어? 딱 이 시기에는 학원에 해콩이 들어오거든. 키르아의 해콩은 향기가 좋아. 이걸 먹으려면 지금이 제철이지."

글렌은 자발적으로 남에게 말을 거는 타입은 아니지만, 말을 걸어온다면 그럭저럭 응해주는 타입이었다. 아무래도 루미아와는 상성도 좋은 모양이다.

"그런가요? 저도 다음에 한번 먹어볼게요."

"그래, 진심으로 추천하마. 아니, 그냥 지금 한 입 먹어볼래?"

"예? 괜찮으시겠어요? 저랑 간접 키스한 셈이 되는데요?"

루미아는 살짝 웃으면서 장난스럽게 고개를 갸웃거리며 입술에 손가락을 댔다.

"흥…… 애도 아니고."

기가 막힌 듯이 어깨를 으쓱거린 글렌은 콩 볶음이 담긴 접시를 내밀었다.

루미아는 기쁜 듯 자기 숟가락으로 한가득 떠서 입안에 담았다.

그녀의 허물없고 붙임성 있는 태도와 항상 미소를 잊지 않는 부드러운 분위기도 한몫 거든 것이리라. 글렌도 어느새 입가에 미소를 짓고 있었다.

"……."

하지만 이 자리에는 또 한 명, 무거운 분위기를 내뿜는 소녀가 있었다.

시스티나였다. 그녀는 두 사람의 담화에 참가하지 않은 채, 그저 가시 돋친 시선으로 글렌을 뚫어져라 노려볼 뿐이었다.

"……그런데 거기 너. 넌 그것만 먹고 괜찮겠어?"

아무래도 이렇게까지 노려보니 식사하기가 불편했는지 글렌이 한숨을 섞어 가며 시스티나에게 말을 걸었다. 갑자기 말을 걸어오는 바람에 그녀는 동요한 기색이었지만, 곧 평정을 되찾고 날카로운 말을 되던졌다.

"선생님에게 식사 내용으로 잔소리 들을 이유는 없거든요?"

"그건 그렇지만……."

글렌은 두 소녀의 앞에 있는 식기에 시선을 돌렸다.

루미아의 식사는 포리지라고 불리는 곡물 죽과 향신료를 첨가한 비둘기 고기 스튜, 그리고 샐러드…… 비교적 잘 챙겨 먹는 식단인 반면 시스티나의 식사는 레드베리 잼을 살짝 바른 스콘 두 개. 고작 그것뿐이었다.

"넌 성장기잖아? 잘 안 먹으면 안 큰다."

이 상황에서 실제로도 작지만, 이라는 말은 제아무리 글렌이라도 꺼내지 못했다.

"쓸데없는 참견이에요. 전 오후 수업 때 잠이 올 테니까 점심은 적게 먹는 것뿐이라구요. 수업에 진지하니까요. 뭐, 선생님과는 인연이 없는 일이겠지만요."

시스티나는 글렌의 앞에 차려진 대량의 요리를 힐끔 쳐다보고 말했다.

그런 도발적인 말로 인해 글렌과 시스티나 사이의 분위기가 단숨에 무거워졌다.

"……번거롭게 말하긴."

식사를 재개하는 글렌의 목소리가 반 옥타브 정도 낮아졌다.

민감하게 그 사실을 깨달은 시스티나의 표정에 긴장감이 깃들었다.

"말하고 싶은 게 있으면 확실히 말해."

"……알겠어요. 이대로는 서로에게 좋을 게 없을 테니까요. 이왕 이렇게 된 거 확실히 말하죠. 전—."

시스티나가 글렌을 정면에서 확 노려보며 뭔가 말을 걸었지만—.

"알았다, 알았어. 항복하마. 그렇게 필사적인 얼굴 하지 마라."

"……예?"

글렌이 갑자기 두 손을 들었다.

"그렇게까지 마음에 두고 있었을 줄이야. 아무리 나라도 예상했겠냐고. ……내가 졌다."

어안이 벙벙한 시스티나를 앞에 둔 글렌은 숟가락으로 키르아 콩 한 알을 떠서 그녀의 접시 위에 슬며시 얹어 주었다.

"자, 너도 먹고 싶은 거지? 이렇게나 많이 있으니 조금쯤은 나눠달라는 거지? ……이 먹보 녀석."

글렌은 기가 막힌다는 표정으로 시스티나를 흘겨본 후 식사를 재개했다.

"……아, 아, 아니에요! 제가 말하고 싶은 건 그런 게 아니라—."

글렌이 심각한 착각을 하자, 시스티나는 굴욕감에 어깨를 떨면서 테이블을 내려치며 자리에서 일어났다.

"대신 그쪽도 좀 줘봐."

하지만 글렌은 전혀 아랑곳하지 않고 포크를 내밀어서 눈 깜짝할 사이에 시스티나의 스콘 하나를 슬쩍했다.

"음, 오랜만에 먹으니 스콘도 맛있네."

"앗?! 왜 함부로 제 걸 가져가시는 건데요?!"

"아니, 뭐랄까. 등가 교환?"

"어, 디, 가 등가 교환인 거죠?! 대체 어디가?! 에잇, 이제 용서 못 해요! 거기 가만히 있어보시라구요!"

"우앗?! 위험하잖아?! 잠깐 야, 너 식사는 좀 조용히 하자고?!"

글렌과 시스티나는 테이블을 사이에 둔 채로 포크와 나이프로 칼싸움을 시작했다.

대체 무슨 일인가 싶어서 모이는 주위의 따가운 시선.

루미아는 쓴웃음을 지은 채로 그 광경을 지켜볼 수밖에 없었다.

제2장 아기 고양이와 강아지

까놓고 말해서, 계약직 강사로 온 이 글렌 레이더스라는 남자에게는 의욕이라는 것이 없었다.

전임 강사의 뒤를 이어서 2학년 2반의 필수 수업을 전부 담당하게 된 글렌이지만, 그는 흑마술, 백마술, 연금술, 소환술, 신화학(神話學), 마도사학(魔導史學), 비술학(秘術學), 자연 과학, 룬어학, 점성술학, 마법 소재학, 마도 전술론, 마도구 제조술…… 이런 온갖 수업을 적당한 태도로 대충 때워 넘겼다. 그 이유는 아무도 알 방법이 없었지만, 이제는 불성실하게 수업을 하려고 오기를 부리는 것처럼 보일 정도였다.

아무튼 이 학원에 관여하는 모든 인간이 동등하게 지니고 있을 마술에 대한 정열, 신비에 대한 탐구심이 글렌에게는 전혀 없었다.

그런 까닭에 글렌과 학생들, 다른 강사진 사이에는 엄청난 온도 차와 미묘한 다툼이 생겨났다. 특히 글렌이 맡은 반의 리더격인 시스티나는 날마다 글렌에게 잔소리를 퍼부어댔다. 하지만 그래도 글렌의 의욕 없는 태도가 개선될 것 같지는 않았다. 개선은커녕 나날이 악화되고 있는 실정이었다.

처음에는 글렌도 교과서의 내용을 설명하고 요점을 간추려서 칠판에 쓰는 수업 비슷한 행동을 했다. 하지만 그러는 사이에 귀찮아진 모양인지 칠판에 교과서의 내용을 그대로 베껴 쓰기 시작했다. 머지않아 그것마저도 귀찮아졌는지 교과서의 페이지를 뜯어서 칠판에 붙여놓게 되었다.

결국은 그것조차 귀찮아졌는지 글렌이 칠판에 교과서를 못으로 박기 시작했을 때, 마침내 시스티나의 분노가 절정에 달했다.

글렌이 강사로 부임한 지 일주일, 그날의 마지막 수업인 5교시에 일어난 일이었다.

"적당히 좀 하세요!"

시스티나는 책상을 내려치며 자리에서 일어났다.

"음? 바라는 대로 적당히 하고 있잖아?"

글렌은 뻔뻔하게도 그런 말을 내뱉으며 칠판에 못으로 교과서를 고정하는 작업을 계속했다. 쇠망치를 어깨에 짊어지고 입에 못을 문 모습은 마치 쉬는 날 목수 일이라도 하러 온 것 같았다.

"어린애처럼 억지 부리지 마시구요!"

시스티나는 어깨를 들썩이며 교단에 선 글렌에게 성큼성큼 다가갔다.

"뭐, 그렇게 발끈하지 마라. 흰머리 늘겠다."

"화, 화나게 한 게 대체 누군데요?!"

"그렇게 화만 내니까 그 나이에 벌써 흰머리투성이잖냐……. 가엾기도 하지."

"이건 흰머리가 아니라 은발이에요! 진심으로 절 불쌍하다는 얼굴로 보지 마시라구요! 아, 진짜! 이런 말을 하고 싶진 않았지만, 선생님이 수업 태도를 개선할 생각이 없으시다면 저도 생각이 있다구요!"

"흠, 어떤 생각인데?"

"전 이 학원에 제법 영향력을 가진, 마술의 명문 피벨 가의 딸이에요. 제가 아버지께 말씀드리면 당신의 거취를 결정할 수도 있을걸요."

"어…… 진짜?"

"진짜예요! 사실 이런 방법은 쓰고 싶지 않았어요! 하지만 당신이 계속 수업 태도를 개선하지 않는다면—."

"아버님께 기대하고 있다고 잘 말씀드려!"

글렌은 얼굴 한가득 신사다운 미소를 지었다.

"예?!"

이런 글렌의 반응에 시스티나는 할 말을 잃었다.

"이야~ 잘됐네, 잘됐어! 이걸로 한 달을 채우지 않고 그만둘 수 있겠군! 백발 아가씨, 날 위해줘서 정말 고맙다!"

"당신이란 사람은!"

이제 시스티나도 인내심이 한계에 달했다.

그녀는 이 글렌이라는 남자가 정말로 강사를 그만두고 싶어서 이런 말을 하는 건지, 아니면 피벨 가문의 힘을 얕보고 있는 것뿐인지 판단이 서지 않았다.

하지만 어느 쪽이든 시스티나는 더 이상 글렌이라는 남자의 소행을 대충 넘길 수 없었다. 마술의 명문으로 긍지 높은 피벨의 이름을 걸고 마도(魔道)와 집안의 긍지를 더럽히는 자를 용서할 수는 없었다.

그래서 결단은 빨랐다. 시스티나의 젊음과 미숙함이 그 행동을 뒷받침했다.

그녀는 왼손에 낀 장갑을 벗어서 글렌을 향해 집어 던졌다.

"아야!"

손목에 스냅을 실어서 던진 장갑은 글렌의 얼굴을 때리고 바닥에 떨어졌다.

"당신이 그걸 받으실 수 있겠어요?"

삽시간에 조용해진 교실 안에서 시스티나는 글렌을 손가락으로 가리키며 힘차게 선언했다.

그 모습을 주시하던 학생들 사이에서 서서히 웅성거리는 소리가 울려 퍼지기 시작했다.

"너…… 진심이냐?"

글렌도 눈썹을 찌푸리며 웬일로 진지한 표정을 짓고 바닥에 떨어진 장갑을 주시했다.

"전 진심이에요."

글렌을 험악하게 노려보는 시스티나 곁으로 루미아가 달려왔다.

"시, 시스티! 안 돼! 어서 장갑을 줍고 글렌 선생님께 사과드려!"

하지만 시스티나는 요지부동이었다. 그녀는 불길이 일렁이는 것 같은 시선으로 계속 글렌을 뚫어지게 노려보았다.

"……네가 원하는 건 뭐지?"

그 시선을 받은 글렌은 눈을 가늘게 뜨고 조용한 목소리로 물어보았다.

"그 불량한 태도를 고치고 성실하게 수업에 임해주세요."

"……사표를 쓰라는 게 아니라?"

"만약 당신이 진심으로 강사를 그만두고 싶은 거라면 그런 요구를 해봤자 아무런 의미도 없으니까요."

"아, 그래. 그건 아쉽게 됐군. 하지만 네가 나에게 요구하는 게 있는 이상 나도 너에게 뭐든지 요구해도 된다는 사실을 잊은 건 아니고?"

"각오한 바예요."

그 순간, 글렌은 마치 벌레를 씹은 것처럼 기가 막힌다는 표정을 지었다.

"……너, 바보지? 그게 시집도 안 간 처녀가 할 소리냐? 부모님이 우시겠다."

"그래도 전 마술의 명문 피벨 가의 차기 당주로서, 당신처럼 마술을 더럽히는 인간을 내버려 둘 수 없어요!"

"아, 뜨거······. 넌 너무 뜨겁다고. ······안 되겠어, 뇌가 녹을 것 같아······."

글렌은 지겹다는 듯 머리를 누르며 몸을 비틀거렸다.

학생들은 조마조마한 얼굴로 긴박한 두 사람의 움직임을 주시했다.

글렌은 시스티나를 쳐다보았다. 단호한 말투와는 다르게 그녀의 몸은 긴장으로 굳어 있었다. 그럴 만도 하다. 이제부터 치를 마술 의식의 결과에 따라서는 글렌이 무슨 요구를 해도 받아들여야만 할 테니까.

하지만 그래도 시스티나는 글렌에게 정면으로 맞섰다. 마술에 대한 신념과 가문의 긍지를 걸고······. 시스티나 피벨은 어린 나이에도 불구하고 그 누구보다도 일류 마술사다운 마음가짐을 가진 소녀였던 것이다.

"나 원 참, 이런 곰팡내 나는 낡아빠진 의식을 걸어오는 골동품이 아직도 생존하고 있을 줄이야. ······알았다."

글렌은 입가를 심술궂게 끌어올렸다. 바닥에 떨어진 장갑을 주워서 그걸 머리 위로 집어 던졌다.

"이 결투, 받아주마."

그리고 눈앞으로 떨어지는 장갑을 멋지게 잡으려다가 실패하더니, 뻘쭘한 표정으로 바닥에 떨어진 장갑을 주워 들었다.

"다만, 너 같은 어린애를 다치게 하는 건 아무래도 내키지 않아. 이 결투는 【쇼크 볼트】만으로 결판을 내도록 하지. 그

밖의 수단은 전부 금지다. 괜찮겠지?"

학생들이 마른침을 삼키는 가운데 글렌이 룰을 제시했다.

"결투의 룰을 정하는 건 신청을 받는 쪽에 우선권이 있어요. 마음대로 하세요."

"그리고 내가 이긴다면…… 그래."

글렌은 노골적인 시선으로 시스티나의 몸을 머리부터 발끝까지 훑어보았다. 그리고 얼굴을 가까이 들이대더니 입가를 올려서 천박한 미소를 지었다.

"자세히 보니 너 꽤 예쁘장하게 생겼네. 좋아. 내가 이기면 넌 내 여자가 되라."

"읏?!"

한순간. 정말로 찰나의 순간, 시스티나는 전율했다. 루미아도 파랗게 질린 얼굴로 숨을 삼켰다.

이런 요구가 나올지도 모른다는 사실은 그녀 역시 처음부터 각오했을 터다. 하지만 막상 그런 상황이 오자 자기도 모르게 마음이 약해진 것이리라.

"아, 알았어요. 그 요구를 받아들이죠."

한순간 약한 모습을 보였다는 사실을 부끄러워하며 씩씩하게 쥐어짜 낸 목소리도 약간 떨리고 있었다.

약간의 후회와 공포를 드센 표정의 가면으로 필사적으로 감추며 노려보는 시스티나의 모습을, 글렌은 지그시 감상하다가 갑자기 배를 잡고 웃음을 터뜨렸다.

"아하하하하! 농담이다, 농담! 그렇게 울먹거리지 않아도 돼!"

"……으!"

"난 어린애는 관심 없다고. 그러니 내 요구는 앞으로 나에게 설교를 하지 말 것. 안심했냐?"

옆에서 그 말을 들은 루미아가 가슴을 쓸어내리며 안도의 한숨을 내쉬었다.

"저, 절 바보 취급하신 거죠?!"

한편으로 자신이 놀림당했다는 것을 깨달은 시스티나는 새빨개진 얼굴로 글렌에게 항의했다.

"자, 그럼 얼른 교정으로 나가자고."

하지만 글렌은 적당한 태도로 흘려 넘기고 교실을 나갔다.

"기, 기다려요! 정말이지, 당신만은 절대로 용서 못 해요!"

시스티나는 어깨를 들썩이며 글렌의 뒤를 쫓았다.

마술사의 결투. 그것은 예부터 이어져 내려오는 마술 의식 중 하나였다.

마술사는 세계의 법칙을 탐구하는 강대한 힘을 지닌 존재다. 주문을 외우는 것과 동시에 날리는 화염구는 산을 날려버릴 수 있고 천둥 벼락은 대지를 가른다. 그들이 제멋대로 싸우기 시작하면 지도에서 국가가 하나 지워졌다.

그런 마술사들은 서로의 다툼을 해결하기 위해 한 가지 규율을 세웠다. 그것이 바로 결투다. 심장에 가까운 왼손은 효율적인 마술 사용에 적합한 손으로, 그 손에 낀 장갑을 상대에게 던지는 행위는 곧 마술로 결투를 신청하겠다는 의사 표시였다. 그리고 그 장갑을 상대가 줍는 것으로 결투가 성립되었다. 만약 상대가 장갑을 줍지 않는다면 결투는 성립되지 않는다. 결투의 룰은 신청을 받은 쪽이 먼저 정할 수 있으며 결투의 승자는 패자에게 무엇이든 한 가지 요구를 할 수 있었다.

이 방식을 보면 알 수 있듯이 결투는 신청하는 쪽보다 받아들이는 쪽이 상당히 유리했다. 그러니 하늘과 땅 수준의 실력 차이가 없는 한 누구나 결투를 신청하는 것을 주저하기 마련이었다. 예부터 마술사들은 이런 식으로 될 수 있으면 개인적인 결투를 자제해왔다.

하지만 이런 결투도 제국이 근대 국가로서 법률을 재정비한 현재에는 이미 유명무실해진 마술 의식에 지나지 않았고, 마술사 간의 다툼을 결투로 해결하는 사태는 어지간하면 일어나지 않았다. 차라리 변호사를 고용해서 법정에서 싸우는 편이 훨씬 더 효율적이고 법적인 구속력도 있다.

그래도 옛 전통을 중시하는 순수한 마술사들 사이에서는 지금도 변함없이 결투가 벌어지고 있었다.

예를 들면, 마술의 명문 피벨 가 영애인 시스티나처럼…….

같은 간격으로 심은 침엽수로 둘러싸였고 바닥에는 잔디가 깔린 학원의 교정에서, 글렌과 시스티나는 열 걸음 정도 거리를 둔 채 서로를 마주 보고 서 있었다.

"저기, 카슈. 넌 누가 이길 거 같아?"

"마음속으로는 시스티나에게 손을 들어주고 싶지만…… 상대는 그 아르포네아 교수가 인정한 녀석이니까……. 음…… 세실은 어떻게 생각해?"

같은 반의 학생들과, 강사와 학생이 마술 결투를 한다는 소문을 듣고 모인 구경꾼들이 멀리서 빙 둘러싼 모습은 마치 즉석으로 만들어낸 투기장 같았다.

"자, 언제든지 덤벼."

글렌은 손가락으로 소리를 내며 여유 있는 표정으로 시스티나를 흘겨보았다.

반면에 시스티나는 글렌의 거동을 주시하며 빈틈없는 자세를 취했다. 그녀의 이마에서 식은땀이 흘러내렸다.

흑마 【쇼크 볼트】는 이 마술학원에 입학한 학생이 가장 먼저 배우는 초급 범용 마술이었다. 미약한 전류를 날려서 명중한 상대를 전기 충격으로 마비시키는, 살상 능력이 전혀 없는 호신용 마술이다.

주문을 영창하면 손가락으로 가리킨 상대를 향해 손끝에서 전류가 일직선으로 날아간다. 아무런 특이한 점도 없는 마술인 만큼, 【쇼크 볼트】 승부의 승패는 상대보다 얼마나 빨리 주문 영창을 마치느냐에 달려 있다.

"이봐, 왜 그래? 어서 덤비지 않고."

"……큭!"

기본적으로 마술 전투는 후수를 노리는 것이 정석이었다. 현재의 마술에는 온갖 공격 주문(어설트 스펠)에 대한 수많은 대항 주문(카운터 스펠)이 존재하기 때문이다.

하지만 이 글렌이라는 남자는 【쇼크 볼트】밖에 쓸 수 없는 이 결투에서 시스티나에게 먼저 시작하라며 재촉하고 있었다. 주문을 빨리 마치는 것이 승패를 가르는 이 결투에서 말이다.

예상할 수 있는 건 단 하나, 아마 이 글렌이라는 남자는 자신의 【쇼크 볼트】 영창 속도에 절대적인 자신감을 가지고 있는 것이리라. 시스티나가 먼저 주문을 영창해도 앞서 끝낼 수 있을 만큼 짧은 영창 주문을 가지고 있는 것이다.

요컨대 이 글렌이라는 남자는 마술 전투에 특화한 마술사인 것이다. 그렇게 생각하면 이런 변변치 않은 남자가 이 학원에 강사로 받아들여진 것도 납득이 갔다. 전혀 아무런 장점도 없는 마술사가 이 학원의 강사가 될 수 있을 리 없으니까.

마술을 연구하는 능력과 마술을 실천하는 능력은 분야가 다르다. 마술사로서 위계가 낮아도 마술 전투에서는 무시무시할 정도로 강력했던 마술사는 역사서를 뒤져보면 얼마든지 나왔다.

"어이, 내가 뭐 널 잡아먹겠다는 것도 아니잖아. 한 수 가르쳐줄 테니까 맘 편히 덤벼보라고."

그렇게 생각하자 이 여유 있는 태도도 역전의 마술사다운 관록처럼 보이기 시작했다. 시스티나는 아무리 글렌의 언동을 용서할 수 없었다고 해도 충동적으로 결투를 신청한 것을 약간 후회했다.

　'그래도 물러설 수는 없어.'

　시스티나는 눈앞에서 여유로운 태도로 서 있는 글렌을 매섭게 노려보았다.

　'내가 나로 존재하는 이상. 이런 남자가 제멋대로 설치는 걸 용납할 수는 없어. 설령 꼴사납게 땅바닥을 구르게 되더라도 나는 이 녀석에게 이의를 제기할 거야. 그게 바로 내 마술사로서의 긍지니까. ……간다!'

　각오를 다진 시스티나는 글렌을 향해 손가락을 내밀고 주문을 영창했다.

　《뇌정(雷精)의 자전이여》!"

　그 순간, 시스티나의 손끝에서 방출된 전류가 글렌을 향해 날아갔고—.

　글렌은 자신만만한 얼굴로—.

　"으갸아아아아아아?!"

　파지직, 하고 전기가 튀는 소리.

　글렌은 몸을 꿈틀꿈틀 경련하며 그 자리에 철퍼덕 쓰러졌다.

　"……어, 어라?"

　시스티나는 손가락을 내민 자세로 식은땀을 흘렸다.

눈앞에는 시스티나의 주문에 맞아서 꼴사납게 땅바닥을 구르는 글렌의 모습이 보였다.

"이건……?"

"으, 응……. 시스티나의 승리……겠지……?"

멀리서 결투를 지켜보던 이들도 이 결말에는 놀랐는지 술렁거리기 시작했다.

설마 그렇게나 큰소리를 떵떵 쳤으면서, 그렇게나 자신만만한 태도를 보였으면서 고작 이 정도였을 줄이야. 이 남자는 실전에 강한 마술사가 아니었던 건가.

"내, 내가…… 룰을 착각했나?"

시스티나가 도움을 요청하듯 루미아를 돌아보았지만, 그녀는 난처한 얼굴로 고개를 저을 뿐이었다.

"비……비겁하다……."

그러자 곧 주문의 충격에서 회복한 글렌이 비틀거리며 일어났다.

"아, 선생님."

"이쪽은 아직 준비가 안 됐는데 기습을 할 줄이야……. 그러고도 네가 긍지 높은 마술사냐?!"

"예? 아니, 하지만 언제든지 덤비라고 한 건……."

"뭐, 됐다. 이 결투는 삼판양승제니까. 한 판 정도는 양보해주마. 괜찮은 핸디캡이지?"

"예? 삼판양승? 그런 룰이 있었나요?"

"자, 간다! 지금부터 두 번째 승부다!"

막무가내로 두 번째 승부가 시작되었다.

어안이 벙벙한 시스티나를 앞에 두고 이번에는 글렌이 먼저 영창을 시작했다.

"《뇌정이여·자전의 충격으로·쓰―》."

"《뇌정의 자전이여》!"

하지만 글렌의 주문이 완성되는 것보다 먼저 시스티나의 주문이 완성되었다.

"우오오오오오오오오오?!"

글렌은 파직파직 하고 요란한 소리를 내며 감전되었다. 다시 바닥에 쓰러져서 몸을 움찔움찔 경련했다. 조금 전에 벌어진 광경의 재탕이었다.

"제, 제법이군……."

글렌은 비틀거리며 일어났다. 무릎이 후들후들 떨리는 것을 보아하니 아무리 봐도 허세였다.

"저기…… 글렌 선생님?"

"홋. 아무리 이 결투가 오판삼승제라고 해도 장난이 지나쳤던 것 같군. 반성했다."

"아까는 삼판양승제라고……."

시스티나가 흘겨보는 눈초리로 투덜댄 그 순간이었다.

"아아아아앗?!"

글렌이 갑자기 큰 소리를 냈다.

"말도 안 돼! 이런 곳에 여왕 폐하께서 계시다니?!"

"예?!"

시스티나는 엉겁결에 글렌이 가리킨 방향으로 시선을 돌렸다.

"후하하, 걸렸구나. 멍청한 녀석! 《뇌정이여·자전의 충격으로·쓰러뜨—."

"《뇌정의 자전이여》!"

글렌의 주문이 완성되는 것보다 먼저 시스티나의 주문이 완성되었다.

"으갸아아아아아아아아아아아아?!"

짜릿하게 감전된 글렌은 몸부림치며 바닥을 뒹굴었다.

시스티나는 관자놀이를 손으로 누르면서 말했다.

"저기…… 혹시 글렌 선생님은……."

"아, 아직이다! 아직 안 끝났다고! 이건 칠판사승제니까!"

"하아……."

"《뇌정이여·자전의 충격으로·쓰—."

"《뇌정의 자전이여》."

"끄아아아아아아아아아아아아아?!"

"……."

글렌이 주문을 영창했지만, 그보다 먼저 시스티나가 주문을 완성해 글렌을 쓰러뜨렸다. 이 단순 작업이 계속해서 이어졌다.

사실 글렌이 영창하는 주문이 훨씬 길어서 어떤 기책을 발휘해도 시스티나가 영창하는 짧은 주문을 당해낼 수 없었다.

그리고 글렌이 사십칠판이십사승제 승부라고 주장한 싸움이 끝나자—

"죄송합니다. 무리예요. 용서해주세요. 이제 서지도 못하겠습니다. 아니, 그보다 이걸 계속하다간 새로운 장르에 눈을 뜰 것만 같다고요."

"하아……."

시스티나는 대자로 누워서 경련하는 글렌을 내려다보며 깊은 한숨을 내쉬었다.

"이야~【쇼크 볼트】만 가지고 겨루는 건 나한테 무지막지하게 불리하고 불공평한 룰이었다고! 이런 룰이 아니었다면 내가 압도적으로 이겼지만 말이지!"

"선생님은 정말 말로는 안 지시네요."

이제는 기막혀할 수밖에 없었다.

"애초에 아까부터 세 소절 영창만…… 혹시 글렌 선생님은 【쇼크 볼트】를 한 소절로 영창하지 못하시는 건가요?"

"후, 후하하, 무, 무슨 말을 하는 건지, 나, 나나나는 전혀 모르겠는걸?! 애초에 주문을 생략하는 한 소절 영창은 사도(邪道)라고! 선인이 고안해낸 아름다운 주문에 대한 모독이잖아?! 딱히 못 쓰는 건 아니지만!"

"못 쓰시는 거군요……."

시스티나는 너무나도 한심스러운 나머지 울고 싶어졌다. 하지만 곧 기분을 전환하고 처음의 목적을 떠올렸다.

"어, 어쨌든 결투는 제가 이겼어요! 그러니 제가 요구한 대로 선생님은 내일부터—."

"뭐? 그게 무슨 소리냐?"

"예?"

예상하지 못한 대답이 돌아오는 바람에 시스티나의 몸이 경직되었다.

"우리가 무슨 약속을 했더라? 난 기억이 없다만? 누구 씨 덕분에 실컷 감전돼서 그런가?"

그렇다. 눈앞의 글렌이라는 남자는 시스티나의 상상을 아득히 뛰어넘는 최저의 인간이었던 것이다.

글렌이 이렇게 유치한 태도로 나오자 제아무리 시스티나라도 당황할 수밖에 없었다.

"선생님…… 설마 마술사 간에 나눈 약속을 파기하시겠다는 건가요?! 당신이 그러고도 마술사예요?!"

"아니, 그야 난 마술사가 아닌걸."

"어……."

그렇게 뻔뻔한 주장을 하는 글렌에게 시스티나는 경악했다.

"마술사가 아닌 인간에게 마술사의 룰을 따르라고 해도 곤란하다만."

"당신, 그게, 대체 무슨……?!"

이제 시스티나는 이 글렌이라는 남자를 도저히 이해할 수가 없었다. 설마 마술사로서 교육을 받은 몸이면서 마술사인 사실을 부정할 줄이야. 이 남자는 자신이 마술사라는 것에 긍지가 없는 것일까. 마술이라는, 세계의 신비를 파헤치는 숭고한 지혜에 관한 경의가 눈곱만큼도 없는 것일까.

"아무튼 오늘은 무지무지 아슬아슬하게 종이 한 장 차이로 비긴 걸로 해두마! 하지만 다음에는 이렇게는 안 될 거다! 잘 있어라! 후하하하하하하하! 으흑!"

아직 몸에 대미지가 남아 있었던 모양이다. 글렌은 달리면서 몇 번이나 바닥을 굴렀지만, 그래도 웃는 목소리만큼은 당당하게 자리를 떠났다.

그리고 이 자리에 남겨진 것은 김 샌 표정의 관객들뿐……

"대체 뭐야, 저 바보는."

"설마 【쇼크 볼트】 같은 초급 주문조차 단축하지 못할 줄이야."

"흥. 꼴불견이네요……"

"마술사 간의 약속을 파기하다니…… 저질."

누구나가 글렌을 혹평하는 가운데 루미아는 걱정스러운 얼굴로 시스티나에게 다가갔다.

"괜찮아? 시스티, 어디 다친 덴 없어?"

"난…… 괜찮지만."

시스티나는 험악한 표정으로 글렌이 달려간 방향을 바라보고 있었다.

"진심으로 실망했어."

마치 부모의 원수라도 되는 것처럼…….

사실 이렇게 보여도 시스티나는 글렌이라는 남자에게 나름대로 경의를 표하고 있었다. 글렌은 자신들의 선배 마술사다. 확실히 강사로서 의욕은 없지만, 같은 마술에 뜻을 둔 자로서 뭔가 배울 점이 있을 거라고 생각했었다.

하지만 그것도 이젠 끝이다. 저 남자만은 절대로 용서할 수 없었다. 저 남자는 마술을 모욕했다. 이 학원에 있는 한 저 남자와 자신은 불구대천의 원수지간이다.

"글렌 선생님……."

루미아는 격렬하게 분노한 친구 앞에서 망연자실할 수밖에 없었다.

글렌의 평판을 밑바닥까지 떨어뜨린 결투 소동이 벌어진 지 사흘이 지났다. 글렌의 의욕 없는 수업 태도는 변함이 없었고 학생들 사이에서의 평판은 지독히 나빴다.

하지만 당사자인 글렌은 뒤에서 뭐라 하든 아무렇지도 않은 기색이었다. 그저 빈둥빈둥 시간만 보냈다.

머지않아 학생들은 글렌의 수업 시간 중에 자유롭게 자습하기 시작했다. 원래 이 학원의 학생들은 학습 의욕이 높은 편이었다. 글렌의 수업 때문에 시간을 낭비하고 싶지 않았던 것이리라. 학생들은 모두 제각기 다른 마술 교과서를 펼치고 각자 공부에 매진했다.

글렌은 학생들의 그런 모습을 보고도 아무런 지적도 하지 않았다. 학생들도 마찬가지로 글렌을 무시했다. 어느새 그들 사이에는 이런 암묵의 룰이 생겨 있었다.

"자~ 그럼 수업 시작한다."

그날도 글렌은 여느 때처럼 엄청 늦은 시간에 교실로 들어왔다. 그리고 죽은 생선 같은 눈으로 의욕 없는 수업을 시작했다.

학생들도 한숨을 내쉬고 교과서를 펼쳐서 자습 준비를 시작했다.

실로 여느 때와 다름없는 광경이었지만, 아직도 이런 의욕 없는 수업에서 뭔가 배우려 하는 기특한 학생이 있었던 모양이다.

"저, 저기…… 선생님. 방금 설명해주신 부분에 질문이 있는데요……"

수업을 시작한 지 30분 정도 지났을 쯤에 머뭇거리며 손을 드는 작은 체구의 여학생이 있었다. 첫날 글렌에게 질문했다가 사전 찾는 법도 모르는 어린애 취급을 받은 소녀— 린이었다.

"아~ 뭔데? 말해봐."

"저, 그러니까…… 그게…… 방금 선생님께서 언급하신 주문의 해석을 잘 모르겠어서……"

그러자 글렌은 귀찮다는 듯 한숨을 내쉬고 교탁 위에 올려놓았던 책을 한 권 집어 들었다.

"이건 룬어 사전이다."

"……예?"

"3급까지의 룬어가 음계 순으로 실려 있지. 참고로 음계 순이라는 건……."

글렌이 룬어 사전 찾는 법을 설명하기 시작하자, 이제 그에게 관심을 보이지 않기로 결심했던 시스티나도 도저히 가만히 있을 수가 없어서 자리에서 일어났다.

"그만해, 린. 저 인간에게 질문해봤자 소용없어."

"아, 시스티."

글렌과 시스티나 사이에 낀 린은 어찌할 바를 몰라 당황했다.

"저 인간은 마술의 숭고함을 전혀 이해하지 못하고 있어. 오히려 바보 취급하고 있지. 그런 인간에게 배울 게 뭐가 있겠니."

"그, 그치만……."

"괜찮아. 내가 가르쳐줄 테니까. 같이 노력하자. 저런 인간은 내버려 두고 언젠가 함께 위대한 마술의 극치에 도달하는 거야."

시스티나가 쩔쩔매는 린을 안심시키려고 웃은 그때였다.

대체 뭐가 이 남자의 기분에 거슬렸던 것일까.

"마술이라는 게…… 그렇게나 위대하고 숭고한 건가?"

글렌이 갑자기 혼잣말을 중얼거렸다.

물론 시스티나가 그 말을 흘려들을 리가 없었다.

"흥. 무슨 말을 하시나 했더니. 위대하고 숭고한 게 당연하잖아요? 애초에 당신 같은 사람에게는 이해할 수 없는 일이겠지만요."

시스티나는 코웃음을 치며 가시 돋친 목소리로 단언했다.

평소의 나태하고 무기력한 글렌이었다면 「흥~ 그래?」라고 이야기를 마쳤을 터다.

"뭐가 위대하고 어디가 숭고한 건데?"

하지만 어째선지 오늘은 시스티나의 말을 물고 늘어졌다.

"……예?"

예상치 못한 반응에 시스티나도 당황했다.

"마술이라는 게 뭐가 위대하고 어디가 숭고한 건데? 그렇게 질문했다만."

"그, 그건……."

시스티나는 즉시 답하지 못한 자신에게 짜증이 났다. 확실히 자신도 주변 사람들이 입을 모아 마술은 위대하며 숭고하다고 찬양하기에 그렇게 인식하는 경향은 있었다.

"자, 알고 있으면 어디 알려줘 봐."

하지만 결코 그뿐만은 아니다. 시스티나는 한순간 머릿속으로 말을 정리한 후, 자신감 있게 대답했다.

"마술은 이 세계의 진리를 추구하는 학문이에요."

"흐음?"

"이 세계의 기원, 이 세계의 구조, 이 세계를 지배하는 법칙. 마술은 그것들을 해명해서 자신과 세계의 존재 이유라는 영원한 명제에서 답을 도출해내고, 인간이 한층 더 고차원의 존재에 이르는 길을 탐구하는 수단이에요. 그래서 마술은 위대하고 숭고한 거죠."

시스티나는 자신이 한 말이지만 완벽한 대답이라고 생각했다.

그런 까닭에 글렌의 대답을 듣고 더더욱 당황할 수밖에 없었다.

"······그게 어디에 도움이 되는 건데?"

"예?"

"아니, 그러니까 세계의 비밀을 해명해봤자 그게 어디에 도움이 되는 거냐고."

"그, 그러니까 말했잖아요?! 한층 더 고차원의 존재에 다가가기 위해······."

"그 고차원의 존재라는 건 뭔데? 신?"

"······그건."

시스티나는 바로 답하지 못하는 자신이 너무 분해서 몸을 떨었다.

그런 시스티나에게 글렌은 시시하다는 듯 추격타를 가했다.

"애초에 마술이 인간에게 어떤 은혜를 베풀었다는 건데? 예를 들면 의료 기술은 인간을 병마의 위협으로부터 구원해

줬잖아? 야금(冶金)#1 기술은 인간에게 철을 베풀어줬어. 농경 기술이 없으면 인간은 굶어 죽었을 테고, 건축 기술 덕분에 인간은 쾌적한 환경에서 살아가고 있지. 이 세계에서 술(術)이라는 이름이 붙은 건 대부분 인간에게 도움을 주지만, 마술만은 아무런 도움도 안 된다고 생각하는 건 내 기분 탓인가?"

글렌의 말은 어떤 의미로는 진실이었다. 마술을 쓸 수 있고, 마술의 은혜를 입을 수 있는 건 마술사뿐이다. 마술이 인간에게 도움이 되지 않는 가장 큰 이유였다. 마술은 야금 기술이나 농경 기술처럼 직접적으로 널리 인간에게 이익을 가져다주는 성질의 기술이 아닌 것이다.

애당초 마술은 소수의 전유물이 되어야 한다는 사상이 마술사 대부분의 공통 인식이며, 이것이 마술의 연구 성과가 일반인에게 돌아가는 것을 굳게 방해하고 있었다. 그래서 지금도 마술은 기분 나쁘고 무시무시한 악마의 힘이자 평범하게 살아가는 동안에는 직접 볼 수도, 경험할 수도 없는 힘이라는 것이 일반인들의 공통 인식이었다.

그렇다. 사실상 마술은 인간에게 직접적으로 도움을 주고 있지는 않았다. 마술을 일반인의 속물스럽기 짝이 없는 시점으로 본 의견이지만, 이 또한 엄연한 사실이었다.

#1 야금(冶金) 광석에서 금속을 골라내는 일이나 골라낸 금속을 정제, 합금, 특수 처리하여 여러 가지 목적에 맞는 금속 재료를 만드는 일.

"마술은…… 인간에게 도움이 되느냐 마느냐 하는 그런 저 차원적인 대상이 아니에요. 인간과 세계의 진정한 의미를 탐구하는……."

"하지만 누구에게도 도움이 안 된다면 실질적으로는 단순한 취미 생활에 불과하잖아? 괴롭지 않은 헛수고, 다른 사람들이 느낄 수 없는 자기만족. 마술이란 건 요컨대 단순한 오락의 일종인 셈이지. 내 말이 틀려?"

시스티나는 이를 악물 수밖에 없었다. 어째서 자신은 이런 속물적인 의견에 반박조차 할 수 없는 것일까. 어째서 압도적으로 밀리고 있는 것일까.

긍지 높은 피벨 가의 차기 당주로서 마술에 모든 것을 바쳐 온 지금까지의 인생을 정면으로 부정당했는데도, 자신이 무슨 말을 하든 이 글렌이라는 남자의 주장을 무너뜨리는 것은 불가능하리라는 예감이 들었다. 일단 이 남자는 확고한 한 가지 사실을 기반으로 말하고 있기 때문이다.

시스티나는 너무나도 분한 나머지 입술을 떨었다.

"미안, 거짓말이다. 사실 마술은 훌륭하게 인간 세상에 도움이 되고 있어."

"……예?"

하지만 갑자기 글렌이 손바닥을 뒤집듯 자신의 말을 번복하자, 시스티나는 물론이고 마른침을 삼키며 두 사람을 지켜보던 학생들까지 눈을 동그랗게 떴다.

그러나—.

"그래, 마술은 엄청나게 도움이 되고 있지. ……살인에는."

가느다랗게 뜬 눈 사이에서 냉랭하게 빛나는 어두운 눈동자, 차갑게 일그러진 입에서 자아낸 그 내용은 교실 안에 있는 모든 학생의 간담을 서늘하게 하기에 충분했다.

그 모습은 평소의 나태한 글렌과는 완전히 다른 사람 같았다.

"실제로 마술만큼 인간을 죽이는 데 뛰어난 기술은 없다고? 검술이 인간을 한 명 죽이는 사이에 마술은 수십 명을 죽일 수 있지. 마도사로 구성된 일개 소대라면 전술적으로 통솔된 일개 사단을 통째로 불태워 버리는 것도 가능해. 어때? 훌륭하게 도움이 되고 있잖아?"

"웃기지 마세요!"

도저히 이 말은 흘려 넘길 수 없었다. 마술에 가치가 없다고 단언하는 건 그렇다 쳐도 이렇게까지 깎아내리는 것은 참을 수 없었다.

"마술은 그런 게 아니에요! 마술은—."

"너 말이다. 이 나라의 현 상황을 봐. 마도 대국이라는 거창한 이름으로 불리고 있지만, 그게 타국에는 어떤 의미를 가지는지 알기나 해? 제국 궁정 마도사단이라는 위험한 놈들에게 매년 막대한 예산을 퍼붓는 건 어째서고?"

"그, 그건."

"네가 아주 좋아하는 결투에 룰이 생긴 건 어째서지? 너희들이 배우는 범용 초급 마술 대부분이 공격 계통 마술인 이유는?"

"그건."

"너희들이 그렇게 좋아하는 마술이 2백 년 전의 『마도 대전』, 40년 전의 『봉신 전쟁』에서 대체 무슨 짓을 저질렀는지는 알아? 최근에 이 제국에서 마술 범죄자들이 마술로 저지른 흉악 범죄의 연간 건수와 그 역겨운 내용을 알고는 있어?"

"으!"

"것 보라고. 옛날이건 지금이건 마술과 살인은 떼려야 뗄 수 없는 관계야. 어째서냐고? 다름 아닌 마술이야말로 인간을 죽이기 위해 진화와 발전을 거듭해온 변변찮은 기술이기 때문이지!"

사실 이쯤 되면 글렌의 주장은 지나친 말이었다. 확실히 마술에는 인간을 상하게 하는 측면이 다수 존재하지만, 결코 그것뿐만은 아니다.

하지만 항상 만사에 초연한 얼굴의 글렌이 지금만큼은 뭔가를 증오하는 얼굴로 거침없이 열변을 토하자, 그 기세에 압도된 학생들은 무엇 하나 반론하지 못했다.

"정말이지, 난 너희들 속을 모르겠다. 이런 사람 죽이는 것 말고는 별 도움도 안 되는 기술을 뼈 빠지게 공부하다니 말이지. 이런 하찮은 일에 인생을 낭비할 거라면 차라리 좀 더 제대로 된—."

짜악! 하고 메마른 소리가 울려 퍼졌다.

시스티나가 글렌에게 다가가서 뺨을 때린 소리였다.

"아야야…… 너, 이게?!"

비난하는 눈초리로 시스티나를 쳐다본 글렌은 곧 할 말을 잃었다.

"아니……에요……. 마술은…… 그런 게…… 아니라구요……."

어느새 시스티나는 눈물이 가득 고인 눈으로 울고 있었다.

"왜…… 그렇게…… 심한 말만 하는 거죠……? 당신 따위, 정말 싫어."

그 말을 남기고 시스티나는 소매로 눈물을 닦으며 교실에서 뛰쳐나갔다.

그 뒤에 남겨진 것은 압도적인 거북함과 침묵뿐.

"칫."

글렌은 머리를 벅벅 긁으면서 혀를 찼다.

"아~ 왠지 의욕이 안 생기니까 오늘 수업은 자습이다."

글렌은 한숨을 내쉰 후 교실을 뒤로했다.

그날 글렌이 교실에 모습을 보이는 일은 없었다.

방과 후. 따스한 황혼의 색이 내려앉은 시간대.

오늘 수업을 전부 땡땡이친 글렌은 줄곧 학원 동관의 옥상 발코니 위에 서 있었다. 딱히 뭔가를 한 건 아니었다. 그저 멍하니 이날 하루를 낭비했을 뿐.

"……역시 나한테는 안 맞는 거겠지."

옥상을 둘러싼 철책에 축 늘어진 몸을 기대고 먼 곳을 바라보던 글렌이 그런 말을 중얼거렸다. 이 호화로운 5층 건물 옥상에서 내려다보는 학원 부지 내의 광경은 옛날과 전혀 변함이 없었다. 복잡하게 얽힌 돌바닥이 깔린 길, 공중 정원, 옛 성을 방불케 하는 건물들, 약초 농원, 미궁의 숲, 고대 유적, 그리고 전송탑— 인공물과 자연이 뒤섞인 신비한 광경. 그리고 언제나 하늘에 떠 있는 환영의 성.

"하긴 맞을 리가 있나. 마술을 무지하게 싫어하는 주제에 마술강사라니, 이런 웃기는 일이 어디 있냐고."

글렌은 문득 자신이 부임한 이후로 항상 시비를 걸던 그 은발 소녀를 떠올렸다. 이름이 뭐더라……. 아마 시스…… 잘 기억이 안 난다. 뭐, 아무렴 어때.

"젠장, 그 백발 계집애…… 인정사정 볼 것 없이 때렸겠다. 참 나, 정말 첫날부터 건방진 녀석이었지……."

그러고 보니 십자로에서 부딪힌 게 첫 만남이었던가.

"……뭐가 마술은 위대하다는 거냐, 멍청한 녀석."

고작 열흘 정도 본 것뿐이지만, 그 은발 소녀가 마술의 궁극에 도달하기 위해 아무런 망설임 없이 매일 노력하고 있다는 건 잘 알 수 있었다. 마술의 어두운 면과 위험성에서는 눈을 돌린 채 화려한 면만 동경하며 세계의 진리니 뭐니 하는 귀에만 듣기 좋은 부분만 좇는…… 어린애였다.

하지만 그 소녀가 어린애라면 그 어린애의 말을 물고 늘어진 자신은 대체 뭘까.

"……나도 어른이 덜됐군."

어쩌면 자신은 그 은발 소녀가 부러웠던 걸지도 모른다. 마술의 훌륭함을 아무런 의심도 하지 않고 믿으며 그 길에 모든 정열을 바칠 수 있는 소녀가 부러웠다. ─자신은 이제 그런 정열을 가질 수 없기에…….

"역시 난 여기 있으면 안 되겠지……."

솔직히 앞으로도 그 소녀에게 심한 말을 하지 않을 자신이 없었다. 글렌의 마술 혐오는 뿌리가 깊고 철저하기 때문이다. 딱히 자신이 어떻게 되든 상관없지만, 목표를 가지고 노력하는 사람을 방해하는 건 좋지 않다. 그것만큼은 자신도 잘 알고 있었다.

"세리카에게는 미안하지만……."

글렌은 품속에 감춰뒀던 봉투를 꺼냈다. 이 안에 들어 있는 건 사표였다. 아마 한 달도 버티지 못할 거라고 생각해서 몰래 챙겨두고 있었다.

지금 이 자리에서 글렌은 무슨 일이 있어도 세리카에게 빌붙어 살겠다는 결심을 했다.

"좋아. 돌아가서 머리 박고 절하는 연습을 하자. 성심성의껏 사과하면 세리카도 용서해주겠지……. 내가 은둔형 외톨이 백수로 되돌아가는걸!"

긍정적인 자세로 최저, 최악의 결심을 하며 옥상을 떠나려고 했을 때였다.

"응?"

이 마술학원 본관의 양쪽 끝에 있는 동관과 서관은 꺾여서 마주 보는 구조였다. 지금 동관의 옥상에 있는 글렌은 서관을 정면으로 내려다볼 수 있었다.

서관의 한 창문에서 그림자가 움직인 기분이 들었다.

"……뭐지?"

분명 저곳은 마술 실험실이었다. 이런 시간까지 학생이 남아 있을 리가 없었다.

《피안을 현실로·총명한 내 눈은·만 리를 바라보노라》.

글렌은 오른쪽 눈을 감고 세 소절의 룬어로 원견(遠見) 마술— 흑마 【어큐레이트 스코프】를 영창했다. 그 순간, 마치 창문 앞에서 실험실 안쪽을 들여다본 듯한 광경이 오른쪽 눈꺼풀 뒤로 펼쳐졌다.

실험실 안에는 한 소녀가 있었다.

"저 금발 여자애는……."

생각났다. 그 은발 소녀를 항상 강아지처럼 졸래졸래 따라다니는 그 소녀. 분명 은발 소녀는 루미아라고 불렸던가.

"뭘 하는 거지? 이런 시간에."

루미아는 교과서를 보면서 수은으로 바닥에 원을 그리고, 오망성을 그렸다. 그리고 룬문자를 오망성 안쪽과 바깥쪽에 쭉 적은 후, 영점(靈点)에 마정석 등의 촉매를 배치했다.

아무래도 루미아는 단독으로 법진(法陣) 구축을 실험하고 있는 모양이었다.

"호오? 저건 유전(流轉)의 오망성…… 그립네. 마력 원환진인가."

저 법진에는 딱히 대단한 효과가 있는 건 아니었다. 그저 법진 위를 흐르는 마력의 흐름을 시각적으로 이해하기 위한 학습용 마술일 뿐이다. 저걸 아무것도 보지 않고 완성할 수 있다면 일단 법진 구축술의 기초는 뗀 셈이라 할 수 있었다.

"그런데 진짜 엉망이네……. 이봐, 제7영점이 끊겼다고? 아아~ 수은이 옆으로 샜잖아……. 아니, 야 촉매를 배치할 건 거기가 아니라…… 오, 아무래도 이건 눈치챘나 보군."

마치 옛날에 어디서 본 실수다.

"그러고 보니 어렸을 때는 세리카와 자주 놀이 삼아 했었지."

돌이켜 보면 그것은 글렌이 처음으로 실천한 가장 마술다운 마술이었다. 딱히 무슨 대단한 일이 벌어지는 것도 아닌 시시한 마술에 어째선지 가슴이 크게 뛰었던 것이 떠올랐다.

루미아는 글렌이 훔쳐보고 있는 줄은 꿈에도 모르고 시행착오 끝에 간신히 법진을 완성해서 주문을 영창했다. 하지만 법진은 작동하지 않았다. 루미아는 이상하다는 듯 고개를 갸웃거렸다.

"바~보. 그렇게 잘 되겠냐."

루미아는 몇 번이나 바닥의 법진과 교과서를 비교하면서 확인하다가, 법진 구석에 있는 부분을 살짝 수정한 후 다시 주문을 영창했다. 하지만 역시 법진은 작동하지 않았다. 난처한 듯이 어깨를 늘어뜨리는 것이 보였다.

"……바보 같군."

눈 뜨고 봐줄 수가 없었다. 글렌은 원견 마술을 해제한 후, 한숨을 내쉬며 옥상을 뒤로했다.

"뭐, 열심히 해봐라. 후배."

쾅!

갑자기 마술 실험실의 문이 난폭하게 열리는 바람에 루미아는 깜짝 놀라서 펄쩍 뛰었다.

"그, 그, 글렌 선생님?!"

열린 문 너머에는 글렌이 무뚝뚝한 얼굴로 우두커니 서 있었다.

"여긴 여전히 낡아빠졌군."

글렌은 실험실 안을 둘러보며 투덜댔다.

비교적 넓은 교실이었다. 벽에 붙은 찬장에는 해골과 도마뱀 표본이 든 병과, 결정 같은 수상한 마술 소재가 쭉 늘어서 있었다. 가지런한 책상들 위에 있는 건 양피지에 그려진 법진과 플라스크, 비틀어진 사이폰 같은 유리 기구들. 안쪽에는 커다란 마력 화로와 연금 가마솥까지 있었다. 이 방의 수상쩍은 분위기가 옛날과 조금도 변하지 않은 사실이 글렌에게는 그립게 느껴졌다.

"어, 어떻게 여기에……?"

"그건 내가 할 말이다. 학생이 마술 실험실을 개인적으로 쓰는 건 원칙상 금지되어 있을 텐데?"

글렌은 그렇게 말하는 자신도 참 뻔뻔하다는 생각이 들었다. 사표를 내기 위해 학원장실에 가려면 반드시 이 마술 실험실 앞을 지나치게 된다. 왠지 신경이 쓰여서 문틈으로 안쪽을 들여다봤더니 아니나 다를까 실험이 잘 풀리지 않아서 전전긍긍하는 루미아의 모습이 보였다. 정신을 차리고 보니 글렌은 어느새 문을 열고 있었다.

"죄, 죄송해요! 사실 전 법진을 만드는 게 서투르다 보니 요즘에는 수업 진도를 따라갈 수가 없어서……. 하지만 오늘은 항상 옆에서 가르쳐주는 시스티도 없고……, 무슨 일이 있어도 이 법진을 복습해두고 싶었어요……. 그래서……."

"몰래 숨어들어 왔다 이거냐. 마술 자물쇠가 걸려 있었을 텐데 대체 어떻게 해서?"

"에, 에헤헤…… 사무실에 숨어들어서 이걸 슬쩍해 왔거든요……."

루미아는 혀를 살짝 내밀고 열쇠를 손에 들어 보였다.

"……넌 겉보기와 다르게 꽤 말썽꾸러기군."

글렌은 기가 막힌다는 표정으로 어깨를 으쓱거렸다.

"죄송해요! 금방 치울게요! 나중에 무슨 벌을 내리셔도 받을 테니까요!"

황급히 정리하려는 루미아의 팔을 글렌이 붙잡았다.

"선생님?"

"됐다. 끝까지 해봐. 이제 거의 다 완성했잖아. 지우는 건
아깝지."

"그, 그치만…… 잘 안 돼서…… 어차피 이제 포기할 셈이었
는걸요……."

루미아는 약간 슬픈 듯이 한숨을 내쉬었다.

"왜 이럴까…… 전에는 잘됐는데…… 절차에는 문제가 없었
을 텐데……."

"멍청한 녀석. 수은이 부족한 것뿐이야."

"예?"

글렌의 바닥에 그려진 법진으로 다가가 수은이 든 항아리를
마치 술이라도 따르려는 것처럼 한 손으로 들었다. 눈을 가늘
게 뜨고 법진을 응시하다가 천천히 손에 든 항아리를 기울인
다. 그 손에는 전혀 흔들림이 없었고, 머지않아 항아리 주둥
이에서 수은이 가느다란 실처럼 법진으로 흘러내렸다.

그러자 갑자기 글렌이 항아리를 든 팔을 재빨리 움직였다.
기계 같은 정확함으로 수은으로 된 실이 법진을 구축하는 각
라인을 덮었다. 그 동작에는 일말의 망설임도 없었다.

"……굉장해."

그 능숙한 솜씨에 루미아는 눈을 휘둥그레 뜨고 숨을 삼켰다.

"법진을 그리는 데 다소 익숙해진 녀석은 소재를 아끼려다 마력로(魔力路)를 끊어버리는 경향이 있지."

글렌은 항아리를 내려놓은 후 바닥에 떨어져 있는 장갑을 왼손에 꼈다. 그리고 바닥의 수은 법진에 손가락을 대고 탁월한 손놀림으로 수은을 움직여서 군데군데 끊어진 부분을 수선했다.

"너희들은 눈에 보이지 않는 것에는 신경질적인 주제에 어째선지 눈에 보이는 건 소홀히 하는 경향이 있어. 마술을 필요 이상으로 신성시하는 증거라고…… 좋아."

글렌은 일어나서 왼손에 꼈던 장갑을 벗어 던졌다.

"한 번 더 기동해봐라. 교과서에 적힌 대로 다섯 소절로. 건방지게 단축 같은 건 하지 말고."

"아, 예."

루미아는 다시 법진 앞에 섰다. 심호흡을 하고 노래하듯 시원스러운 목소리로 주문을 영창했다.

"《돌아라 · 돌아라 · 원초의 생명이여 · 섭리의 원환에서 · 길을 이루어라》."

그 순간 법진이 하얗게 달아오르며 시야를 전부 흰색으로 물들였다.

"아!"

이윽고 빛이 잦아들자 종이 울리는 고음을 내면서 작동하는 법진이 시야에 들어왔다. 마력이 통한 것이리라. 법진의 라인을 일곱 색깔 빛이 자유롭게 달리고 있었다.

일곱 가지 빛과 반짝이는 수은이 자아내는 환상적인 광경.

그 모습은 신비적이고— 무엇보다 단순히 아름다웠다.

"와아…… 예뻐……."

루미아는 그 광경을 무척 감동한 얼굴로 지그시 쳐다보았다.

"나 원 참…… 이게 그렇게 감격할 만한 일인가?"

글렌은 차갑게 식은 눈으로 법진을 힐끗 흘겨보았다.

"그야…… 지금까지 본 그 누구의 법진보다도 마력이 선명한 데다…… 섬세하고 힘차게 빛나는걸요……. 선생님은 굉장해요……."

"바보 같은 소릴. 이 정도는 누구나 다 할 수 있어. 애초에 이건 대부분 네가 그린 거다. 네가 정제한 소재와 촉매의 질이 좋았던 거겠지. 분명."

"……선생님?"

루미아는 글렌이 재빨리 실험실을 나가려 하는 것을 깨달았다.

"난 간다."

"아…… 자, 잠깐 기다려주세요!"

루미아는 황급히 글렌의 옷자락을 붙잡고 멈춰 세웠다.

"……왜?"

"예? 아…… 그게……."

자신이 왜 멈춰 세운 건지 고민하는 모양이다. 루미아는 당

황해서 눈을 이리저리 굴렸다.

"그러니까…… 맞아. 선생님. 이제 집에 가시는 거죠?"

"응? ……뭐, 그렇다만."

사실은 지금부터 학원장실에 사표를 내러 갈 생각이었지만, 왠지 지금은 그럴 기분이 아니었다. 내일 가져가도 딱히 상관은 없으리라.

"그럼 도중까지는 저랑 함께 가지 않으시겠어요?"

"……뭐?"

루미아의 예상치 못한 제안에 글렌은 눈썹을 찡그렸다.

"그게……, 전 한 번쯤 선생님과 느긋하게 이야기를 해보고 싶었거든요."

"싫어."

하지만 글렌은 쌀쌀맞은 태도로 거절했다.

"그런……가요."

루미아는 안타까운 듯, 슬픈 듯 어깨를 축 늘어뜨리며 눈을 내리깔았다. 그 모습이 왠지 주인에게 버림받은 강아지의 모습과 겹쳐 보였다.

"같이 가는 건 사양하겠지만……."

왠지 자신답지 않다고 생각하면서 글렌은 불쑥 한마디 중얼거렸다. 왠지 불쌍하게 버려진 개를 보고 뒷맛이 찝찝해진 기분이었다.

"멋대로 따라오고 싶으면 맘대로 해라."

"아…… 감사합니다, 선생님! 그럼 조금 아깝지만, 빨리 정리할 테니 잠시 기다려주세요!"

루미아는 기쁜지 푸근한 미소를 짓고 서둘러서 법진을 지우기 시작했다.

글렌은 그런 루미아의 천진난만한 모습을 보고 못 말리겠다는 듯이 어깨를 으쓱거렸다.

"와아, 선생님! 저것 좀 보세요!"

학원을 나와서 페지테의 큰길로 나온 두 사람의 시야에 들어온 것은 하늘에 뜬 환영의 성이었다.

완만한 내리막으로 이어지는 페지테의 큰길은 시야가 탁 트여 있다 보니, 저 멀리 떠 있는 천공의 성이 전체적으로 잘 보였다. 노을이 질 무렵, 붉은색으로 아름답게 물든 하늘에 황금색으로 빛나는 천공의 성은 평소보다 한층 더 장엄하게 보였다.

"제 친구 중에 저 성을 무척 좋아하는 애가 있는데요. 전그 애처럼 성의 수수께끼를 푸는 데는 관심이 없지만, 저렇게아름답고 웅대한 모습을 보면…… 왠지 한 번쯤 저 성에 가보고 싶다는 생각이 들곤 해요."

"……그래?"

약간 뺨이 달아오른 얼굴로 하늘을 올려다보는 루미아와는대조적으로 글렌의 반응은 완전히 무덤덤했다.

"저딴 게 있으니까 마술에 착각을 품는 바보가 생기는 거라고. 정말이지, 지긋지긋해."

"선생님?"

그 말투는 누군가를 비난하는 것보다 오히려 자조가 섞인 것처럼 들렸다.

"자, 한눈팔지 말고 어서 가자."

"아, 예……."

글렌이 걸음을 옮기기 시작했다. 루미아도 황급히 그 뒤를 따랐다.

페지테의 큰길을 글렌과 루미아가 함께 걸었다.

함께 라고는 해도 글렌이 큰 걸음으로 사양하지 않고 성큼 성큼 걷는 한편, 루미아는 빠른 걸음으로 열심히 그 뒤를 따르는 구도였다.

지금은 저녁때라 낮만큼은 아니어도 그럭저럭 사람이 돌아다니고 있었다. 글렌은 어느새 루미아가 따라오고 있다는 사실도 잊은 채 사람을 피하는 데 전념했다.

"선생님은…… 사실 마술을 좋아하시는 거죠?"

그런데 옆으로 다가온 루미아가 갑자기 그런 말을 꺼냈다.

"왜 그렇게 생각하지?"

"아뇨, 그게…… 선생님이 제 법진을 고쳐주셨을 때…… 굉장히 즐거워 보이셨거든요."

글렌은 자기도 모르게 입가를 가리며 말문이 막혔다.

즐거워 보였다고? 그런 표정을 지었던 건가? 마술을 행하면서?

"하하! ……그럴 리가."

글렌은 웃어넘겼다.

"이젠 알 거라고 생각한다만, 난 마술을 무지하게 싫어해. 즐거웠을 리가 없지."

"후후, 그런가요."

하지만 루미아는 다 안다는 얼굴로 미소 지을 뿐이었다.

글렌은 그녀가 자신의 속마음을 꿰뚫어 본 것 같아서 왠지 재미가 없었다.

"그래도……, 선생님이 정말로 마술을 싫어하신다고 해도 오늘 하신 말씀은 좀 너무했어요. 시스티…… 시스티나도 울었는걸요."

그 은발 소녀의 이름은 시스티나였던 모양이다.

"내일 사과해주셔야 해요? 시스티에게 마술은 돌아가신 할아버님과의 인연을 잇는 소중한 존재인걸요. 시스티는 위대한 마술사였던 할아버님을 줄곧 무척 따르며 존경했고…… 언젠가는 할아버님 못지않은 훌륭한 마술사가 되는 게…… 돌아가신 할아버님과의 약속이었으니까요."

"……그러냐. 그건 미안한 짓을 했군."

자신이 존경하는 인물을 간접적이기는 해도 무가치하고 시시하다며 깎아내린다면 그야 누구라도 화낼 법하다.

"그건 그렇다 치고, 뭐야? 넌 나한테 설교하려고 같이 가자는 말을 꺼낸 거냐?"

"아, 아뇨……. 그런 점도 있지만, 그게 아니라……."

루미아는 할 말을 머릿속으로 정리하는지 잠시 입을 다물었다.

"저기…… 뭐 좀 여쭤봐도 괜찮을까요?"

"내용에 따라서."

"저기…… 이 학원의 강사가 되기 전에…… 글렌 선생님은 어떤 일을 하셨나요?"

글렌은 말문이 막힌 듯 한차례 숨을 내쉬더니 당당하게 가슴을 펴고 말했다.

"은둔형 외톨이 겸 밥벌레였습니다만."

"예? 은둔형 외톨이? 밥벌레?"

"세리카라는 거만한 여자가 학원에서 힘 좀 쓰잖아? 어렸을 적에는 그 녀석이 어머니 대신처럼 날 돌봐줬는데, 그 인연으로 지금까지 줄곧 빌붙어 살고 있어. 훗, 굉장하지?"

"아, 아하하…… 왜 그렇게 자랑스럽게 말씀하시는 건지 잘 모르겠는데요……."

루미아는 쓴웃음을 흘릴 수밖에 없었다.

"하지만 그건 거짓말이죠?"

어째서 그렇게 자신만만하게 단언하는 건지 몰라서 글렌은 당혹감을 감출 수 없었다.

"거짓말 아니거든? 이 내가 착실하게 일을 할 고분고분한 인간으로 보여? 요 1년 동안은 세리카의 재산을 실컷 뜯어먹으면서 살았다고."

"1년…… 그보다 전에는요?"

"……아~ 미안. 허세가 지나쳤다. 이 학원을 졸업한 후로 지금까지 줄곧 그렇게 살아왔어. 도무지 일하는 게 성미에 안 맞아서 말이지~ 진정한 나를 찾고 있었다고 할까……."

루미아는 아무래도 납득이 가지 않는 얼굴로 글렌을 쳐다보았다.

"아~ 내 흑역사를 파헤치는 건 그만하자. 이걸로 끝! 그럼 이번에는 내가 질문할 차례다!"

이 이야기를 되풀이하고 싶지 않았기에 글렌은 화제를 바꾸었다. 딱히 이 루미아라는 소녀에게 관심이 있는 건 아니었지만, 이렇게 된 이상 어쩔 수 없었다.

"너희들은 말이다. 왜 그렇게까지 마술에 필사적인 거지? 시스티나라는 녀석도 그렇고 너도 그렇고. 너무 진지한 거 아니야?"

"그건……."

"오늘도 말했지만, 마술이란 건 정말로 변변찮은 기술이라고? 없어도 딱히 곤란할 건 없고, 있으면 있는 대로 문제가 생겨. 대체 뭐가 좋아서 이런 걸 배우는 거지?"

화제를 바꾸려고 아무 생각 없이 한 질문이었지만, 루미아라는 소녀는 뜻밖에도 글렌의 말을 진지하게 받아들인 모양이다. 잠시 생각에 잠긴 듯 고개를 숙였다.

"다른 사람들이 무슨 생각으로 마술 공부에 매진하는지는 모르겠지만…… 전 이유가 있어요."

"흐응~ 혹시 그거냐? 세계의 진리 탐구라든가, 인간의 진화 같은 거?"

"아하하, 아니에요. 그런 고상한 일은 저에게는 무리인걸요."

"……흐음?"

글렌은 처음으로 아주 조금이지만 이 루미아라는 소녀에게 관심이 생겼다.

"그럼 왜 마술에 뜻을 둔 거지?"

"음…… 전 마술을 진정한 의미에서 인간의 힘으로 만들고 싶어요. 그래서 지금은 마술을 깊이 알고 싶은 거구요."

글렌은 그 말을 자신의 마술을 부정하는 태도에 대한 우회적인 비판으로 받아들였다.

"나 원 참, 힘은 의지를 갖고 있지 않다는 흔해빠진 논리냐? 검이 사람을 죽이는 게 아니라 사람이 사람을 죽이는 것뿐이라고 말하고 싶은 건가?"

"예. 하지만…… 제 생각은 조금 달라요."

"응?"

"오늘 선생님께서 말씀하신 대로 인간을 상처 입힐 커다란 가능성을 가진 마술이라는 힘은, 분명 없는 편이 나을 거예요. 그렇게 되면 마술 때문에 상처 입는 사람들이 없어질 테니까요. 하지만 이미 현실에는 마술이 **존재**하고 있죠."

"……그건 그렇지."

"이미 **존재**하고 있는 이상 그것이 **없어지기**를 바라는 건 비현실적이에요. 그렇다면 우리는 생각해야만 해요. 마술이 인간에게 해를 끼치지 않게 하려면 어떻게 해야 좋을지를."

"……."

"하지만 마술에 대해 잘 모른다면 그 방안을 떠올리는 건 불가능하겠죠. 지식이 없으면 마술은 그저 영문을 알 수 없는 악마의 요술이자, 살인의 도구이자, 법과 인륜을 벗어난 불합리한 힘에 지나지 않을 테니까요."

"요컨대…… 무조건 마술을 기피하는 것보다는 지성으로 올바르게 마술을 제어하자는 거냐? 모든 마술사가 그렇게 될 수 있도록 힘쓰고 싶다고?"

"예. 저 같은 범재에게 가능할지는 모르겠지만요……."

"넌 마도청 간부…… 마도 보안관이라도 되고 싶은 거냐?"

"후후, 그게 제가 바라는 길로 이어진다면…… 지금은 그게 제 목표겠네요."

글렌은 속 편하게 말하는 소녀를 깊은 한숨을 내쉬면서 타일렀다.

"미리 말해두지만 헛수고일 거다. 아니, 노력하면 간부쯤은 될 수 있을지도 모르지. 하지만 네가 바라는 목표는 너무나도 장애물이 많아. 너 혼자 힘으로 어떻게 할 수 있을 만큼 마술의 어둠은 만만하지 않다고."

"저도 알아요. ……그래도 이게 제 목표인걸요."

"어째서? 왜 굳이 그런 고생하고 보람도 없는 길을 걸으려는 거지?"

그러자 루미아는 어째선지 부드럽게 미소 짓더니, 뭔가를 그리워하는 표정으로 먼 곳을 바라보았다.

"저에게는…… 은혜를 갚고 싶은 분이 계세요."

"은혜? 그게 무슨 소리야?"

"그건 3년쯤 전에 있었던 일이에요. 집안 사정 때문에 추방 당해서 시스티네 집에 신세를 지게 됐을 무렵, 전 나쁜 마술 사들에게 붙잡혀서 살해당할 뻔 했어요……."

"넌 겉보기와 다르게 꽤 힘든 인생을 보냈구만. 아니, 그보다 집안 사정 때문에 추방이라니…… 너, 혹시 어디 유명한 귀족 가문 출신이냐?"

"아, 아뇨! 그렇게 대단한 집안은 아니에요! 정말로요! 집이 가난해서예요! 가난!"

루미아는 황급히 손을 저으며 부정했다.

하지만 가난뱅이가 형편이 곤란해서 아이를 버리는 걸 『추 방』이라고 말하지는 않으리라.

"잠깐…… 그러고 보니 넌……."

갑자기 무슨 생각이 든 건지 글렌이 루미아의 얼굴을 들여다보았다. 눈을 가늘게 뜨고 멀리 있는 것을 찾는 표정이었다.

"……선생님? 왜 그러세요?"

그러자 루미아는 뭔가를 기대하는 표정으로 글렌의 얼굴을 쳐다보았다.

"아니, 아무것도 아니다. ……그런데 그 뒷이야기는?"

하지만 글렌은 그럴 리가 없다는 듯 고개를 젓고 루미아에게 뒷이야기를 재촉했다.

루미아는 아주 살짝 아쉬운 것처럼 한숨을 내쉰 후 이야기를 다시 시작했다.

"그때의 전, 집에서 추방당한 일도 있어서 정서가 불안정했고……. 왜 나만 이런 일을 당해야 하느냐며 겁이 나서 떨고 울기만 할 뿐이었어요. ……하지만 그때 어디선가 갑자기 나타난 마술사가 위기에서 절 구해주셨답니다."

"뭐야 그게. 그 녀석, 틀림없이 등장할 타이밍을 노린 걸 거다. 참 나, 폼 잡기는."

"그때 전, 저를 지키기 위해 나쁜 마술사들을 망설임 없이 살해하는 그분이 너무 무서웠어요. 그분도 나쁜 마술사를 죽이는 게 자기 일이라고 말씀하셨구요. 하지만 그분은 사람을 죽일 때마다 무척 괴로운 얼굴을 하셨으면서……, 그래도 저를 지키기 위해 마지막까지 싸워주셨어요. 그런데도 당시의 전 너무 무서워서 그분에게 감사 인사를 못 드렸죠……."

"흥~."

"그분과 함께 있었던 시간은 아주 잠깐이었지만…… 사실 다정한 분이셨을 거예요. 그러니 마음 아파하면서도 타인을 위해 싸우실 수 있었던 거겠죠. 그런 식으로 길을 벗어난 나쁜 마술사들만 없었다면……, 그분은 절 위해 그렇게까지 슬픈 표정을 짓지 않으셔도 됐을 텐데…….”

“흥~.”

“전 그분에게 목숨을 구원받았어요. 그 사건이 끝나고 이번에는 제가 그분을 도와드릴 차례라고 생각했어요. 그래서 인간이 마술 때문에 올바른 길을 벗어나지 않도록 인도할 수 있는 입장이 되자고 결심했어요. 그러기 위해서 마술을 공부하자고요. 그 길을 걷다 보면…… 언젠가 그분에게 그때 못한 감사를 전할 날이 오지 않을까 싶었거든요. 어둠 속에서 그저 홀로 울고만 있었던 어릴 적의 저에게 빛을 밝혀주신…… 그분에게요.”

글렌은 거기까지 듣더니 어깨를 떨면서 입을 다문 채로 웃음을 흘리기 시작했다.

“큭큭큭…… 그것참 끝내주는 전개인걸. 뭐야, 그 싸구려 대중 소설에서도 안 쓸 법한 전개는. 분명 너무 진부해서 안 팔릴 거다.”

“후후, 그럴지도요. 그래도 현실은 소설보다 이상하다는 말도 있잖아요?”

자신의 진지한 결심을 무신경하게 웃어넘겼는데도 루미아는 온화한 표정으로 웃을 뿐이었다.

“하하…… 그럴 리가.”

그 말을 끝으로 별다른 대화는 없었다.

변함없이 자기 페이스대로 성큼성큼 걸어가는 글렌을, 어째선지 루미아가 기분 좋은 얼굴로 강아지처럼 졸래졸래 따라가고 있었다. 그런 구도를 유지하면서 두 사람은 서로가 처음 만난 그 십자로에 도착했다.

"아, 선생님. 전 이쪽이에요. 시스터네 집에서 하숙하고 있거든요."

"그러냐. 그럼 조심해서 돌아가라."

"괜찮아요. 바로 근처인걸요."

"그래. 하지만 만에 하나의 경우도 있어. 일단 조심은 해."

"후후, 선생님은 의외로 잔걱정이 많으시네요."

"바보 녀석. 그만큼 네가 조심성이 없어 보인다는 뜻이라고."

"아하하, 그럼 조심할게요. 선생님, 내일 또 뵙겠습니다!"

"……그래."

글렌은 점점 작아져 가는 루미아의 뒷모습을 가만히 지켜보았다.

루미아는 가는 도중에 몇 번이나 몸을 돌려서 글렌이 있는 걸 확인하고 기쁜 듯 손을 흔들었다.

"……네가 무슨 강아지냐."

별생각 없이 흘러나온 말이었지만, 왠지 모르게 요점을 찌른 기분이 들었다.

루미아가 강아지라면 시스티나라는 소녀는 고양이일까. 아, 그렇군. 새침한 태도가 딱 어울린다.

왠지 모르게 그런 시시한 생각이 들었다.

"그건 그렇고…… 저 녀석, 흐리멍덩한 것처럼 보여도 속으로는 이것저것 생각하고 있었군……."

글렌은 조금 전에 루미아가 했던 말을 머릿속으로 되새겼다.

"……『생각해야만 한다』라……."

그리고 글렌은 품속에서 사표를 꺼내 들고 노을에 비추듯 내용물을 들여다보았다.

"자…… 그럼, 어떻게 할까."

제3장 한 줌의 의욕

다음 날, 수업 종이 치기 전.

시스티나는 옆자리에서 열심히 예습하는 루미아를 힐끔 쳐다본 후, 창밖으로 페지테의 하늘에 떠 있는 『멜갈리우스의 천공성』을 턱을 괸 채 멍하니 올려다보았다.

페지테를 상징하는 하늘 위의 성. 왜 거기에 있는 건지, 언제부터 거기에 있었던 건지 아무도 모르는 수수께끼와 신비로 가득한 환영의 성. 수업이 시작하기 전에 여유가 있으면 멀리서 바라보면서 저곳에 감추어진 신비를 상상하는 것이 시스티나의 비밀스러운 일과였다.

『저걸 보려무나, 나의 귀여운 시스티나. 저것이 바로 「멜갈리우스의 천공성」이란다.』

어제 무신경한 강사가 위대한 조부를 간접적으로 모욕했기 때문일까.

시스티나의 머릿속에 문득 그리운 조부의 말이 떠올랐다.

『어떠냐, 아름답지? 저 성은 정신이 아득해질 정도로 먼 옛날부터 페지테의 하늘에 떠 있었단다. 그래. 몇백 년…… 몇

천 년이나…… 줄곧, 오랜 시간 동안…….』

천공성을 이야기하는 조부의 눈이 항상 반짝반짝 빛났던 것이 기억났다.

『하하하, 모두가 날 위대한 업적을 남긴 마술사라며 치켜세우고는 있지만…… 사실 그렇지도 않단다. 내가 마술을 연구한 이유는…… 그래, 단 한 발짝이라도 저 성에 발을 들여놓고 싶었기 때문이란다. 저 장엄한 모습을 단 한 번만이라도 가까이에서 보고 싶었다. 몇천 년이라는 세월 동안 아무도 풀지 못했던 천공성의 비밀을 내 손으로 해명하고 싶었던 거다. 단지 그뿐이었지.』

그 얼굴은 아무리 나이를 먹고 관록이 생겨도 마치 꿈을 꾸는 소년 같았다.

『아무튼 저 성은 아득히 먼 옛날에 멸망한 초 마법 문명의 잔재라고도, 만물의 어머니인 신께서 창조하신 신의 보금자리라고도 일컬어지고 있단다. 전설에 따르면 이 세상의 모든 지혜가 잠들어 있다고도 하지. 만약 그게 진실이라면 대체 누가 만든 것인지, 어째서 저곳에 존재하는 것인지…… 내 머리 위에는 항상 이 세상 최고의 신비가 잠들어 있는 게 아니겠느냐. 상상하는 것만으로도 가슴이 뛰노는 낭만……. 일개 마술사로서 그 수수께끼에 도전해보고 싶지 않을 리가 없었던 게지.』

시스티나는 천공성에 관한 조부의 고찰과 가설, 연구 성과를 듣는 것을 정말 좋아했다.

하지만…… 말년에 다리와 허리가 약해지고 건강이 나빠진 조부는 이 이야기를 할 때마다 약간 쓸쓸한 표정을 지었다.

발을 들여놓고 싶었다. 한 번만이라도 보고 싶었다. 조부가 말하는 꿈은 어느새 전부 과거형이 되었다.

실체가 없고 그저 보이기만 할 뿐인 거짓의 성.

마술로 하늘을 날아서 도달하려 해도 꿈과 환상처럼 사라져버리는 신기루의 성.

그것은 바로 눈앞에 보이는 만큼 더 잔혹한 꿈이었다.

아마 말년의 조부는 깨달았던 것이리라.

이제 자신이 저 성에 도달하는 일은 불가능할 것이라고…….

—할아버님은 꿈을 포기하신 건가요?

언젠가 그 사실이 견딜 수 없어진 시스티나가 조부에게 그런 질문을 한 적이 있었다. 지금 돌이켜 보면 몹시도 잔혹한 질문이었으리라.

『……안타깝지만, 이 세상에는 제 뜻대로 풀리지 않는 일이 더 많은 법이란다. ……내 아버지도, 조부도, 증조부께서도 다들 마찬가지셨다. ……저 성에 이르는 실마리를 잡지 못한 채로 눈을 감으셨지.』

하지만 조부는 그저 시스티나의 머리를 부드럽게 쓰다듬어 줄 뿐이었다.

『정말로…… 안타깝구나…….』

조부는 그렇게 말한 후, 멀리 있는 그립고도 눈부신 것을 보는 눈으로 다시 천공성을 바라보았다.

날씨는 맑음. 드높은 푸른 하늘을 찬란하게 비추는 햇빛 덕분에 반투명한 성의 모습이 선명하게 보였다.

그 순간, 그 찬란한 성과 그것을 바라보는 조부의 모습이 시스티나의 영혼을 사로잡았다.

그 조부의 등이, 눈길이 너무나도 간절했기에 — 그 하늘 위에 뜬 환영으로 이루어진 성의 모습이 너무나도 눈부셨기에 — 그날, 그 순간부터 조부의 꿈은 시스티나의 꿈이 되었다.

—그럼 제가 할게요—

—제가 할아버님보다 훌륭한 마술사가 되어서—

—제가 할아버님 대신 『멜갈리우스의 천공성』의 비밀을 풀고 말겠어요—

"야, 하얀 고양이."

머리 위에서 갑자기 퉁명스러운 목소리가 내려왔다.

시스티나는 등을 움찔 떨면서 현실로 되돌아왔다. 안 봐도 안다. 어느새 자신의 옆으로 다가온 이 남자는 그 밉살스러운 계약직 강사다.

"이봐, 듣고 있는 거냐? 하얀 고양이. 대답을 해."

"하, 하얀 고양이? 하얀 고양이란 게 저 말인가요……? 뭐, 뭐예요! 그게!"

시스티나는 어깨를 떨면서 의자에서 벌떡 일어나 글렌을 노려보았다.

"사람을 동물 취급하지 말아주시겠어요?! 저에게는 시스티나라는 이름이—."

"시끄러, 내 말을 들으라고. 어제 일로 너한테 한마디 하고 싶은 게 있다."

"뭐, 뭐예요! 아직도 그 이야기를 계속하자는 건가요?!"

시스티나는 몸을 움츠리며 적의가 가득한 시선으로 글렌을 노려보았다.

"그렇게까지 저를 말로 깔아뭉개고 싶으신 건가요?! 마술은 하찮다고 단정 짓고 싶으신 건가요?! 그렇다면 전—."

언변은 글렌이 더 능숙했다. 다시 언쟁을 벌이게 되면 이길 수 없으리라. 하지만 그래도 물러설 수는 없었다. 자신은 조부의 꿈을 짊어지고 있었다. 시스티나는 꼴사나운 모습을 보이게 되더라도 철저히 대항할 결의를 굳혔지만—.

"어제는…… 미안했다."

"예?"

그리고 전혀 예상치 못했던 말을 듣는 바람에 몸이 굳어버리고 말았다.

"음, 그게 뭐랄까…… 사람마다 소중한 건 제각기 다른 법이잖아? 나는 마술이 정말 싫지만…… 그렇다고 해서 너한테까지 내 생각을 이러쿵저러쿵 강요하는 건 도리에 맞지 않는다고 할까, 좀 지나쳤던 게 아닐까, 어른스럽지 못했다고 할까…… 뭐, 그러니까 결국 뭐시냐. 그러니까…… 미안했다."

글렌은 거북한 듯 찡그린 얼굴로 시선을 피하면서 횡설수설 사과 비슷한 말을 중얼거리더니 아주 살짝 고개를 숙였다.

혹시 이건 어제 일을 사과하려는 걸까?

"……예에?"

글렌은 그의 진의를 헤아리지 못해 당황하는 시스티나 앞에서, 이야기는 이걸로 끝이라는 것처럼 등을 돌리고 교단 쪽으로 걸어갔다.

애초에 글렌은 뭘 하러 여기에 온 것일까. 아직 수업 시작 전이다. 글렌이 지각하지 않고 교실에 오다니…… 뭔가 이상했다.

"뭐야……? 대체 무슨 일이 일어난 거지……?"

"야, 카이. 저건 대체 무슨 바람이 분 거야?"

"내, 낸들 알겠냐……."

그건 반 학생들도 마찬가지인지, 글렌이 수업 시작 전에 교실로 들어와서 당혹스러움을 감추지 못하고 있었다.

시스티나는 무슨 속셈이냐는 듯 노골적인 적의가 담긴 시선으로 글렌을 쏘아봤다. 하지만 당사자인 글렌은 팔짱을 낀 채로 칠판에 등을 기대며 눈을 감고 있었다. 그리고 자신에게 모이는 학생들의 의심 섞인 시선을 완전히 무시하는 태도를 취했다.

곧 수업 종이 울렸다. 어차피 지각은 안 했어도 선 채로 자는 걸 거라고 모두가 예상했지만, 글렌은 그 예상을 멋지게 배신하며 눈을 뜨고 교단 앞에 섰다.

그리고 믿을 수 없는 말을 입에 담았다.

"그럼 수업을 시작한다."

술렁거리는 소리가 교실 안을 지배했다. 누구나가 서로 얼굴을 마주 보았다.

"그러니까…… 이게 주문학(呪文學) 교과서였던가……?"

글렌은 교과서를 펼치고 페이지를 대충 넘겼다. 점점 표정이 구겨졌다. 이윽고 그는 노골적인 한숨을 내쉬며 교과서를 덮었다.

대체 무슨 일인가 싶어서 긴장하는 학생들 앞에서 글렌은 창가로 성큼성큼 걸어가더니 창문을 열었다.

"으라차!"

그리고 창밖으로 그 교과서를 집어 던졌다.

아, 역시 평소와 다름없는 글렌이다. 이제는 완전히 익숙해진 글렌의 기행에 학생들은 실망의 한숨을 내뱉는 것과 동시에 각자 자신의 교과서를 펼쳤다. 오늘도 자습 시간이 시작된 것이다.

"자, 그럼 수업을 시작하기 전에 너희들에게 한마디 해둘게 있다."

하지만 글렌은 다시 교단 위에 서서 숨을 한 번 골랐다.

"너희들은 진짜 바보다."

그리고 뭔가 터무니없는 폭언을 내뱉었다.

"어제까지 열하루 동안 너희들의 수업 태도를 보고 알았다. 너희들은 마술에 대해 저~언혀 아무것도 몰라. 알고 있으면 주문의 공통어 역을 가르쳐달라는 얼빠진 질문을 할 리가 없고, 마술 공부랍시고 마술식 베껴 쓰기 같은 멍청한 짓거리를 할 리가 없을 테니까."

지금 바로 깃펜을 들고 교과서를 펼쳐서 마술식을 베껴 쓰려 한 학생들이 그 말을 듣고 완전히 굳어버렸다.

"【쇼크 볼트】 따위의 주문도 한 소절로 영창하지 못하는 삼류 마술사가 뭔 소리래."

누군가가 그렇게 말하자 교실에 정적이 찾아왔다.

그리고 여기저기에서 쿡쿡 하고 글렌을 업신여기는 숨죽인 웃음소리가 새어 나왔다.

"뭐, 그걸 언급하면 솔직히 귀가 따갑지."

글렌은 기분이 상한 듯 시선을 돌리며 새끼손가락으로 귀를 후볐다.

"안타깝지만 난 남자로 태어난 것치고는 마력 조작과 약식 영창의 센스가 치명적일 정도로 없어. 덕분에 학생 시절에는 참 고생 많았지. 하지만 말이다…… 누군지는 모르겠지만 방금 【쇼크 볼트】『따위』라고 말한 녀석. 안타깝지만 넌 역시 바보다. 하하, 스스로 증명하는 거냐."

단숨에 교실 안에 불쾌감이 퍼져 나갔다.

"뭐, 됐다. 그럼 오늘은 그 【쇼크 볼트】를 가지고 이야기해 볼까. 너희들 수준이라면 이 정도가 딱 어울리겠지."

너무나도 심한 모욕에 반 전체가 시끄러워졌다.

"이제 와서 【쇼크 볼트】 같은 초급 주문의 설명을 들어봤자 뭘 어쩌라고……."

"참 나, 저희는 【쇼크 볼트】 같은 건 이미 옛날에 졸업했습니다만?"

"자, 자~ 이게 흑마 【쇼크 볼트】의 주문서랍니다~. 이걸 보시죠. 뭔가 사춘기의 낯부끄러운 시 같은 문장과 술식, 기하학적인 도형이 룬어로 빼곡하게 적혀 있죠~? 이게 바로 마술식이라는 겁니다."

글렌은 학생들의 불평불만을 완전히 무시한 채 책을 펼쳐서 내밀고 수업을 시작했다.

"너희들은 이걸 한 소절로 영창할 수 있을 정도니까 기초적인 마력 조작과 발성법, 호흡법, 마나 바이오리듬 조절, 정신 제어, 기억술…… 마술의 기본 기능은 얼추 떼었다는 걸 전제로 설명하마. 캐퍼시티와 메모리도 마술사로서 문제없는 수준이라고 가정하지. 그런고로 이 술식을 완벽하게 암기해서 설정된 주문을 영창하면, 어머나 신기해라. 마술이 발동하네요~? 이게 그겁니다. 흔히 말하는 『주문을 익혔다』는 거죠."

그리고 글렌은 벽을 향해 왼손으로 손가락을 내밀고 주문을 영창했다.

"《뇌정이여·자전의 충격으로·쓰러뜨려라》."

글렌의 손가락 끝에서 번갯불이 일어나 벽을 때렸다.

변함없는 세 소절 영창에 경멸하는 시선이 모였지만, 글렌은 아무렇지도 않은 태도였다. 바로 지금 자신이 영창한 주문을 룬어로 칠판에 적는다.

"자, 이게 【쇼크 볼트】의 기본적인 영창 주문이다. 마력을 다루는 센스가 뛰어난 녀석이라면 《뇌정의 자전이여》라는 한 소절 영창으로도 발동이 가능한 건…… 뭐, 다들 이미 잘 알겠지. 그럼 문제다."

글렌은 분필로 칠판에 적은 주문의 마디를 끊었다.

《뇌정이여·자전의·충격으로·쓰러뜨려라》

그러자 세 소절의 주문이 네 소절이 되었다.

"자, 이걸 영창하면 어떤 현상이 발생하지? 맞혀봐라."

학생들은 침묵했다.

답을 모른다기보다 왜 그런 걸 묻느냐는 당혹스러운 침묵이었다.

"영창 조건은…… 흠. 속도는 24, 음정은 세 개 반, 텐션은 50, 초기 마나 바이오리듬은 중립 상태…… 뭐, 가장 기본적인 조건으로 참아줄까? 자, 어디 누구 아는 사람?"

침묵이 계속해서 교실 안을 지배했다. 대답할 수 있는 사람은 아무도 없었다.

우등생으로 유명한 시스티나조차 이마에 식은땀을 흘리며

분한 듯 입을 다물고 있다.

"이건 심각하군. 설마 아무도 모르는 거냐?"

"그런 말씀을 하신들, 그렇게 잘라놓은 주문이 존재할 리 없잖아요!"

이 반의 학생 중 한 명인 트윈 테일 소녀— 웬디가 더는 참지 못하고 큰 소리로 외치며 자리에서 일어났다.

"꺄하하하하하! 잠깐, 너, 그거 진심으로 하는 소리야?! 하하하하하!"

하지만 돌아온 것은 천박하기 짝이 없는 비웃음이었다.

"그 주문은 정상적으로 발동하지 않을 겁니다. 반드시 어떤 형태로든 실패하겠죠."

반에서 시스티나 다음으로 성적이 우수한 남학생— 기블이 자리에서 일어나더니 안경을 고쳐 쓰며 자신도 지지 않겠다는 태도로 응전했다.

"반드시 어떤 형태로든 실패할 거라고? 푸하하하하하!"

"으……."

"요것들아, 완성된 주문에 일부러 손을 댔으니 실패하는 건 당연하잖아?! 내가 묻고 있는 건 그 실패가 어떤 형태로 일어나느냐, 라는 거라고!"

"그걸 알 수 있을 리가 없잖아요! 결과는 랜덤이에요!"

웬디는 심하게 충격을 받아 고개를 숙이는 기블을 힐끗 쳐다보며 더더욱 지지 않겠다는 듯 크게 소리쳐댔다.

"랜, 더, 엄?! 야, 너, 이런 더럽게 간단한 술식에 이렇게까지 상세한 조건을 달아줬는데도, 랜덤?! 너희들, 이 마술은 이미 옛날에 졸업했다며? 지금 내 뱃가죽을 뒤집어놓을 작정이냐?! 풉, 꺄하하하하하! 그만해, 괴롭다고. 살려줘요, 마마!"

하지만 글렌은 그들을 바보 취급하며 계속 크게 웃어댔다.

이 시점에서 학생들 사이에 퍼져있는 불쾌감은 최고조에 달했다.

"이제 됐다. 정답은 오른쪽으로 휜다, 다."

실컷 웃어댄 글렌은 이번에는 네 소절이 된 주문을 영창했다. 그가 선언한 대로 목표로 직진해야 할 번개는 크게 호를 그리듯 오른쪽으로 휘어서 벽에 부딪혔다.

"덧붙여서……."

《뇌·정이여·자전의·충격으로·쓰러뜨려라》

분필로 마디를 하나 더 끊었다.

"이렇게 하면 사정거리가 3분의 1로 줄어들려나."

이것도 선언한 대로였다.

"그리고 이렇게 하면……."

《뇌정이여·자전   으로·쓰러뜨려라》

이번에는 다시 세 소절로 되돌린 후, 주문의 일부를 지웠다.

"출력이 엄청나게 떨어지겠지."

글렌은 느닷없이 한 학생을 향해 주문을 영창했다.

하지만 주문에 맞은 학생은 아무 일도 없었다는 듯이 눈을 휘둥그레 떴다.

"뭐, 졸업했다면 이 정도쯤은 당연히 알고 있어야 하는 게 아닐까?"

글렌은 의기양양한 얼굴로 분필을 빙글빙글 돌렸다.

속이 부글부글 끓었지만 아무도 반론할 수 없었다. 이 글렌이라는 삼류 마술사가 자신들에게 보이지 않는 주문과 술식의 무언가를 분명히 보고 있었기 때문이다.

"애초에 말이다. 너희들은 왜 이런 영문도 모르는 책을 외워서, 이상한 말을 입에 담는 것만으로 신비한 현상이 일어나는지 알고는 있는 거냐? 상식적으로 생각하면 이상하잖아?"

"그, 그건 술식이 세계의 법칙에 간섭해서―"

순간적으로 흘러나온 기블의 발언에 글렌이 즉시 반응했다.

"―그렇다고들 하지? 나도 알아. 그럼 마술식이라는 건 뭘까? 식이라는 건 인간이 이해할 수 있는, 인간이 만든 언어와 수식과 기호의 나열이잖아? 행여나 마술식이 정말로 세계의 법칙에 간섭하고 있다고 쳐도, 왜 그런 게 세계의 법칙에 간섭할 수 있는 거지? 덧붙여서 그걸 외워야만 하는 이유는? 그리고 언뜻 보기에 마술식과는 아무런 관계도 없는 주문을 영창하는 것만으로도 마술이 발동하는 건 어째서지? 너희들은 그걸 이상하다고 생각해본 적 없어? 뭐, 있을 리가 없겠지. 그게 이 세상의 당연한 상식이니까."

이건 글렌이 지적한 대로 그야말로 학생이라면 누구나―

우등생인 시스티나조차도 처음부터 그런 것이라고 무의식적으로 흘려 넘겼던 부분이었다. 골치 아프게 그런 생각을 할 필요도 없이 술식과 주문을 열심히 외우기만 하면 쓸 수 있는 주문의 숫자는 점점 늘어난다. 마술을 공부하는 과정에서 생기는 의문은 습득과 실천 방법에 대한 것뿐이었고, 근본적인 이치는 중요하지 않은 문제에 불과했다.

그리고 학생들은 주문을 습득하는 것 자체가 즐겁고 자랑스러운 나머지 머릿속에 입력한 주문의 숫자만을 비교하며 경쟁해왔다. 그들에게는 습득한 주문이 많은 것이 곧 우수하다는 증거였다. 그런 근본적인 문제를 가지고 골똘히 고민해 볼 여유는 없었다.

"그런고로 오늘 난 이 【쇼크 볼트】를 교재로 너희들에게 술식 구조와 주문의 기초를 가르쳐주마. 뭐, 관심 없는 녀석은 자도 상관없다."

하지만 지금 이 교실 안에서 잠이 오는 학생은 아무도 없었다.

글렌은 우선 마술의 2대 법칙 중 하나인 『등가 대응의 법칙』을 복습하는 것부터 시작했다.

대우주. 즉, 세계는 소우주인 인간과 등가 관계로 대응한다고 주장하는 고전 마술 이론이었다. 이 이론을 따르자면 세계의 변화는 인간에게, 인간의 변화는 세계에 영향을 미친다고 한다.

"점성술이 바로 그 등가 대응의 산물이지. 별의 움직임을 관찰해서 인간의 운명을 읽는 것. 다시 말해, 세계의 변화가 인간에게 미치는 영향을 계산하는 기술이고 마술은 그 반대인 셈이다."

그렇다면 마술식이란 무엇일까.

마술식은 세계에 영향을 미치는 것이 아니라 인간에게 영향을 미치는 것이다. 인간의 심층 의식을 변화시켜 그와 대응하는 세계 법칙에 결과로서 개입하는 것이 바로 마술식의 정체였다.

"요컨대, 마술식이라는 건 초고도의 자기 암시다. 따라서 너희들이 말하는 마술은 세계의 진리를 추구하는 숭고한 학문이니 뭐니 하는 거창한 전제부터 틀려먹었어. 마술이란 인간의 마음을 밑바닥까지 파헤치는 기술이라고."

그러므로 룬어라는 것은 가장 효율적으로 심층 의식에 변혁을 일으킬 수 있도록, 인간이 긴 역사를 거쳐서 만들어낸 효과적이자 보편적인 암시 전용 언어에 지나지 않았다.

"뭐? 고작해야 말 따위가 인간의 심층 의식을 바꿀 수 있는 게 믿기지 않는다고? ……나 참, 핑계도 많은 녀석들이군. ……야, 거기 있는 하얀 고양이."

"그러니까 전 고양이가 아니라구요! 저에게는 시스티나라는 이름이—"

"……사랑해. 사실 난 처음 본 순간부터 너에게 반했어."

"예? ……무, ……무, 무무무무슨, 당신 지금 무슨 소릴―?!"

"자~ 주목! 지금 하얀 고양이의 얼굴이 새빨갛게 변했지
~? 훌륭하게 말 따위가 의식에 영향을 줬잖아~? 비교적 이
성으로 제어하기 쉬운 표층 의식조차 이런 꼬락서니인데 이성
이 작용하지 않는 심층 의식은― 크헉?! 잠깐, 이 바보가! 교
과서를 던지지 말라고!"

"바보는 당신이에요! 이 바보바보바보!"

한차례 소동이 끝난 후, 글렌은 빨갛게 부은 얼굴로 술식과
주문의 관계를 설명하기 시작했다.

"핵심을 먼저 말하자면, 역시 문법과 공식 같은 게 있는 거
다. 심층 의식을 자신이 바라는 형태로 개변(改變)시키기 위한."

그리고 글렌은 주문이란 심층 의식에 새겨 넣은 술식을 발
동하기 위한 키워드라고 설명했다. 이 키워드를 영창하는 것
으로 술식이 심층 의식을 바꾸는 것이다.

"뭐, 요컨대 연상 게임 같은 거다. 예를 들어서 거기에 있는
하얀 고양이를 언급하면 누구나 백발을 떠올리듯, 마술과 술
식의 관계도 동일해. 룬으로 주문을 짜는 것으로 상호― 아
야! 잠깐, 부탁이니까 제발 교과서 좀 던지지 말라고! 으악!"

글렌의 얼굴에 책 자국이 더 생겼다.

"요컨대, 주문과 술식에서 마술사에게 가장 중요한 건……
문법의 이해와 공식을 계산하는 방법인 셈이다. 그런데 너희
들은 이 부분을 아무 생각 없이 넘겨버리고 깜지니 번역이니

하면서 외우는 것만 우선시하고 앉았더군. 교과서도 『세세한 건 됐으니까 아무튼 일단 외워』 같은 느낌이었고."

학생들은 이번에야말로 아무런 반론도 할 수 없게 되었다.

"요컨대 말이다. 주문과 술식을 알기 쉽게 번역해서 편하게 외우도록 하는 게 너희들이 받아온 『알기 쉬운 수업』이었고, 반복해서 빼곡히 적어가며 외우는 게 너희들이 말하는 『공부』였던 거지? 진짜 바보 아니야?"

글렌은 어깨를 으쓱이며 정말 기가 막힌다는 듯 코웃음 쳤다.

"그리고 그 마술 문법과 공식 말인데…… 사실 전부 이해하려고 들면 수명이 아무리 많아도 모자라…… 아, 화내지 마라. 이것만큼은 사실이니까. 응, 정말로."

여태까지 실컷 기대하게 해놓고 이제 와서 무슨 말을 하느냐는 비난 섞인 시선이 글렌에게 모였다.

"그~러~니~까~ 기초를 가르쳐주겠다고 했잖아? 이걸 모르면 지금보다 상위의 문법 공식은 이해할 수 없는 요점 같은 게 있다고. 뭐, 지금부터 내가 설명하는 걸 이해할 수 있다면…… 음~."

글렌은 잠시 관자놀이를 손으로 누르며 생각에 잠겼다.

"《뭐·어쨌든·마비돼라》."

세 소절의 룬어로 천천히 이상한 주문을 영창했다.

그러자 놀랍게도 【쇼크 볼트】가 발동했다. 학생들은 눈을 휘둥그레 떴다.

"응? 예상한 것보다 위력이 낮군…… 뭐, 아무럼 어떠냐. 이렇게 이 정도의 주문이라면 즉흥적으로 바꾸는 것쯤은 가능해지려나? 대부분 정밀도가 떨어지니까 권하지는 않겠다만."

마침내 글렌을 보는 학생들의 눈빛이 바뀌기 시작했다.

"그럼 이제부터 슬슬 기초적인 문법과 공식 해설을 시작하마. 뭐, 관심 없는 녀석은 자도 상관없다. 솔직히 말해서 진짜로 지루한 이야기니까."

하지만 지금 이 교실 안에서 잠이 오는 학생은 역시 아무도 없었다.

—같은 시간, 페지테의 어딘가에서…….

『계획은 순조로운가?』

"예, 순조롭습니다만?"

한줄기 빛도 들지 않는 새카만 어둠 속에서, 그 남자는 부드러운 미소를 지으며 귀에 댄 반쪽짜리 보석에서 들리는 목소리의 질문에 대답했다.

『그래서? 그 강사…… 휴이 루이센은 지금 어디에 있지?』

"하하 「그」 말입니까? 물론 「사라졌지요」."

『홋, 하하하! 그런가. 「사라졌나」.』

"……예. 문제는 「그」의 후임으로 온 쪽입니다만."

『글렌 레이더스라……. 강사를 보충하는 경우는 생각하고 있었지만 설마 이렇게까지 빠를 줄이야. 아무래도 그 마녀 짓인 모양이더군.』

"하하, 만사가 뜻대로 풀릴 수는 없는 노릇이니까요."

남자는 어깨를 으쓱거리며 너스레를 떨었다.

"하지만 그 아르포네아 교수가 직접 데리고 온 마술사……
괜찮겠습니까?"

『나는 글렌이 우리의 계획에 장애가 되지 않는다고 판단했다.』

"그렇다면 역시……."

『그래. 계획 실행 예정일은 그 마술학회가 개최되는 날이다.
그날 학원의 주요 교수와 강사급 마술사들은 모두 마술학원
을 나갈 것이다. 그리고 그날은「그」반의 학생들만 마술학원
에 오기로 되어 있지. 그야말로 절호의 기회다.』

"……목표가 사정이 생겨서 학원을 결석할 경우에는 어떻게
할까요?"

『그렇다면 계획을 파기하면 될 뿐. 원래 그 조직에게 이번
작전, 그리고 우리의 가치는 그 정도일 뿐이니까.』

"하하, 우리도 참 골치 아픈 조직에 충성을 맹세했군요."

『상관없다. 그 조직은 나에게 모든 것을 주고 있으니까.』

"피장파장이라는 겁니까?"

『그렇다.』

"후후, 그럼 계획의 성공을 기원하도록 하지요. 하늘이신
지혜에 영광 있기를―."

—눈 깜짝할 사이에 시간이 지나갔다. 글렌의 수업은 시중에서 흔히 볼 수 있는 가짜 카리스마 강사의 수업— 기발한 캐릭터성이나 능숙한 화술로 학생들의 마음을 움켜잡는 것도, 이상할 정도로 학생들과 뜻이 맞아서 아첨이나 떠는 부류의 수업도 아니었다. 단순히 깊이 이해한 지식을 논리정연하게 설명하는 진짜배기 수업일 뿐이었다.

"……뭐, 【쇼크 볼트】의 술식과 주문에 관한 건 이 정도다. 질문은?"

글렌은 깔끔한 글자와 기호, 도형이 빼곡하게 적힌 칠판을 분필로 꾹 찔렀다.

질문하려는 학생은 아무도 없었다. 글렌의 존재감에 압도된 것도 있지만 질문할 여지가 없는 것도 사실이었다.

"오늘 내가 설명한 걸 조금이라도 이해할 수 있다면 주문을 세 소절에서 한 소절로 줄이는 게 얼마나 아슬아슬하고 위험하기 짝이 없는 짓인지 조금은 알았을 거다. 확실히 마력을 다루는 센스만 있다면 실천하는 건 그다지 어렵지 않아. 하지만 영창 사고에 의한 폭발의 위험성이 있다는 건 명심해둬. 가볍게 간단하다는 말을 입에 담지 마라. 깔보고 있다간 언젠가 사고로 죽을 테니까."

그리고 글렌은 지금까지 본 적이 없는 진지한 표정으로 학생들을 쳐다보았다.

"마지막으로 이게 가장 중요한데…… 앞서 설명한 대로 한 소절 영창의 마력 소비 효율은 절대로 세 소절 영창을 이길 수 없어. 그러니까 역시 낭비가 없는 마술 행사라는 관점에서는 세 소절 영창이 베스트다. 그러니 난 너희들에게 세 소절 영창을 강력하게 추천한다. 딱히 내가 한 소절 영창을 못 하는 게 분하니까 하는 말이 아니라고? 진짜다? 정말이라고?"

'역시 분했던 거구나……'

그 순간 학생들의 마음은 완벽하게 하나가 되었다.

"아무튼 현재의 너희들은 단순히 마술을 쓰는 게 능숙할 뿐인 『마술 사용자』에 지나지 않아. 장래에 『마술사』라고 이름을 대고 싶다면 자신에게 부족한 점이 뭔지 잘 이해해두도록. 뭐, 딱히 권하지는 않는다. 이런 하찮은 취미에 인생을 낭비할 정도라면 다른 일에 힘을 쏟는 게 훨씬 더 유익할 테니까…… 그런데."

글렌은 품속에서 회중시계를 꺼내 시간을 확인했다.

"크억, 벌써 시간이 지났잖아. ……나 원 참, 초과 노동 분의 급료는 신청하면 나오는 건가? 뭐, 됐다. 오늘 수업은 이걸로 끝. 잘 있어라."

글렌은 투덜투덜 불평하면서 교실을 나갔다.

학생들은 넋을 잃은 얼굴로 그가 나가는 것을 지켜보았다. 소리를 내며 문이 닫힌 순간, 마치 그게 신호가 된 것처럼 일제히 칠판에 적힌 내용을 노트에 필기하기 시작했다. 다들 뭔가에 씐 것 같은 기세였다.

"이럴 수가…… 당했어."

시스티나는 얼굴을 손으로 덮으며 깊은 한숨을 내쉬었다.

"설마 저 인간에게 이런 수업이 가능했을 줄이야……."

"맞아…… 나도 놀랐어."

옆자리의 루미아도 눈을 동그랗게 뜨고 있었다.

"분하지만…… 인정하고 싶지 않지만…… 저 인간은 인간으로서는 최악이지만, 마술강사로서는 정말로 굉장해. ……인간으로서는 최악이지만."

"아, 아하하. 두 번이나 말할 필요는 없을 것 같은데……."

"그런데…… 저 인간, 왜 갑자기 성실하게 수업할 생각이 든 걸까? 어제는 그런 말까지 했으면서…… 어라?"

별생각 없이 루미아에게 시선을 돌린 시스티나는 어떤 사실을 깨달았다.

"루미아…… 넌 또 왜 그렇게 기쁜 얼굴이니? 미소가 줄줄 새어 나오고 있는데?"

"후후, 그런가?"

"그래. 어쩌 보기 드물 정도로 기분 좋은 표정이잖아. 무슨 일 있었어?"

"에헤헤, 아무것도 아니야~."

"거짓말~ 그 얼굴은 틀림없이 뭔가 있었어."

"에헤헤헤……."

몇 번을 물어봐도 발뺌하며 기쁜 미소를 무너뜨리지 않는 친구를 보고 시스티나는 고개를 갸웃거릴 수밖에 없었다.

글러먹은 강사 글렌, 각성하다.

이 소식은 곧 학원을 뒤흔들었다. 소문이 소문을 불러 어느새 다른 반 학생들도 빈 시간에 글렌의 수업을 몰래 들으러 왔고, 다들 그 뛰어난 수업 내용에 감탄했다.

이제껏 학원에 적을 둔 강사들에게는 높은 위계만이 강사의 격이자, 권위이자, 학생의 지지를 모으는 구실이었다. 하지만 학원에 만연한 권위주의에 경직되었던 그런 분위기는 하룻밤 사이에 무너졌다. 그들에게는 그야말로 악몽 같은 날이었다.

"세리카 군이 데려온 그 청년, 아주 대단하다지 않나!"

릭 학원장의 흥분한 목소리가 학원장실에 울려 퍼졌다.

"처음 11일간은 몹시 평판이 안 좋아서 걱정이 많았네만, 다행히 기우로 그친 모양이로군."

"……큭."

할리는 분한 듯 신음을 흘렸다. 글렌이 성실하게 수업에 임한 이후로 그가 담당하는 수업의 출석률이 미묘하게 줄었기 때문이다. 이것은 다름 아니라 할리의 수업을 빠지면서까지 글렌의 수업을 들으려는 학생이 있다는 뜻이었다.

"후후후…… 이제 와서 뭘 숨기겠나. 사실 글렌은 바로 이 몸이 걸음마부터 가르친 자랑스러운 제자다."

세리카는 이 순간을 기다렸다는 것처럼 가슴을 펴고 당당하게 선언했다.

"어허! 세리카 군. 자네, 제자를 받았던 겐가?! 분명 제자는 받지 않는 주의였을 텐데?"

"그 녀석이 유일한 예외다. 뭐, 재능은 없었지만."

"호오, 놀랍구먼. 그런데 왜 지금까지 그 사실을 감추고 있었던 겐가."

"응? 그야 당연하지. 글렌이 강사로서 글러먹었다면 창피한 건 스승인 나잖아? 그래서 입 다물고 있었지."

"근본적으로 닮은꼴 사제지간이로군! 당신들은!"

학원장실에 할리의 태클이 공허하게 울려 퍼졌다.

"그만해, 할리. 그렇게 칭찬해봤자 줄 건 아무것도 없으니까."

"시끄러워! 누가 칭찬을 했다는 거냐! 이 팔불출 스승 같으니라고!"

"이야~ 글렌은 마술에는 전혀 재능이 없는 안타까운 녀석이었지만 굉장한 노력가라서 말이지~. 난 그 녀석이 어릴 적에 몇 번이나 단념하고 다른 길을 찾아보라고 권했지만, 그 녀석은 나 같은 굉장한 마법사가 되고 싶다며 도통 말을 듣지 않더군. 그랬던 녀석이 지금은 삼류라고는 해도 일단 평범한 수준의 마술사로 성장한 게 아니겠어? 그래서 난 알고 있었지. 하면 잘할 수 있는 녀석이라고. 아, 맞아. 그러고 보니 그 녀석이 처음으로 마술을 배우기 시작했을 때 이런 일이 있었는데 말이지—.”

해죽해죽.

세리카는 그녀의 철면피를 알고 있는 사람이라면 믿을 수 없을 정도로 풀어진 얼굴을 하고 제자 자랑을 시작했다.

전혀 듣고 싶지도, 알고 싶지도 않은 글렌의 개인 정보 공개가 시작되자 할리는 어깨를 부들부들 떨면서 관자놀이에 힘줄을 세웠다.

‘네 이놈…… 글렌 레이더스……!’

할리는 분노에 몸을 떨면서 문득 얼마 전에 있었던 일을 떠올렸다.

“어이, 글렌 레이더스. 어이, 듣고 있는 거냐! 글렌 레이더스! 대답을 해!”

그날.

할리는 선배 강사로서 행실이 불량한 것으로 유명한 글렌을 질책하기 위해, 학원의 복도를 어슬렁어슬렁 걷는 그의 등을 향해 고압적인 말투로 말을 걸었다.

그러자 글렌은 갑자기 주위를 두리번거리다가 할리를 한 번 힐끔 쳐다보더니 이상하다는 듯 고개를 갸웃거렸다. 그리고 곧 할리를 무시한 채 다시 걸어가기 시작했다.

“아니, 이봐?! 네놈, 뭐냐 그『저 인간은 대체 누구한테 말을 걸고 있는 거지?』라고 말하는 듯한 태도는! 글렌 레이더스는 너잖아?! 너 말고 대체 누가 있다는 거냐!"

할리는 글렌의 앞으로 돌아가서 길을 막고 엄청난 표정으로 그를 노려보았다.

"아뇨. 사람 잘못 보셨는데요."

"그럴 리가 있겠냐! 그 얼빠진 낯짝은 틀림없는 글렌 레이더스다! 애당초 얼마 전에 네놈의 채용 면접을 담당한 건 바로 나였다고!"

"아, 누군가 했더니 선배 강사인 하렘 씨셨군요! 안녕하심까~!"

"할리다! 할리! 네놈, 지금 날 놀리는 거냐?!"

"아뇨, 설마요. 그럴 리가 있겠습니까. 그러니까 하……뭐시기 선배."

"네놈…… 그렇게까지 내 이름을 기억하기 싫은 거냐?"

할리는 분노와 굴욕감에 속을 새카맣게 태우면서도 본론으로 넘어갔다.

"소문은 들었다. 글렌 레이더스. 네놈, 강사로서 태도가 아주 불량하다더군?"

"……."

"우쭐대지 마라. 네놈이 지금 같은 파격적인 대우를 누리는 건 네놈의 그릇과 실력 때문이 아니니까! 그 마녀…… 세리카 아르포네아의 추천이 있어서다! 아무리 세리카 아르포네아가……."

"그렇게 일일이 성을 붙여서 말하는 거 피곤하지 않습니까?"

"시끄럽다! 내 말을 중간에 끊지 마! 아무리 세리카 아르포네아가 신의 영역인 셉텐데에 도달한 마술사라고는 해도, 이런 횡포가 계속 통할 거라고 생각하지 마라!"

"그렇죠? 요즘 그 녀석 너무 우쭐대는 거 같죠? 언젠가 틀림없이 천벌이 내릴 겁니다."

"넌 왜 그렇게 남 일처럼 받아들이는 거지?! 아무튼 계약 기간은 한 달이지만, 네놈. 이 학원에서 그 한 달을 채울 수 있을 거라고 생각하지 마라! 온갖 수단을 동원해서 쫓아내 줄 테니까 각오…… 응?"

정신을 차리고 보니 어느새 글렌이 자신에게 넙죽 고개를 숙이고 있었다.

"감사합니다! 아무쪼록 잘 부탁드릴게요! 엄청나게 기대하고 있을 테니까 열심히 해주세요! 그러니까 이름이 하……? 아, 메리 선배!"

"너, 너, 너, 너 이 자식이이이이이?!"

지금까지 자신을 이토록 바보 취급한 인간은 없었다.

'그런 웃기는 놈이 강사로서 나보다 위라고?! 인정 못 해! 인정할 수 있을까 보냐!'

"그래서 말이야~, 그 녀석이 아주 열심히 노력해서 처음으로 마술에 성공했을 때~, 세리카 고마워하고 우는 게 아니겠어~? 이야~ 그런 귀여울 때도 있었지. 아무튼 난 그때부터 녀석을 다시 봤다고. 너도 그렇게 생각하지? 응?"

세리카는 할리의 부글부글 끓는 속은 생각하지도 않고 아무도 듣고 싶어 하지 않는 제자 자랑을 계속했다.

정말로 그 제자나 스승이나 한결같이 짜증 나는 인간들이었다.

'으그그…… 네 이놈, 글렌 레이더스! 언젠가, 반드시 이 학원에서 내쫓아 주마……! 각오해……!'

할리는 새빨개진 얼굴로 남몰래 글렌을 쫓아내겠다고 맹세했다.

아무튼 글렌이 전속 강사를 맡은 2학년 2반은 학원에 다니는 학생들의 부러움을 받았다. 교실의 빈자리는 날이 갈수록 다른 반에서 찾아온 참가자들로 메워졌고, 열흘이 더 지났을 무렵에는 서서 수업을 듣는 사람도 생겨났다.

글렌이 학생들에게 경의를 받기 시작하면서 학원의 강사 중에는, 지금까지 자신들이 해온 『위계를 올리기 위해 습득한 주문의 숫자를 늘리기만 할 뿐인 수업』에 의문을 가지기 시작한 자도 생겨났다. 젊고 열심인 강사 중에는 글렌의 수업에 참가해서 그의 수업 방식과 마술 이론을 배우려 하는 자도 있었다.

하지만 자신이 그런 주목을 받고 있다는 것도 모르는 글렌은 여전히 의욕 없는 언동을 되풀이하면서 오늘도 귀찮은 듯이 수업을 진행했다.

"……마술은 『범용 마술』과 『고유 마술』. 크게 이 두 가지로 나눌 수 있다. 오늘은 너희들이 누구나 다룰 수 있으니 바보 취급하는 범용 마술의 술식을 자세히 분석해봤다만, 이제는 오리지널에 비해 범용 마술이 얼마나 치밀하고 정교하게 완성된 마술인지 이해했을 거라고 본다."

글렌은 칠판에 적은 마술식 중 하나를 분필로 꾹 누르면서 말했다.

"그야 당연하지. 【쇼크 볼트】 같은 초급 범용 마술 하나만 놓고 봐도, 너희들보다 몇백 배는 우수한 몇백 명의 마술사가 몇백 년에 걸쳐서 조금씩 개량하고 가다듬어온 마술이니까. 그런 위대한 술식 님에게 독창성이 없다느니 고리타분하다느니…… 너희들, 진짜 바보 아니냐?"

이 수업을 받기 전까지 오리지널이야말로 최고라고 주장했던 학생들은 어깨를 늘어뜨릴 수밖에 없었다.

"너희들은 마술사 개인의 온리 원이라 할 수 있는 오리지널을 터무니없이 신성시하는 경향이 있다만, 사실 오리지널을 만드는 건 전혀 대단한 게 아니야. 마술사로서 삼류인 나라도 쉽게 만들 수 있지. 그럼 오리지널이 어째서 그렇게 과대평가를 받느냐 하면, 너희들보다 몇백 배는 우수한 몇백 명의 마술사가 몇백 년에 걸쳐서 간신히 완성한 범용 마술과 달리 오리지널은 혼자서 술식을 짜내야 하고 기존 범용 마술의 완성도를 어떤 형태로든 뛰어넘어야 하기 때문이다. 그렇지 않다면 오리지널을 쓸 이유가 없거든."

눈에 띄게 의기소침해진 학생들을 보고 글렌은 심술궂게 웃었다.

"그것 봐라, 머리가 아파지기 시작했지? 오늘 말했던 대로 너희들이 바보 취급했던 범용 마술은 이미 빈틈이라 할 만한 부분도, 개량할 여지도 없는 완성형이다. 어중간한 각오로 시도해봤자 범용 마술보다 떨어지는 복제품밖에 만들지 못해. 나도 옛날에 해봤지만, 변변찮은 게 안 나오니까 바보 같아져서 포기했었지. 하하하! 완전히 시간 낭비였지 뭐냐."

이 발언에 쿡쿡 웃는 학생이 절반, 인상을 찌푸리는 학생이 나머지 절반. 글렌의 수업은 인정해도 마술에 경의를 표하지 않는 태도에 반감을 느끼는 사람이 많은 듯했다.

"이 영역으로 들어가려면 아무래도 센스와 재능이 필요해. 그래도 이미 완성되어 있는 범용 마술의 식을 통해 선배들의 발자취를 좇는 것에는 의미가 있어. 자신의 술식 구축 능력을 상향시키는 의미에서도, 내용이 겹치는 걸 방지하는 의미에서도 말이지. 하물며 너희들이 장래에 자신만의 오리지널을 만들고 싶다면 더더욱. 뭐, 이런 시시한 자기만족에 시간을 낭비할 정도라면 차라리 다른 유익한 일에 인생을 투자하는 편이 나을 것 같다만…… 그러고 보니."

글렌은 품속에서 꺼낸 회중시계를 내려다보았다.

"……시간이 다 됐군. 그럼 오늘은 여기까지만 한다. 아~ 피곤해…….

수업 종료를 선언하자 교실의 분위기가 느슨해지기 시작했다.

글렌은 칠판지우개를 들고 자신이 적은 술식과 해설을 천천히 지우기 시작했다.

"아! 선생님, 잠깐만요! 아직 지우지 말아주세요. 전 아직 필기를 다 못 했다구요!"

시스티나가 손을 들었다.

그러자 글렌은 노골적으로 심술궂게 웃더니 팔로 분신술이라도 펼치는 듯한 기세로 칠판을 지우기 시작했다. 동시에 반여기저기에서 비명이 터져 나왔다.

"후하하하하하하하! 벌써 반 가까이 지웠거든?! 꼴좋다!"

"당신이 무슨 애예요?!"

시스티나는 기가 막힌 나머지 고개를 숙여서 책상 위에 머리를 찧었다.

"아하하, 난 다 적었으니까 나중에 보여줄게. 시스티."

"고마워. ……그런데 뭐랄까, 좋은 수업을 해주는 건 좋지만 정말로 저 배배 꼬인 성격은 어떻게 좀 안 되는 걸까?"

다시 시선을 돌리자 마침 지우는 도중에 손톱으로 칠판을 긁어버린 모양이다. 글렌은 귀를 막고 몸을 비틀었다. 참으로 애수가 감도는 얼빠진 모습이었다.

"그래? 난 선생님은 저대로도 좋은 거 같은데."

"루미아…… 그 말, 진심이니?"

"응. 왠지 어린애 같아서 귀엽잖아."

"난 네 감성은 진짜 이해 못 하겠어……."

"……아! 선생님!"

그 순간 갑자기 루미아가 자리에서 일어나더니 강아지처럼 글렌에게 달려갔다.

"저기, 그거 옮기는 거 도와드릴까요?"

보아하니 글렌은 두꺼운 책을 열 권 정도 들고 교실에서 나가려던 참이었다.

"응? 루미아냐. 말은 고맙다만…… 이거 꽤 무겁다고? 괜찮겠어?"

"예, 문제없어요."

"그래…… 그럼 조금만 신세를 지마. 고맙다."

글렌은 책을 두 권 들어서 루미아에게 건넸다. 게다가 평소에는 절대로 보여주지 않는 온화한 표정으로. 그 책을 받아든 루미아는 정말 기쁜 듯이 웃었다. 마치 사이좋은 남매 같은 광경. 하지만 시스티나에게는 그 광경이 도무지 마음에 들지 않았다.

"자, 잠깐만요!"

시스티나도 마지못한 표정으로 글렌에게 다가왔다.

"응? 넌…… 그러니까, 시스……테리나 였던가?"

"시스티나예요! 시스티나! 당신, 일부러 그러는 거죠?!"

"그래그래, 알겠다 알겠어. 그 시스 뭐시기 양이 나한테 무슨 용건이신지?"

"저, 저도 도울게요. ……루미아만 돕게 할 수도 없으니까요……."

"……흐음? 그럼 넌 이거 들어."

입가를 씨익 끌어올려 웃은 글렌은 들고 있던 책을 전부 시스티나에게 떠넘겼다.

"꺄악?! 잠깐, 무겁잖아요!"

시스티나는 무게를 이기지 못하고 하마터면 비틀거리다 넘어질 뻔했다.

"이야~ 아하하. 손이 비니까 편한걸~."

하지만 글렌은 그녀를 한 번 힐끔 쳐다보더니 의기양양하게 걸어가기 시작했다.

"이, 이게 뭐냐구요! 당신, 왜 저랑 루미아를 이렇게 차별하시는 거죠?!"

"루미아는 귀엽지만 넌 건방져. 이상."

"이 바보 강사가…… 나, 나중에 두고 보자구요!"

뒤에서 자신을 매도하는 소리가 들려왔지만, 글렌은 입가에 웃음을 지었다.

학생들이 대부분 귀가한 방과 후.

글렌은 학원 옥상의 철책에 홀로 몸을 기댄 채 한산한 풍경을 감상하고 있었다. 저녁노을에 타오르는 페지테의 거리와 붉게 물든 환영의 성은 역시 그 시절과 변함이 없었다. 변한 건 자신뿐이었다.

머릿속에 문득 이 학원에서 계약직 강사로 일해온 나날이 떠올랐다. 이러니저러니 해도 가장 강하게 기억나는 것은 자신과 툭하면 얽히는 그 두 소녀의 모습이었다.

어째선지 묘하게 잘 따르는 귀여운 강아지 같은 소녀, 루미아.

어째선지 묘하게 시비를 거는 건방진 아기 고양이 같은 소녀, 시스티나.

그녀들이 무슨 생각으로 자신 같은 인간에게 적극적으로 접근하려는 건지 잘 모르겠다. 하지만 이러니저러니 해도 자신은 그녀들과의 교류를 기분 좋게 느끼지 않았던가?

한편으로 보고 싶다는 생각도 들었다. 그녀들이 앞으로 어떻게 성장할지. 어떤 길을 걷게 될지를…….

마술이라는 변변찮은 것에 새로운 가능성을 열어줄지도 모르는 루미아.

자신은 이미 잃어버린, 마술에 대한 정열을 가슴에 품고 아무런 망설임 없이 돌진하는 시스티나.

아직 젊고 어린 그녀들이 앞으로 무엇을 이루고 어떻게 성장해나갈지…… 곁에서 도움을 주고 싶다는 생각이 들었다.

"음, 뭐랄까……."

여전히 마술은 싫다. 구역질이 난다. 이딴 건 하루빨리 이 세상에서 사라져야 한다. 이 생각은 분명 앞으로도 변하지 않으리라. 하지만 이런 평화로운 나날은—.

"나쁘지…… 않아."

어느새 글렌은 자기도 모르게 미소를 짓고 있었다.

"오~ 오~ 저녁노을에 물들어서 애수에 잠겨 있는 모습, 청춘이로군."

갑자기 등 뒤에서 놀리는 목소리가 들리자, 글렌은 고개만 돌려 뒤를 돌아보았다.

"언제부터 거기 있었지? 세리카."

그곳에는 세리카가 정숙한 숙녀 같은 얼굴로 조용히 서 있었다. 타오르는 듯한 붉은색으로 물든 미녀. 저녁노을을 반사해서 빛나는 보리밭처럼 아름다운 금발이 부드러운 바람에 흔들리고 있었다.

"글쎄, 언제부터였을까. 이 선생님이 모자란 학생에게 문제를 주마. 맞혀보도록."

"바보 같은 소릴. 마력의 파동은 없었고 세계 법칙의 변동도 없었어. 그렇다면 방금 살금살금 걸어서 다가온 게 당연하잖아."

"오, 정답이다. 아하하, 의외로 다들 이런 바보 같은 문제를 못 맞히더군. 특히 이 세상의 신비는 전부 마술로 설명할 수 있다고 굳게 믿는 녀석일수록 더더욱."

글렌의 답변을 들은 세리카는 만족스럽게 웃었다.

"뭐하러 왔어? 너, 내일부터 있을 학회 준비로 바쁘잖아?"

"이런 이런, 어머니가 아들을 만나러 오는 것이 문제가 되나?"

"누가 아들이야. 너랑 난 원래 생판 남이면서."

"난 네가 요렇~게 작을 때부터 널 돌봐왔지. 충분히 어머니로 나설 권리는 있다고 생각한다만?"

"나이 차이를 생각하라고, 이 마녀. 어머니와 아들이 아니라 할머니와 손자겠지."

세리카의 겉모습은 아무리 봐도 스무 살 전후인 미녀였다.

하지만 글렌은 세리카가 겉모습처럼 젊지 않다는 사실을 알고 있었다. 왜냐하면 어릴 적부터 같은 시간을 보낸 사이인데도, 그녀의 겉모습은 처음 만난 당시부터 지금까지 전혀 변함없었기 때문이었다.

세리카가 어째서 나이를 먹지 않는 것인지, 사실 몇 살인지는 본인이 완고하게 입을 다물고 있어서 알 수 없었지만……, 어떤 역사적 사실로 비추어 보건대 틀림없이 세 자릿수는 넘었을 것이다.

"아아~ 어릴 적에는 참 솔직하고 귀여운 애였는데, 지금은 이런 삐뚤어진 남자로 자라다니……. 세월의 흐름이라는 건 정말로 잔혹하군."

"……내버려 둬."

글렌은 토라진 듯 시선을 돌렸다.

"기운을 차린 것 같아…… 다행이다."

"뭐?"

글렌은 무슨 의도에서 하는 말인지, 영문을 알 수 없는 세리카의 혼잣말을 듣고 얼빠진 목소리로 되물었다.

"너, 눈치채지 못한 거냐? 요즘 넌 제법 생기가 돌아왔다고? 마치 죽은 지 하루 지난 생선 같은 눈이야."

"……야."

"전에는 죽은 지 한 달 지난 생선 같은 눈이었고."

글렌은 그 말을 듣고 한숨을 내쉬며 머리를 긁적거렸다.

"……걱정을 끼쳤나 보네. 미안."

"아니, 괜찮아. 내 탓이니까."

세리카는 시선을 내리깔고 평소의 자신감 있는 목소리가 아닌 가녀린 목소리로 말했다.

"분명 팔불출이 지나쳤던 거겠지. 난 네가 자랑스러웠어. 그래서—"

"그만. 몇 번이나 말했지만 넌 관계없어. 들떠서 현실을 보지 못한 내가 바보였을 뿐이야."

"하지만 넌 아직도 마술을 혐오하고 있어."

그 한마디에 글렌은 겨우 세리카의 진의를 깨달았다.

"……그런 거였군. 그래서 조금이라도 마술의 즐거움을 떠올리게 해주려고 마술강사 자리를 가져온 거였나?"

글렌은 기억을 되새겼다. 그러고 보니 어릴 적에 즐거웠던 기억은 모두 세리카와 함께 마술 공부와 실험을 했을 때였다.

"참 나, 너 대체 몇 살이냐? 의외로 애 같은 구석이 있었네. 너와 나 사이에 있는 건 마술뿐이 아니잖아? 확실히 난 마술이 싫어졌지만, 그렇다고 해서 너까지 싫어하게 될 일은 절대로 없다고."

"그런가. 응, 그렇겠지…… 다행이다."

글렌의 말을 들은 세리카는 온화하게 웃었다. 어딘지 모르게 밝은 미소였다.

"아~ 젠장, 그런 거였나. 그럼 뭐야? 처음부터 이렇게 말했으면 계약직 강사 따위 안 해도 됐다는 건가?"

"바보, 그것과 이건 이야기가 달라. 슬슬 자기 밥벌이 정도는 스스로 해."

"아~ 아~ 안 들려~."

"이 글러먹은 녀석이……."

세리카는 기가 막힌다는 표정으로 어깨를 으쓱이며 말을 계속했다.

"뭐, 됐다. 아무튼 사회 복귀가 순조로운 것 같으니 다행이다. 이 상태로 그 병도 고쳐둬."

"병? 무슨 소리야. 난 건강—."

"자신에게는 타인과 깊게 관여할 자격이 없다. 될 수 있으면 타인이 자신과 가까워지지 않게 하고 싶다. 그래서 군이 상대의 신경을 건드리는 태도를 취하거나 호의를 보이는 상대에게 쌀쌀맞게 대하는— 그런 병이지."

"……윽."

세리카의 지적에 글렌은 식은땀을 흘리며 뺨을 실룩거렸다.

그리고 세리카는 심술궂게 웃으면서 어깨를 으쓱거렸다.

"이봐, 글렌. 네 경우는 과거도 과거지만, 이건 보통 어린애들이나 걸리는 병이라고? 그 나이에 이렇게까지 악화되다니, 참 나. 사회 복귀하는 김에 슬슬 고치는 게—."

"시, 시끄럽네 진짜! 그냥 내버려 두라고 했잖아?!"

글렌은 수치심 때문에 새빨개진 얼굴로 소리쳤다.

"애초에 호의 운운은 내 탓이 아니잖아?! 어릴 때부터 너처럼 스타일 끝내주는 여자에게 눈이 익숙해진 바람에, 어지간한 여자에게는 관심도 안 가게 된 것뿐이라고!"

"오호라? 그렇다는 건 다시 말해, 넌 어머니에게 발정했다는 건가? 이 왕 변태 자식."

세리카는 가학적이고 요사스러운 미소를 지으며 글렌의 뒤로 다가가 그의 목을 양팔로 휘감았다.

"그럴 리가 있겠냐! 그리고 일일이 어머니인 척 굴지 마! 에잇, 다가오지 마! 가슴을 들이대지 마! 귀에 숨을 불어넣지 마! 징그럽다고!"

"후후, 쌀쌀맞기는. 기껏해야 모자간의 스킨십인데 뭐 어때서 그래."

세리카는 그런 글렌의 반응에 만족스러운 듯이 웃으면서 몸을 떼고 등을 돌렸다.

"그럼 난 마술학회 준비가 있으니까 슬슬 가마."

"······그래. 제국 북부에 있는 제도(帝都) 오를란도까지 가는 거지?"

글렌은 퉁명스러운 태도로 대답했다. 세리카가 이런 식의 장난을 치는 건 어제오늘 일이 아니었다. 흘려 넘기고 잊어버리는 게 제일이었다.

"맞아. 날 포함해서 학원의 학회 출석자는 오늘 밤, 학원에 있는 전송 법진을 써서 제도까지 전이할 예정이지."

"말을 타고 사나흘은 걸릴 거리를 단숨에 이동한다니······ 참 나, 마술은 정말로 위대하시군."

"뭐, 너도 내일부터 수업 열심히 해라."

"······뭐? 내일부터 학원은 5일간 휴교잖아?"

예상치 못한 말을 듣는 바람에 글렌은 당황했다.

"난 계약직이니까 빠지지만, 내일부터 너희들 교수진과 강사들은 전부 학회에 참석하잖아? 그 일정에 맞춰서 휴교하는 거 아니었어?"

"아, 그거 말인가. 네가 맡은 반만 예외다. 뭐야, 못 들었던 거냐?"

"뭐라고?!"

"네 전임 강사였던 휴이가 갑자기 아무런 말도 없이 실종되는 바람에 너희 반만 수업 진도가 늦어. 그래서 너희 반만 그 구멍을 메우는 형태로 휴교 중에도 수업을 하기로 했지."

"그게 무슨…… 난 못 들었는데?!"

"수위가 학원 입구를 지키는 걸 제외하면, 내일부터 학원에는 관계자가 아무도 없으니까 그사이에 이상한 장난은 치지 말도록."

"누가 장난을 쳐! ……아니, 잠깐 기다려."

글렌은 세리카의 말에 위화감을 느꼈다.

"전임 강사가…… 실종? 잠깐, 그게 대체 무슨 뜻이야?"

"무슨 뜻이고 자시고…… 말 그대로의 의미다만. 네 전임이었던 강사 휴이 루이센은 어느 날 갑자기 실종됐어. 아직도 흔적조차 찾지 못한 행방불명 상태다."

"야, 그게 무슨 소리야. 휴이라는 녀석은 개인 사정으로 퇴직했다고……."

"그야 일반 학생에게 그렇게 밝힐 수는 없으니까. 애초에 정식 절차를 거쳐서 퇴직한 거라면, 대신할 강사를 한 달이나 찾지 못했을 리 없겠지."

글렌은 뭐라 말할 수 없는 찌푸린 표정으로 머리를 긁었다.

"어쩐지 이야기가 수상해지기 시작하는데……."

"뭐, 요즘은 이 근처도 왠지 흉흉해. 너라면 걱정할 것 없겠지만, 뭐. 내가 자리를 비우는 동안에는 조심하도록 해."

"……그래."

실종이라는 말에는 확실히 사건의 느낌이 났다. 하지만 자신에게 뭔가 영향을 끼칠 일은 없으리라. 다만 글렌은 심장에 가시가 박힌 듯한 불안감을 완전히 떨쳐버릴 수 없었다.

그때였다.

"아, 역시 여기 계셨어! 선생님!"

옥상 문이 열리며 이미 익숙해진 여느 때의 2인조가 모습을 드러냈다. 한쪽은 웃는 얼굴이고 한쪽은 무뚝뚝한 얼굴이었다.

"어라? 아르포네아 교수님. 혹시 저희가 방해했나요?"

"아니. 난 이제 돌아갈 참이었다. 무슨 일이지? 글렌에게 용건이라도 있는 건가?"

"예."

루미아는 꽃처럼 환하게 웃으며 글렌의 앞으로 다가갔다.

시스티나도 그 뒤를 뾰로통한 얼굴로 마지못해 따라갔다.

"너희들, 집에 간 거 아니었어?"

"아, 실은 학원의 도서관에서 노트를 베껴 쓰고 오늘 수업을 복습했는데요. 이걸 꼭 선생님께 물어봐야겠다고 해서…… 시스티가요."

"자, 잠깐?! 그건 말하지 않기로 약속했잖아?! 배신자!"

새빨개진 얼굴로 시스티나가 화를 냈지만, 이미 소 잃고 외양간 고치기였다.

"흐음~? 즉, 이런 뜻인가? 시스티체 군. 설마하니 자네는 이 희대의 명강사 글렌 레이더스 대선생님께 뭔가 질문할 게 있다는 뜻? 응~?"

글렌은 시원시원할 정도로 아무런 망설임도 없이 우쭐댔다. 무의식적으로 주먹을 얼굴 한가운데에 때려 박고 싶어지는 참으로 열 받는 미소였다.

"이래서 당신에게만큼은 물어보고 싶지 않았다구요! 그리고 전 시스티나예요! 이제 슬슬 외우시란 말예요!"

"어쩨 외우기 어려운 이름이니까, 역시 넌 하얀 고양이로 충분해."

"아, 진짜~!"

결국 시스티나는 울상이 되고 말았다.

"선생님, 지금 시간 괜찮으세요? 저도 나중에 생각해봤더니 실은 그 부분을 잘 모르겠어서⋯⋯."

"아, 미안하다. 루미아. 나도 오늘 수업은 약간 설명이 부족했다는 기분이 들던 참이었어. 아마 그 부분이겠지. 어디 꺼내볼래?"

"그, 그러니까 어째서 저랑 루미아를 이렇게까지 차별하시는 거냐구요?!"

"루미아는 귀엽지만 넌 건방져. 이상."

"으, 으이이이이이이이이익!"

세리카는 소란스럽게 떠드는 세 사람을 잠시 동안 흐뭇하게 지켜보다가 안심한 듯 조용히 옥상을 떠났다.

글렌에게 고개를 숙이고 가르침을 청한 굴욕적인 한때를

간신히 견뎌낸 시스티나는, 화가 나고 기분이 상했다는 걸 감추지 않은 얼굴로 루미아와 함께 귀가하는 중이었다.

"……정말 대체 뭐냐구! 그 인간은!"

그런 시스티나의 마음과는 반대로 페지테의 거리는 여느 때와 다름없이 평화 그 자체였다. 저녁이라 한산한 중앙 대로에 시스티나의 거친 목소리가 공허하게 울려 퍼졌다. 저녁노을의 붉은색이 눈에 자극적이지 않은 차분한 거리의 정경. 자기 혼자만 이렇게 신경이 곤두서 있는 게 바보 같았다.

"너도 진짜 그 인간의 어디가 좋은 거니? 묘하게 맘에 들어하는 눈치던데!"

"응? 그야 선생님은 친절하시잖아?"

"그래, 그랬지! 너한테만 묘하게 친절하더라! 너, 한, 테, 만!"

시스티나는 너무 화가 난 나머지 주먹을 부들부들 떨었다.

"보통 이렇게까지 노골적으로 차별 대우하진 않잖아?! 아무래도 좀 더 남의 시선이나 체면을 신경 쓰기 마련이잖아?! 그런데 그 인간은……!"

루미아는 쓴웃음을 지으며 진정하라고 달랬다.

"이건 틀림없이 뭔가 있어! 맞아! 분명 그 인간, 루미아가 착한 걸 오해해서 이상한 맘을 먹은 게 분명해! 그래, 맞아! 분명 그럴 거야! 잘 들어, 루미아. 앞으로 그 인간이 있을 때는 절대로 나한테서 떨어지면 안 돼! 그 인간…… 루미아에게 손을 대면 정말로 용서하지 않을 테다……!"

그때였다.

"후홋."

루미아가 입을 다물고 웃기 시작했다.

"……왜 그래? 루미아."

"응, 그게 있지. 시스터가 그렇게까지 내 걱정을 해주는 게 이상해서."

"걱정하는 게 당연하잖아. 우리는 가족이니까!"

그러자 루미아는 화가 난 시스티나에게 불쑥 이런 말을 중얼거렸다.

"3년 전의 일, 기억해?"

"3년 전…… 네가 우리 집에 왔을 때쯤이지? 그게 왜?"

어째서 갑자기 이런 말을 꺼내는 건지 시스티나는 루미아의 의도를 알 수 없었다.

하지만 루미아는 그리워하는 듯한 미소로 말을 계속 이었다.

"그 시절의 우린 늘 싸우기만 했지."

"그, 그건…… 그야 그 시절의 루미아는 비굴하고 제멋대로에 울보라서……. 그야, 친부모에게 버림받은 당시의 네 심정을 헤아리지 못한 나도 문제가 있었지만……."

시스티나는 거북한 듯 뺨을 긁었다.

"그런데 어느 날 내가 시스틴 줄 알고 나쁜 사람에게 유괴된 적이 있었잖아?"

"……그러고 보니 그런 사건이 있었지."

"내가 겨우 무사히 돌아왔더니 시스티가 갑자기 날 끌어안 았어."

"……으."

"그때는 하룻밤 내내 둘이서 부둥켜안고 울었지. 미안하다 고, 무사해서 다행이라고 하면서."

"……으, 그, 그건…… 그러니까……."

부끄러워하는 시스티나의 얼굴이 저녁노을처럼 붉게 물들 어갔다.

"돌이켜보면 그때부터였을까. 나랑 시스티나가 이렇게 친해 진 게."

그런 시스티나에게 루미아는 따스한 미소를 건넸다.

하지만 시스티나는 여기까지 들어도 왜 루미아가 그런 옛날 이야기를 꺼내는지 이해 할 수 없었다.

"……무슨 일이야? 갑자기."

"왠지 요즘, 자꾸 옛날 생각이 나."

그리고 루미아는 시스티나에게 약간 쓸쓸한 미소를 건넸다.

"……어째서일까?"

그렇게 물어봐도 시스티나는 영문을 알 수 없었다. 무슨 일 이 계기가 되어서 3년 전의 일을 떠올리게 된 건지, 루미아의 마음 속을 알 길이 없었다. 다만, 루미아에게 그날의 기억은 여 러 가지 불행이 겹친 괴로운 기억이라는 것만은 알 수 있었다.

"우리는 가족이야."

그래서 시스티나는 자신의 솔직한 마음을 입에 담았다.

"왜 네가 갑자기 3년 전 일로 고민하는지는 모르겠지만, 난 항상 네 곁에 있을 거야. 그러니까, 저기……."

"……고마워. 시스티."

쑥스러운지 횡설수설 말을 잇는 시스티나에게 루미아는 봄바람 같은 미소를 건네주었다.

황혼이 드리운 페지테의 거리.

바싹 붙은 두 사람의 그림자가 한없이 길게 뻗어 있었다.

제4장 일상의 붕괴, 과거의 잔재

다음 날.

"우오오오오오오오?! 지각, 지가아아아아아악?!"

어딘가에서 본 광경이 학원으로 이어지는 길에서 펼쳐졌다.

이 목소리의 주인은 두말할 필요 없이 글렌이었다.

게다가 오늘은 시계가 안 맞은 것도 아니다. 정말로 늦잠을 자는 바람에 지각한 것이다.

"젠장! 인간형 자명종이 어젯밤에 제도로 떠난 걸 잊고 있었어!"

빵을 입에 문 채 필사적으로 다리를 움직여서 끊임없이 달린다.

"아니, 그것보다 왜 휴교일에 일부러 수업 같은 걸 해야 하냐고! 이래서 일 같은 건 하고 싶지 않았던 거야! 에잇, 백수 만세!"

아무튼 지각은 위험하다. 지각하면 시끄러운 녀석이 한 명 있다. 지금은 한시라도 빨리 학교에 도착하는 게 우선이다. 잘하면 아슬아슬하게 늦지 않을지도 모른다.

글렌은 현재 얹혀살고 있는 세리카의 저택에서 학원까지 이

어지는 길을 쉬지 않고 달렸다. 큰길을 벗어나 몇 개의 골목 길을 돌파한 후, 다시 큰길로 복귀한다.

그리고 학원이 가까워졌다는 증거인 십자로에 도착한 순간…….

글렌은 이변을 깨닫고 갑자기 다리를 멈췄다.

"……읏?!"

부자연스러울 정도로 사람이 없었다. 아침이라고는 해도 이 시간대라면 길을 오가는 일반 시민의 모습이 적지 않을 터였다. 그런데도 오늘은 고요하고 인기척조차 느껴지지 않았다. 명백히 이상했다.

"아니, 애초에 이건……."

틀림없다. 주위의 요소요소에 희미한 마력이 느껴졌다. 이 건 사람의 접근을 차단하는 결계다. 이 구성으로는 몇 시간 밖에 효력이 없겠지만, 그 사이에 정신 방어력이 낮은 일반 시 민은 십자로를 중심으로 한 주변 지역에서 무의식적으로 배 제된다.

'……왜 이런 게 여기에?'

위기감이 관자놀이 근처를 찌릿찌릿 자극하는 감각. 이런 감각을 느끼는 건 1년 만이었다.

글렌은 감각을 날카롭게 가다듬어서 빈틈없이 주위를 살폈다.

"……무슨 용건이지?"

그리고 글렌은 조용하고 위압적인 목소리로 물었다.

"나와. 거기 숨어 있는 건 이미 알고 있어."

글렌은 십자로의 한구석을 날카로운 시선으로 노려보았다.

"호오…… 눈치채셨습니까? 기껏해야 트레데인 삼류 마술사라고 들었습니다만…… 이것 참, 감각이 제법 날카로우시군요."

그러자 공간이 신기루처럼 일렁이고 그 안에서 서서히 한 남자가 나타났다.

키가 작고 갈색 곱슬머리가 인상 깊은 나이를 파악할 수 없는 남자였다.

"먼저 훌륭하다고 칭찬해드리죠. 그런데…… 당신, 왜 그쪽을 보고 있는 거죠? 전 이쪽에 있습니다만?"

"……글쎄다."

글렌은 거북한 표정으로 자신의 등 뒤에 나타난 남자를 돌아보았다.

"저기 그러니까~ 대체 어디 사는 누구시죠?"

"아뇨, 딱히 이름을 댈 만한 사람은 아닙니다만."

"용건이 없으면 비켜주시지 않겠습니까? 전 지금 급합니다만."

"하하하, 괜찮습니다. 서두르실 건 없어요. 당신은 초조해할 필요 없이 느긋하게 목적지로 가시면 됩니다."

미묘하게 어긋나는 남자의 대답에 글렌은 노골적으로 인상을 찌푸렸다.

"이봐…… 시간이 없다고 말하는 거 안 들려?"

"그러니까 괜찮다고 하지 않습니까. 당신의 목적지는 이제 바뀌었으니까요."

"뭐?"

"그래요. 당신의 새로운 목적지는…… 저 세상이랍니다."

"윽?!"

글렌이 한순간 허를 찔리자 남자의 주문 영창이 시작되었다.

"《더러워져라·짓물러라·―."

'위, 위험해!'

상승하는 마력을 피부로 느낀 글렌의 온몸에 갑자기 식은 땀이 맺혔다.

선수를 빼앗기고 말았다. 경계를 게을리하지는 않았지만, 이렇게까지 막무가내로 나오는 건 예상 밖이었다. 이렇게 된 이상 글렌의 세 소절 영창으로는 제시간에 맞출 수 있는 카운터 스펠이 없었다.

'게다가 이 주문은―.'

치명적인 위력을 지닌 두 가지 마술의 복합 주문. 게다가 주문을 한계까지 단축했다. 이걸 동시에 해낸다는 것은 초일 류 마술사라는 증거였다.

"―썩어 문드러져라》"

남자의 주문이 세 소절로 완성되었다.

그 술식에 감추어진 무시무시한 힘이 지금 이 자리에서 해 방된다―.

현재 나무와 철책으로 둘러싸인 마술학원 부지의 정문 앞에는 기묘한 2인조가 서 있었다.

한 명은 아무리 봐도 도시의 양아치 같은 남자. 또 다른 한 명은 검은 코트로 몸을 감싼 신사 같은 분위기의 남자였다. 손에 든 게 아무것도 없는 양아치 같은 남자와 달리, 검은 코트를 입은 남자는 거대한 서류 가방을 들고 있었다.

"캐럴 녀석, 잘 처리했을까?"

"당연히 잘 처리했겠지. 그 남자가 표적을 놓친 적이 있었나?"

"키키키, 없었지. 뭐, 그렇다는 건……."

"지금 저 학원 건물 안에 강사급 이상의 마술사는 단 한 명도 없다는 뜻이다."

"크하하하! 그 반에서는 지금 귀여운 병아리들만 삐약삐약거리고 있다는 거군! 그래~ 기다려라. 이 오빠들이 귀여워해 주마~."

"캐럴은 내버려 둬. 우리는 우리가 할 일만 하면 된다."

두 사람의 말과 복장이 완전히 정반대의 조합이라서 제법 호기심 어린 시선이 모일 만하건만, 어째선지 주위에는 아무도 없었다.

"음~ 레이크 형씨. 역시 우리는 안에 들어갈 수 없는 모양인데?"

양아치 같은 남자가 언뜻 보면 아무런 장애물도 없는 아치형 정문에 펼쳐진, 보이지 않는 벽을 두드리면서 투덜댔다. 이것은 학원에 등록되지 않은 자와 출입 허가를 받지 않은 자의 진입을 막는 결계였다.

"장난치지 마라, 진. 어서 그 남자가 보낸 해제 주문을 시험해봐."

"예이~ 예이."

그 순간이었다.

"어이, 당신들. 지금 거기서 뭐 하는 거지?!"

정문 바로 옆에 있는 수위실에서 두 사람의 모습을 수상히 여기고 수위가 밖으로 나왔다.

"학원 부지 내에는 특수한 결계가 펼쳐져 있다. 학원 관계자 외에는 출입이—."

그러자 진이라 불린 양아치 같은 남자가 수위의 왼쪽 가슴을 손가락으로 가리키며 한 마디 중얼거렸다.

"《파직》."

그 순간, 수위의 몸이 크게 경련했다. 그것이 불행한 그가 이 세상에서 들은 마지막 말이 되었다.

"음~ 그러니까~ 좋아. 이거로군."

진은 방치된 인형처럼 앞으로 고꾸라진 수위에게는 눈길도 주지 않고, 품속에서 한 장의 부적을 꺼내서 거기에 적힌 룬어 주문을 읽었다. 그러자 유리와 비슷한 것이 깨지는 소리가 주위에 울려 퍼졌다.

"오오~ 사전에 조사했던 대로잖아! 과연 제법이군!"

문을 뒤덮고 있던 벽이 사라진 것을 확인한 진이 어린애처럼 기뻐했다.

"훗. 그 남자의 일 처리는 완벽했군."

"뭐, 시간을 들인 보람이 있었네. 그럼 보고하러 가보실까."

두 사람은 정문을 지나쳐서 학원 부지에 침입했다.

진은 품속에서 반으로 갈라진 보석을 꺼내 귀에 댔다.

"그래그래. 이쪽은 오케이다. 오케이. 이제 닫아도 돼."

그러자 몇 초 후에 정문에서 금속음이 울려 퍼졌다. 학원을 둘러싼 결계가 재구축된 것이다.

"무시무시한 남자군."

검은 코트의 남자― 레이크는 얼음장 같은 미소를 지었다.

"제국 공공 기관의 마도 시큐리티를 이 정도로 완벽하게 장악할 줄이야."

"집념이라는 건가? 헤헤, 소문이 자자한 마술 요새도 이렇게 되니 별거 아니군."

"자, 그럼 가자."

두 사람은 정면을 올려다보았다.

양쪽으로 날개를 펼친 것처럼 별관이 늘어서 있는 마술학원 본관이 그곳에 있었다.

"표적은 동관 2층의 2학년 2반 교실이다."

"그려, 알겠수다."

"……늦어!"

시스티나는 회중시계를 쥔 손을 부들부들 떨면서 신음을 흘렸다.

현재 시간은 10시 55분. 오늘의 수업 개시 예정 시간은 10시 30분. 이미 25분이 지났다.

그런데도 아직 글렌은 교실에 오지 않았다. 즉, 지각이다.

"그 인간…… 요즘은 굉장히 좋은 수업을 하니까 약간 다시 봤었는데, 벌써 또 이 모양이라니까. 정말이지!"

시스티나는 짜증이 섞인 목소리로 투덜댔다.

"그런데 별일이네? 글렌 선생님, 요즘은 지각하지 않고 열심히 하시던데."

그 옆자리에 앉은 루미아도 이상하다는 듯 고개를 갸웃했다.

"그 인간, 설마 오늘이 휴교일이라고 착각한 건 아니겠지?"

"그건…… 아무리 글렌 선생님이라도 그럴 리는…… 없지, 않을까?"

글렌을 전면적으로 신뢰하는 루미아도 그 말을 완전히 부정할 수는 없었다.

"아아~ 역시 글러먹은 인간은 어쩔 수 없다니까……. 좋아, 오늘이야말로 한마디 해줘야겠어."

"아하하. 오늘이야말로, 가 아니라 오늘도, 가 아닐까? 시스티."

"세세한 건 따지지 말고!"

불쾌한 얼굴로 턱을 괸 시스티나는 주위를 둘러보았다.

원래 이 교실에는 좌석에 여유가 있을 터. 그랬던 게 지금은 남은 좌석이 없었다. 서서 수업을 들으려는 학생도 교실 뒤에 여러명 있었다.

"그 인간…… 요즘 정말 인기가 많네."

"그야 선생님의 수업은 굉장히 알기 쉬우니까. 우리가 듣는 학사 수준의 내용은 물론이고 석사 수준의 내용도 어렵지 않게 설명해주시는 데다가, 평범한 강사라면 당연한 거라면서 대충 넘어갈 만한 부분도 이론적으로 정확히 설명해주시는걸."

"하아…… 확실히 그 인간의 설명을 들으면 기본적인 부분도 이해가 깊어지니까 좋지만…… 왠지 재미없어."

"후훗."

시선을 돌리자 어째선지 루미아가 다 안다는 얼굴로 미소짓고 있었다.

"……루미아, 왜 그래?"

"시스티는 글렌 선생님이 점점 유명해 지니까 적적해진 거지?"

"그…… 그게 무슨 소리야?!"

"그치만 처음에는 잔소리라고 해도, 선생님에게 말을 거는 사람은 시스티뿐이었잖아? 그런데 지금은 다들 선생님께 가볍게 말을 거는걸. 왠지 선생님이 멀어진 기분이 들지?"

"그, 그런 인간한테 어떤 여자애가 말을 걸든 내 알 바 아니야! 루미아, 너 뭔가 착각하고 있는 거 아니니?!"

"응? 난 여자애라고 말한 적 없는데?"

"윽."

이 말에는 한 방 먹은 모양이다. 시스티나는 벌레를 씹은 듯한 떫은 표정이 되었다.

글렌을 딱히 그런 대상으로 보고 있는 건 아니지만, 확실히 이 반에서 글렌을 상대해주는 건 자신뿐이었는데 지금은 다들 따르고 있으니 왠지 재미가 없었다. 하물며 그 상대가 동성이라면 더더욱. 소녀의 마음은 복잡했다.

"너, 넌 어떤데……?"

"나?"

"응. 넌 처음부터 묘하게 글렌 선생님을 맘에 들어 했잖아? 너야말로 재미없는 거 아니야? 이 상황."

"난…… 기쁠지도?"

"……뭐?"

"글렌 선생님이 사실은 굉장한 사람이란 걸 다들 알아준 게…… 굉장히 기뻐."

루미아는 다른 사람들이 글렌의 능력을 알아준 것을 마치 자기 일인 것처럼 솔직하게 기뻐했다.

"……왠지 여자로서 격의 차이를 본 기분이 들어."

"……응?"

시스티나는 손바닥으로 얼굴을 가리며 탄식했고, 루미아는 이상하다는 듯 고개를 갸웃했다.

교실 문이 열리며 누군가가 들어온 기척이 느껴진 건 그때였다.

"아, 선생님! 대체 무슨 생각이세요?! 또 지각하셨잖아요! 정말이지…… 응?"

바로 설교 태세에 들어가려던 시스티나는 교실에 들어온 인물들을 보고 할 말을 잃었다.

글렌이 아니라 낯선 양아치 같은 남자와 검은 코트를 입은 남자가 들어온 것이다.

"아~ 여긴가~. 다들 공부 열심히 하느라 수고한다! 힘내라! 젊은이들!"

갑자기 나타난 수수께끼의 2인조를 보고 교실 전체가 술렁거리기 시작했다.

"아, 너희 선생은 지금 볼 일이 좀 있거든. 그래서 우리가 대신 온 거지. 잘 부탁한다!"

"잠깐만요……. 당신들은 대체 누구죠?!"

정의감이 강한 시스티나는 자리에서 일어나더니, 당당하게 2인조를 향해 다가가서 말을 걸었다.

"여긴 알자노 제국 마술학원이에요. 외부인은 출입 금지라구요. 애초에 어떻게 해서 학원 안에 들어온 거죠?"

"어이, 잠깐. 질문은 하나씩 해줄래? 난 너희들처럼 잘 배워먹지 못해서 머리가 나쁘거든?"

"……큭!"

이 양아치 같은 남자를 상대하는 건 왠지 거북했다. 시스티나는 떫은 표정으로 입을 다물었다.

"먼저 우리가 누구냐고? 테러리스트라고 해야 할까? 요컨대, 여왕 폐하에게 싸움을 거는 무서~운 오빠들인 셈이지."

"예?"

"그리고 여기에 들어온 방법. 약해빠진 불쌍한 수위를 죽인 다음에 골치 아픈 결계를 박살 내고 들어왔다. 어때? 이해했냐?"

교실 안의 술렁거림이 한층 더 심해졌다.

"노, 농담하지 마세요! 성실하게 대답하라구요!"

시스티나는 어깨를 들썩이며 소리쳤다.

"난 진짜 성실하게 대답한 건데 말이지~."

양아치 같은 남자는 호들갑을 떨면서 양손을 크게 펼쳤다.

"이 학원의 수위를 맡은 분은 전투 훈련을 받은 마술사예요! 당신들 같은 사람에게 그렇게 간단히 당할 리가 없고, 이 학원의 결계는 초일류라고 불리는 마술사도 깨뜨릴 수 없는 거라구요!"

"아~ 그러냐? 천하에 이름이 자자한 마술학원도 별거 아니었네. 실망했다."

"……그렇게 계속 헛소리만 늘어놓을 거라면 저도 생각이 있어요."

"응? 뭔데? 뭔데? 무슨 생각? 어디 말해봐."

"……큭! 당신들을 기절시켜서 경비관에게 넘기겠어요! 그게 싫으면 어서 이 학원에서 나가……."

"꺄악~ 우리 체포당하는 거야?! 싫어~!"

전혀 나갈 생각이 없는 2인조를 보고 시스티나는 각오를 다졌다.

"경고는 했어요."

마력을 짠다. 호흡법과 정신 집중으로 마나 바이오리듬을 제어한다.

그리고 남자에게 손가락을 겨누고 흑마 【쇼크 볼트】를 영창했다.

"《뇌정의—."

"《쾅》."

하지만 양아치 같은 남자가 영창한 웃기는 주문 쪽이 압도적으로 빨리 완성되었다.

시스티나의 눈에는 그저 남자의 손가락이 한순간 빛난 것처럼 보였다.

하지만 동시에 공기를 찢는 소리가 귀를 스치더니, 뭔가가 등 뒤의 벽을 뚫는 소리가 들렸다.

"……어?"

"《쾅》《쾅》《쾅》."

그리고 이번에는 세 줄기의 빛이 시스티나의 목을, 허리를,

어깨를 스치고 지나갔다.

"으……."

한걸음도 움직일 수 없었던 시스티나의 온몸에서 단숨에 땀이 샘솟았다.

조심스럽게 뒤를 돌아봤다. 등 뒤의 벽에는 작은 동전 크기의 구멍이 몇 개나 생겨 있었다. 완전히 관통한 모양이다. 구멍 반대쪽이 들여다보였다.

이 무시무시한 관통력. 시스티나를 비롯한 그 광경을 지켜보고 있던 학생 전원이 남자가 날린 주문의 정체를 깨달았다.

"그럴 수가…… 설마…… 바, 방금 그 마술은…… 【라이트닝 피어스】?!"

흑마 【라이트닝 피어스】.

손가락으로 겨눈 상대를 한 줄기의 번갯불로 꿰뚫어 버리는 군용 어설트 스펠이다. 겉으로 보기에는 【쇼크 볼트】와 큰 차이가 없지만 그 위력, 속도, 관통력, 사정거리는 격이 다르다. 두꺼운 판금 갑옷조차 간단히 관통해버린다. 마술이 담고 있는 전류량도 【쇼크 볼트】와는 비교할 수 없을 정도라, 아무런 마술적 방어 능력이 없는 일반인이라면 닿는 것만으로 감전사할지도 몰랐다. 그 심플한 겉모습으로는 상상조차 할 수 없는 무시무시한 살육 마술. 과거의 전장에서 활과 총은 물론이고 갑옷의 존재 가치조차 뿌리째 뒤흔들어 놓은 마술이었다.

"어, 어떻게…… 그런 위험한 마술을……?"

자연스럽게 다리가 떨리기 시작했다. 무릎에서 힘이 빠지는 바람에 그 자리에 철퍼덕 주저앉고 말았다.

"게, 게다가…… 간단하게 줄인 한 소절 영창으로 연속 발동^{래피드 파이어}이라니……."

언뜻 경박해 보이지만 이 양아치 같은 남자가 얼마나 엄청난 술자인지는 마술을 배운 사람이라면 누구나 이해할 수 있으리라.

그 순간, 학생 전원이 깨달았다. 이 남자에게는 절대로 이길 수 없다. 전력이 달라도 너무 다르다. 지금 이 반에 있는 학생들이 한꺼번에 덤벼도 이 남자를 당해낼 수는 없었다. 마술사로서, 그만큼 양쪽의 역량 차가 뚜렷했다.

"설마…… 당신들, 정말로……?"

"그러니까 말했잖냐. 테러리스트라고. 이 학원은 현재 우리가 점령했습니다~. 너희는 인질이에요~. 얌전히 있으시길 바랍니다~. 아, 맞아. 반항하고 싶은 녀석은 이참에 반항해봐. 죽여줄 테니까."

반항할 수 있을 리가 없었다. 【라이트닝 피어스】는 군용 마술─ 군에 소속된 마도사가 쓰는 전쟁용 마술이었다. 군용 마술은 군용 마술로만 대항할 수 있고, 학생 중에 군용 마술을 쓸 줄 아는 자는 없었다. 학사 과정에 불과한 학생들에게 군용 마술을 가르치는 건 금지되어 있었기 때문이다. 마술사로서 미숙한 학생들이 쓰기에는 지나치게 살상 능력이 높았다.

학사 과정에서 취득하는 어설트 스펠은 기껏해야 상대를 기절시키는 【쇼크 볼트】, 섬광으로 시력을 빼앗는 【플래시 라이트】, 돌풍으로 상대를 날려버리는 【게일 블로】처럼 살상 능력이 낮은 마술뿐이었다.

흑마 【라이트닝 피어스】를 한 소절로 발동할 수 있는 상대에게 그런 초급 주문으로 맞서는 것은 그야말로 총을 겨눈 상대에게 물총을 쏘는 것과 다름없는 자살행위였다. 시스티나가 지금 이렇게 살아 있는 건…… 단순히 이 양아치 같은 남자의 변덕에 지나지 않았다.

그리고 혼란은 뒤늦게 찾아왔다.

"으, 으아아아아아아아아아아아아아?!"

"꺄아아아아아아아아아아아아아아?!"

교실이 광란의 도가니에 빠지려는 순간—.

"시끄러! 닥쳐 이 자식들아. 죽을래?"

일동에게 손가락을 겨눈 남자의 협박 한마디에 단숨에 소란이 잦아들었다. 인간을 몇 명이나 죽여본 자만이 낼 수 있는 진짜 살기에 노출된 학생들은 입을 다물고 몸을 덜덜 떨 수밖에 없었다.

"오~ 착하다, 착해. 역시 교실에서는 조용히 있어야지."

모두가 움직임을 멈춘 가운데, 남자는 혼자서 쾌활하게 껄껄 웃었다.

"그런데 말이다. 내가 착한 너희들에게 한 가지 물어보고 싶은데 말이지?"

남자는 겁에 질려서 고개를 숙인 학생들을 둘러보면서 말했다.

"이 중에 루미아라는 여자애 있어? 있으면 손 들어보렴~? 아니면 혹시 알고 있는 사람~?"

그러자 곧 교실이 정적에 잠겼다.

"……루미아?"

"……어, 어째서 루미아를……?"

소리를 낮추고 소곤거리는 속삭임이 여기저기서 흘러나왔다.

왜 지금 여기서 루미아의 이름이 나오는 것일까. 학생은 모두 이유를 알 수 없어서 당황했다.

그리고 이름이 나온 탓에 몇 명이 무의식적으로 시선을 움직이고 만 모양이다.

"아~ 그렇군. 루미아는 이 근처에 있는 건가~? 음~ 누굴까?"

그 움직임을 날카롭게 간파한 남자는 루미아가 있는 쪽으로 걸어갔다.

"네가 루미아야~?"

루미아의 두 자리 뒤에 앉은 작은 체구의 여학생— 린에게 남자가 얼굴을 가까이 들이댔다.

"아……아니에요……."

"그럼 누가 루미아인지는 알아?"

"모, 몰라요……."

"흐응? ……진짜? 난 거짓말쟁이는 싫어하는데……."

뱀과 마주친 개구리처럼 린은 겁에 질린 나머지 눈물을 흘리며 몸을 떨었다.

그 순간, 시스티나는 루미아에게 몰래 눈짓을 주었다. 그렇지 않으면 뭔가 각오한 듯 주먹을 단단히 쥔 루미아가, 당장에라도 자리에서 일어나 정체를 밝힐 것 같았기 때문이다.

'안 돼, 루미아. 틀림없이 살해당할 거야.'

'하지만……!'

'괜찮으니까 넌 가만히 있어!'

시선과 목을 흔드는 것만으로 의사를 전달한 시스티나는 떨리는 무릎을 마음속으로 꾸짖으며 자리에서 일어났다.

"다, 당신들. 루미아라는 애를 어떻게 할 셈이지?"

"응?"

다시 자신에게 대드는 소녀를 본 남자는 재미있다는 표정으로 웃었다.

"너, 루미아가 누군지 알아? 아니면 네가 루미아냐?"

"먼저 내 질문에 대답해! 당신들의 목적은 대체 뭐야!"

"짜증 난다. 너."

지금까지 실실 웃고만 있던 남자가 갑자기 뱀처럼 냉혹한 표정을 지었다.

"응, 너부터다."

"……어?"

남자가 아무런 망설임도 없이 시스티나의 머리에 손가락을 겨누려 했지만—.

"제가 루미아예요."

—바로 루미아가 자리에서 일어났다.

남자의 움직임이 멈추었다.

"흐응?"

남자는 이제 관심 없다는 듯 시스티나에게서 시선을 돌려 루미아의 앞에 섰다.

"……아."

지금 자신이 구사일생으로 목숨을 건졌다는 사실을 이해한 시스티나는 다시 그 자리에 주저앉았다.

"그래. 네가 루미아구나……. 응, 사실 알고 있었어."

"예?"

"그야 사전에 조사했을 게 당연하잖아? 보자마자 딱 넌 줄 알았지!"

"그럼 왜 처음부터 절……."

"네가 나서지 않았다면, 스스로 밝히거나 누가 고자질할 때까지 관계없는 녀석들을 죽이는 게임을 시작해볼 생각이었거든!"

루미아는 남자의 말을 듣고 경악했다. 이 남자는 미쳤다.

"음, 안심해라. 이젠 그럴 생각 없으니까. 왜냐면 네가 나선 이상 그런 짓을 해봤자 일방적인 학살일 뿐이잖아? 자기 목숨이 아까워서 친구를 배신할지, 아니면 친구를 위해 스스로 나설

지…… 그 갈등 속에서 흔들리는 표정을 감상하는 게 아주 끝내주거든! 그러니까 좋은 판단이었다, 루미아. 파인 플레이~!"

"이 악당……!"

루미아는 짝짝 소리를 내며 박수치는 남자를 평소에는 결코 보이지 않을 분노가 깃든 시선으로 노려보았다.

"장난은 그쯤 해둬라, 진."

지금까지 침묵을 지키고 있던 검은 코트의 남자가 갑자기 입을 열었다.

"나는 그 계집애를 그 남자가 있는 곳으로 데려가겠다. 넌 계획의 제2단계를 수행해. 이 교실에 있는 녀석들은 맡기겠다."

"아~ 진짜 성가시네. 이봐, 레이크 형씨. 이놈들 전원에게 꼭 【스펠 씰】을 걸어야 하는 거야? 내버려 둬도 상관없잖아, 이런 송사리들은. 한꺼번에 날뛰어봤자 날 이길 수 있을 리가 없다고. 애초에 이미 완전히 전의를 상실한 모양인데?"

진이라 불린 양아치 같은 남자는 교실을 한 차례 흘겨보았다.

누구나가 눈이 마주치지 않도록 시선을 피했다.

"그게 애초의 계획이다. 계획대로 해."

"것 참, 알았수다."

진은 성가신 듯 머리를 긁적거렸다.

"나와 같이 가주겠나? 루미아 양."

검은 코트의 남자— 레이크가 루미아를 거만한 태도로 내려다보았다.

"거부권은 없겠죠?"

루미아는 의연한 태도로 레이크를 똑바로 노려보았다.

"이해가 빨라서 다행이군."

"……잠시 그녀와 대화할 시간을 주시지 않겠어요?"

루미아는 몸을 떨면서 바닥에 주저앉은 시스티나에게 시선을 돌렸다.

"좋다. 하지만 묘한 짓은 하지 마라."

루미아는 레이크의 빈틈없는 날카로운 시선을 온몸으로 느끼면서, 시스티나의 앞에 무릎을 꿇고 그녀의 눈을 마주 보았다.

"……다녀올게. 시스티."

—안 돼, 루미아.

시스티나의 비통한 절규는 목소리가 돼서 나오지 않았다. 입가만 희미하게 움직였을 뿐이었다.

그래도 루미아에게는 그녀의 말이 전해진 모양이었다.

"난 괜찮아. 그리고 선생님이…… 글렌 선생님이 분명 우리를 구해주실 테니까."

루미아는 어째선지 시스티나에게 그런 말을 건넸다.

—선생님이?

시스티나는 왜 이런 상황에서 글렌의 이름이 나오는 건지 이해할 수 없었다.

하지만 루미아는 그 사실을 아무 의심 없이 믿고 있는 모양이다.

"그러니까……."

루미아가 시스티나를 안심시키려고 손을 내밀어서 뺨을 만지려는…… 그 순간이었다.

"……그 손을 치워라."

몸을 난도질하는 듯한 살기와 동시에, 레이크가 어디선가 꺼낸 검을 등 뒤에서 루미아의 목에 댔다.

루미아의 손은 시스티나의 뺨에 닿기 전에 멈추었고, 시스티나는 마른침을 삼켰다.

"……어째서죠?"

검이 목덜미에 닿았는데도 루미아는 겁먹은 기색 없이 조용히 질문했다.

"네가 알 필요는 없다. 건드리지 마라. 특히 마술사는. 거부한다면 그 팔을 잘라버리겠다."

"……이제 와서 저항할 리도 없는데."

루미아는 괴로운 얼굴로 손을 되돌리며 비난하듯이 중얼거렸다.

레이크는 대답하지 않고 턱을 젖혔다. 이제 그만하고 따라오라는 뜻이리라.

그리고 마지못해 일어난 루미아에게 레이크는 내뱉듯이 말했다.

"그런데 너희는 글렌 레이더스라는 녀석이 뭔가 해주길 기대하고 있는 모양이다만…… 포기해. 그건 헛된 희망이다."

"이봐, 레이크 형씨. 글렌 선생이라는 게 누구야?"

레이크의 말을 듣고 진이 끼어들었다.

"이 반을 담당하게 된 계약직 강사의 이름이다. 그 정도는 기억해둬."

"아~ 글렌 말이지? 그 엑스트라인 글렌. 오케이, 오케이. 기억났어. 크크크, 글렌 선생도 참 재수가 없군."

루미아는 아까 전에 진이 『선생님은 볼일이 있다』라고 말했던 것을 떠올렸다.

"당신들…… 글렌 선생님께 대체 무슨 짓을 한 거죠?"

"아~ 그 글렌 선생이라면 우리 동료가 죽였다."

"예?"

"동료 중에 연금(鍊金) 개량형【산독자우(酸毒刺雨)】라는 잔인한 마술을 쓰는 녀석이 있거든. 산이든 독이든 걸리면 죽는 건 마찬가지인데 굳이 그걸 더해서 쓰는 악취미를 가진 변태 자식이지. 그 녀석이 처리한 사냥감은 반드시 처참한 꼬락서니가 되니까 나도 눈뜨고 못 봐주겠더라고. 지금쯤 이 도시 어딘가에서 신원 불명의 끔찍한 시체가 발견되는 바람에 큰 소동이 벌어졌을걸?"

"거짓말…… 서, 선생님……."

"그럴 수가……."

글렌이 죽었다. 그 사실에 이미 마음이 꺾인 시스티나와 지금까지 다부진 태도를 보이던 루미아는 새파랗게 질린 얼굴로 절망한 표정을 보였다.

"자, 와라."

레이크가 루미아를 재촉했다.

루미아는 고개를 들어서 남자를 노려보았다.

이미 절망하는 표정은 어디론가 사라져 있었다. 글렌은 무사할 것이라고 흔들림 없이 믿는 얼굴이었다.

"……당찬 계집이군."

레이크는 약간 감탄하여 그렇게 말하고 교실을 나갔다.

루미아는 심호흡을 한차례 한 후 뭔가를 각오한 표정으로 그 뒤를 따랐다.

학원으로 이어지는 길목의 십자로에 많은 사람이 모여 있었다.

그들은 뭔가를 멀리서 에워싼 채 소란스럽게 웅성거리고 있었다.

"저건…… 지독하군. 경비관은 아직 멀었어?"

"이봐, 어떻게 된 거야? 저 녀석, 살아 있기는 한 거야?"

"아니…… 그건 모르겠지만, 만약 살아 있다고 해도 이대로 죽는 편이 나은 게 아닐까……."

"으윽…… 이, 이렇게 잔혹할 수가……."

"……안 되겠어. 너무해…… 진짜 너무하다고……. 윽…… 똑바로 바라볼 수가 없어……!"

"제기랄…… 악마다. 저건 그야말로 악마의 소행이야……!"

사람들의 한가운데에는 온몸이 너덜너덜해질 정도로 두들겨 맞은 흔적이 있고, 홀딱 벗겨서 귀갑 묶기로 묶은 몸 구석구석에는 악의가 담긴 창피한 낙서가 가득 적혀 있는 데다가, 엉덩이에는 꽃이 꽂혀 있으며 가랑이에 『마이크로 사이즈』라고 적힌 종이가 붙은 상태로 기절한 **작은 체구의 남자**가 있었다.

"칫! 무슨 일이 일어난 거지?! 대체 뭐가 어떻게 된 거야! 이런 빌어 처먹을!"

마술학원의 정문.

쓰러져 있는 수위가 숨을 쉬지 않는 것을 확인한 글렌은 바닥을 내려쳤다.

"일단 학원 관계자일 터인 내가 결계에 막혀서 학원 안에 들어갈 수 없어……. 결계의 설정을 변경한 거군. 대체 누구야, 이런 성가신 짓을 벌인 멍청이는!"

다행인지 불행인지 모르겠지만, 이 사태의 범인이 펼쳐놓은 결계의 효력 때문에 주위에는 아무도 없었다. 차분하게 상황을 정리해보기로 했다.

"아니…… 흑막은 알고 있어. 하늘의 지혜 연구회…… 그 변변찮은 바보 자식들이지."

이건 조금 전에 글렌이 습격한 남자를 도리어 기절시킨 후, 화풀이로 옷을 벗겼을 때 밝혀진 사실이었다. 단검에 뒤얽힌 뱀의 문장— 그 지긋지긋한 조직의 문장이 남자의 팔에 새겨져 있었다.

　하늘의 지혜 연구회. 이 알자노 제국에 널리 퍼져 있는 가장 오래된 마술결사 중 하나였다. 마술을 연구하기 위해서라면 무슨 짓을 해도 좋다. 어떤 희생을 치러도 허락된다. 아니, 오히려 해야만 한다. 이 세계를 이끄는 건 우수한 인간. 즉, 우리 연구회에 속한 마술사여야만 한다. 숭고한 우리 연구회에 속한 마술사 이외의 인간은 전부 눈먼 봉사이며 가축이다— 이런 썩어빠진 사상을 내걸고, 실제로 그런 활동을 벌이고 있는 마술사들의 범죄 조직이었다. 정상적인 사고관을 가진 인간과는 양립할 수 없는 그런 사상 때문에, 역사 속에서 항상 제국 정부와 피로 피를 씻는 항쟁을 거듭해온 최악의 테러리스트 집단. 마술계의 가장 어두운 측면을 상징하는 자들이었다.

　자신을 습격한 남자가 연구회 소속의 마술사라는 사실을 알게 된 글렌은, 기절한 남자를 백마【슬립 사운드】로 더 깊이 재우고 흑마【매직 로프】로 생성한 마력의 끈을 사용해 손발을 묶었다. 그리고 흑마【스펠 씰】을 인챈트해서 마술 발동을 봉쇄하기까지 하는, 지나칠 정도로 철저한 조치를 취했다. 설령 상대가 구원할 도리가 없는 악당이라 해도 죽이는 건 내키지 않았기에 사회적인 죽음을 내리기로 했다. 결코 장난으로만 저지른 짓은 아니었다.

　어쨌든 글렌의 조치 덕분에 당분간 그 남자는 아무것도 할 수 없으리라. 경비관이 그 문장을 보면 즉시 정부에 넘겨져서 교도소 행이었다. 문제는 없었다.

"……그런데 왠지 가슴이 술렁거려서 학원에 와봤더니 이런 꼬락서니냐."

살해당한 수위. 봉쇄된 학원. 글렌을 습격한 마술사의 소속이 하늘의 지혜 연구회라는 점을 생각하면, 이 일련의 사태는 결코 우연이 아니었다. 하나로 이어져 있다고 보는 게 타당하리라.

즉, 하늘의 지혜 연구회 일당은 강사급 이상의 마술사가 없는 오늘을 노리고 마술학원을 습격한 것이다.

학원 안에는 침입자 처리용 가디언 골렘이 배치된 장소가 있지만, 이 정도로 완벽하게 마도 시큐리티가 적의 수중에 떨어진 이상 제대로 기능할 리 없었다.

"하지만…… 그놈들, 대체 목적이 뭐지? 어째서 학원을 노린 걸까?"

목표는 도서관 지하 서고에 보관된 마도서? 아니면 박물관의 봉인 창고에 보관된 마도구(魔道具)와 마도기(魔道器)인가? 확실히 귀중한 물건들이지만, 이제 와서 하늘의 지혜 연구회가 가지고 싶어 할 만한 위계의 물건이 있었던가?

"제길…… 상대가 그 바보 놈들이라면 도시의 경비관으로는 무리야……. 대항할 수 있는 건 제국 궁정 마도사단 정도밖에 없어. 그러니까 세리카, 얼른 받으라고!"

글렌은 반으로 갈라진 보석을 귀에 대고 몇 번이나 마력을 흘려보냈다. 이것은 세리카와 직통으로 대화할 수 있는 통신용 마도기였다. 하지만 세리카는 전혀 받을 낌새가 없었다.

"대체 뭐 하고 있는 거야. 이 녀석, 설마 늦잠자고 있는 건 아니겠지?! 늦잠은 사회인으로서 최악의 행위라고?! 책임을 져야 하는 자리에 있다는 자각이 너무 부족하잖아! 이 바보!"

글렌은 보석을 주머니에 난폭하게 쑤셔 넣었다.

"자, 그럼…… 어떻게 할까."

글렌은 품속에서 한 장의 부적을 꺼냈다. 이 부적은 아까 글렌을 습격한 남자가 가지고 있던 물건이었다. 옷을 전부 벗겼을 때 슬쩍했다. 한 가지 덧붙이자면, 글렌은 이 부적을 발견했기 때문에 학원으로 서둘러 와야 했다.

"이건 아마 폐쇄된 결계 안에 들어가기 위한 부적이겠지."

하지만 이 술식 구성으로 보건대 이 부적은 소비 인챈트형 마도구, 다시 말해 일회용이다. 한 번 이걸로 학원 안에 들어가면 흑막을 해치우기 전에는 밖으로 나올 수 없으리라.

차라리 이걸 써서 단독으로 학원 안에 진입하는 편이—.

"아니야…… 너무 위험해."

적의 전력도 확인되지 않은 상황이었다. 하늘의 지혜 연구회에 속한 마술사 중에서도 전투에 특화한 자라면 과장할 필요도 없는 일기당천의 괴물이었다. 그런 놈들이 진을 치고 있는 장소에 단독으로 쳐들어가는 건 그야말로 자살행위나 다름없었다.

그렇다면 제국 궁정 마술사단의 도착을 기다리는 편이 나을까.

"……결국, 그 방법밖에 없겠지."

애당초 이 일회용 부적이 없으면 아무리 제국 궁정 마술사단이라고 해도 돌입하는 데 시간이 걸릴 것이다. 아니, 최악의 경우에는 마지막까지 결계를 해제할 수 없을지도 모른다. 이 결계를 건드린 건 신이 내린 초일류 마술사임이 틀림없을 테니까.

"하지만…… 제국 궁정 마술사단이 도착할 때까지 얼마나 많은 시간이 걸릴까?"

지금부터 도시의 경비관 대기소로 달려가서 어차피 믿으려 들지도 않을 나태한 경비관을 간신히 설득하고, 현장까지 끌고 와 상황을 직접 보여줘서 납득시킨 후, 위에 연락하게 해서 그 녀석들이 군과 마도청에 출격 신청을— 생각하면 생각할수록 절망적인 시간이 필요했다.

그 사이에 적이 학생들에게 위해를 끼치지 않을 거라는 보장은 어디에도 없었다. 상식적으로 생각하면 학생들은 인질로서 이용 가치가 있겠지만, 상대는 바로 그 하늘의 지혜 연구회다. 상식이 통할 리 없었다. 학생들을 어떤 의식의 산제물로 바치기 위해 학원을 점거했을 가능성도 충분히 있었다. 신출내기라도 마력이 풍부한 젊은 마술사를 몇십 명이나 산제물로 삼으면 상당히 강력한 악마를 소환할 수 있으리라. 아니면 꽤 질이 좋은 오리하르콘을 연성할 수도 있었다. 그 쓰레기들이라면 아무렇지 않게 저지를 법한 일이었다.

"제길…… 그놈들, 대체 뭐가 목적이지? 역시 그 멍청이를 기절시키기 전에 독심 마술을 써야 했나? ……뭐, 그럴 여유는 없었고 애초에 나 따위가 쓰는 독심술이 그 정도 수준의 마술사에게 통할 리는 없겠지만."

어쨌든 적의 목적을 알 수 없는 이상 글렌에게는 대처할 방법이 없었다.

"안 돼. 역시 섣불리 움직일 수는 없어. 지금이라도 당장 경비관에게 연락을—."

글렌이 발걸음을 돌리려 한 순간, 빛줄기가 하늘을 가로질렀다.

"저건?!"

학원 건물 안쪽에서 벽을 관통하고 날아가는 저 빛줄기의 정체는—.

"【라이트닝 피어스】……라고?!"

학생들의 주문일 리가 없었다. 틀림없이 적이 쓴 주문이었다. 누군가가 저 무시무시한 살육 주문을 하필이면 학원 안에서 쓴 것이다.

약간 시간을 두고 이어서 세 줄기의 【라이트닝 피어스】가 하늘을 가로질렀다.

만약 저 주문을 사람이 밀집된 공간에 쐈다면 열 명은 죽었으리라.

"……."

경비관 대기소로 가려던 발이 멈추었다. 묘하게 마음이 흔들렸다.

학생들은 무사할까? 지금 그 주문으로 누가 죽은 건 아닐까?

식은땀이 쉴 새 없이 흘러내린다.

딱히 학생들에게 정이 든 건 아니었다. 수업도 일이라서 어쩔 수 없이 했을 뿐. 요즘은 어째선지 학생들이 자주 말을 걸어오게 됐지만, 고작 그뿐이었다. 자신은 그들이 좋아하는 음식조차도 모른다. 생판 남이다.

하지만 이 가슴속을 새카맣게 태우는 초조함은 대체 무엇일까.

그리고 아까부터 계속해서 어떤 두 소녀의 얼굴이 떠올랐다. 계약직 강사로 부임한 뒤로 특히 얽히는 일이 많았던 성가신 2인조였다.

만약 방금 그 주문의 희생양이 된 것이 그 둘 중 한 명이라면?

여기에 쓰러져 있는 가엾은 수위처럼 팔다리를 축 늘어뜨린 채 망가진 인형처럼 널브러져 있다면?

후에 그 두 사람의 시신을 앞에 둔 자신은 대체 무슨 생각을 하고 있을까.

"흥…… 나하고는 관계없어. 위에 연락하자. 그게 지금 내가 취할 수 있는 가장 올바른 방법이니까."

글렌은 찜찜한 기분을 떨쳐내듯 학원에 등을 돌리고 달리기 시작했다.

목적지는 이 도시의 경비관 대기소였다. 망설일 이유가 없었다.

"당신들의 목적은 뭐죠? 저 같은 사람에게 대체 무슨 용건이 있어서 이런 짓을?"

루미아는 레이크의 뒤를 따라 복도를 걸으면서 힘껏 화난 목소리로 질문했다.

"어째서…… 저를?"

"그건 당신이 더 잘 알고 있을 텐데? 루미아…… 아니, **엘미아나 왕녀.**"

"윽!"

엘미아나라고 불린 루미아는 숨을 삼켰지만, 곧 냉정함을 되찾고 조용한 목소리로 말했다.

"당신들이 어디서 제 정체를 알았는지 모르겠지만 미리 말해둘게요. 저는 이미 왕녀로서 가치가 없어요."

"그건 우리도 알고 있다. 당신은 원래 태어나지 말았어야 할 존재. 하지만 현 여왕 알리시아 7세의 온정으로 이렇게 살아 있지."

레이크는 냉담하게 대답한 후, 값을 매기는 듯한 차가운 눈으로 루미아에게 고개를 돌렸다.

"없어져야 했을 텐데 존재하고 있지. 당신의 이용 가치는 거기에 있다.

"……뭐?!"

"당신 같은 폐기된 저주스러운 존재라도 적절한 인물이 적절한 기회에 이용하면 현재의 왕가, 제국 정부를 뒤흔드는 것도 불가능하지는 않아. 게다가…… 당신의 특성에는 우리 조직의 간부들도 크게 관심을 보이고 계신다. 안심해. 당신은 특이한 케이스이니 그렇게 함부로 다뤄지지는 않을 거다. 최악의 경우라도 표본이 되는 것으로 그치겠지. 이건 그나마 행운이라고 할 수 있다."

"그런…….'

견딜 수 없는 오한이 든 루미아는 어깨를 끌어안았다.

인간과 동떨어진 의식 차이에 생리적인 혐오감이 들었다.

"당신들의 목적이 저라는 건 알았어요. 그렇다면 다른 사람들은 관계가 없잖아요? ……시스티를 ……모두를 해방해주세요!"

"역시 당찬 여자로군, 당신은. 이런 말을 들었는데도 아직 타인을 배려할 줄이야. 역시 혈통인가."

레이크는 감탄한 듯 말했다.

"하지만 안타깝게도 그건 불가능하다. 병아리라고는 해도 모처럼 신선한 젊은 마술사가 대량으로 수중에 들어온 거다. 그들을 실험 재료로 삼고 싶어 하는 동료가 있더군."

"그…… 그럴 수가……. 당신들이 그러고도 인간인가요?!"

"인간? 무슨 바보 같은 소릴. 우리는 마술사다."

이제 할 말이 없다는 듯, 레이크는 그 후로 전혀 입을 열지 않았다.

"선생님…… 글렌 선생님……."

루미아는 가슴 앞에서 손을 꾹 쥐고 글렌의 이름을 속삭였다.

"자, 여기다. 빨리 오라고."

"꺄악?!"

뒤에서 밀치는 바람에 시스티나는 딱딱하고 차가운 바닥 위에 넘겨졌다.

"이, 이게 무슨 짓이야!"

시스티나의 양손은 흑마 【매직 로프】로 만들어낸 마력의 끈으로 등 뒤에 묶여 있었다. 그래서 한 번 넘어지면 마음대로 일어서는 것조차 곤란했다.

시스티나는 바닥에 엎드린 채로 고개만 움직여서 양아치 같은 남자— 진을 노려보았다. 진은 애벌레처럼 바닥에서 몸부림치는 시스티나의 모습을 징그러운 눈으로 내려다보았다.

검은 코트의 남자— 레이크가 루미아를 데려간 후, 진은 교실에 남겨진 학생 전원을 【매직 로프】로 묶고 주문의 발동을 봉인하는 【스펠 씰】을 걸어서 완전히 무력화했다.

대충 작업이 끝난 진은 무슨 생각을 한 건지 시스티나를 데리고 교실을 나오더니, 잠금 마술로 교실 문을 잠가서 학생들을 완전히 가두었다.

그리고 저항하지 못하는 시스티나를 위협하면서 이 방으로 끌고 온 것이다.

이곳은 마술 실험실. 어제 이 방에서 무슨 결계 구축 실험이 있었는지 바닥에는 닭 피로 그려진 오망성이 있었다. 피로 그려진 결계 한가운데 쓰러져 있는 시스티나의 모습은 마치 악마 숭배 의식에 바쳐진 산 제물 같았다.

"날 이런 곳에 끌고 와서…… 당신, 대체 무슨 짓을 할 셈이야?!"

불안함과 공포를 감추기 위해 시스티나는 진에게 따지고 들었다.

"응? 그야 당연하잖아? 할 일도 없고 아직 시간도 있으니 널 가지고 땀 좀 빼보려는 거지."

"뭐?!"

"모처럼 반반한 여자를 찾았으니 비는 시간에 먹어두지 않으면 아깝잖아? 킥킥킥……."

마치 점심 식사 예정이라도 말하는 것처럼 선뜻 돌아온 대답에 시스티나는 한순간 할 말을 잃었다. 천박하기 짝이 없는 표현이었지만, 그 말뜻도 모를 정도로 그녀는 어리지 않았다. 등골에 소름이 돋았다.

"다, 당신…… 무슨, 소릴……."

"이야~ 난 너 같이 젖비린내 나는 꼬맹이가 실은 꽤 취향이

거든? 이걸 로리콤이라고 하던가? 꺄하하! 경비관 아저씨! 이쪽이에요!"

진은 안색이 새파랗게 질린 시스티나를 무시하며 유쾌하게 웃었다.

"음~ 그런데 너 정도 또래의 여자에게 발정하는 게 정말 로리콤이려나? 일단 결혼할 수 있는 나이지? 어떻게 생각하나?"

"웃기지 마! 나, 나는 피벨 가문의 딸이야! 나에게 손을 대면…… 아버지가 가만히 계시지 않을 거라구!"

"우와~ 무서워라~. 그런데 그게 무슨 상관이야. 아니, 피벨 가문이라는 게 뭔데? 그게 그렇게 대단해?"

"꺄악!"

진은 피벨의 이름에도 전혀 개의치 않고 시스티나를 깔아 눕혔다.

몸을 구속당하고 마술도 봉인 당한 그녀에게는 분하지만 저항할 수단이 없었다.

현재 그녀는 그야말로 악마에게 바쳐진 산제물이나 다름없었다.

"……마음대로 해."

시스티나는 분노가 깃든 목소리로 나직하게 말하며 자신을 깔아 눕힌 진을 노려보았다.

"오?"

"날 욕보이고 싶으면 마음대로 해. 하지만 기억해둬. 당신만은…… 반드시 내가 죽여버릴 테니까. 지금은 무리라도……
언젠가 땅끝까지라도 당신을 추적해서 죽일 거야. 이 굴욕을
되갚아주고 말겠어. ……피벨의 이름을 걸고."

"……."

진은 잠시 사신의 낫처럼 날카로운 시선에 꿰뚫려 입을 다
물었다.

"꺄하하하하하하하하하하하!"

하지만 갑자기 크게 웃음을 터뜨리기 시작했다.

"뭐, 뭐가 그렇게 웃겨!"

"햐하하하하하! 아니, 그게 말이다—."

진은 너무 크게 웃다가 눈가에 맺힌 눈물을 닦으면서 말했다.

"사실 난 루미아 같은 녀석은 괴롭혀도 재미가 없어."

"뭐?"

전후 맥락 없이 튀어나온 말에 시스티나는 당황했다.

"그 녀석은 언뜻 연약한 여자애처럼 보이지만, 저건 항상 각
오하고 있는 타입의 인간이거든. 그런 녀석은 아무리 고통을
주든 굴욕을 받든 결코 마음이 꺾이지 않아. 그야말로 뒈질
때까지. 난 알 수 있다고."

왜 그런 걸 알고 있는 것일까.

이유를 물어보면 너무나도 끔찍한 대답이 돌아올 것 같아
서 묻고 싶지 않았다.

"하지만 넌 달라."

"뭐……?!"

"넌 언뜻 드세 보이지만…… 실은 속이 여려. 자신의 약함에 필사적으로 가면을 씌워서 감추고 있을 뿐인 어린애야. 난 너 같이 쉬운 여자를 망가뜨리는 게 제일 즐겁거든? 그야 끝내주는 술도 마개가 안 열리면 열 받기만 하잖아?"

"큭!"

너무나도 굴욕적인 말에 시스티나의 머리에 한순간 피가 몰렸다.

"내가 당신에게 굴복할 거라는 뜻이야……?"

"그래, 굴복하고말고. 아마 금방일 거다."

"웃기지 마! 난 긍지 높은 피벨 가의—."

"그래그래. 그럼 어디까지 견디나 볼까~?"

진은 아무런 망설임도 없이 시스티나가 입은 교복의 가슴께에 손을 대더니 그대로 잡아 찢었다. 흰 속옷에 감싸인 가슴과 피부가 바로 드러났다.

"……아? ……으."

시스티나의 목에서 쥐어짜 낸 갈라진 목소리가 새어 나왔다. 피부에 서늘한 바깥 공기가 닿자, 자신이 앞으로 어떤 결말을 맞을지 점점 강하게 실감이 되었다.

서서히, 하지만 이제는 얼버무릴 수 없는 치명적인 공포와 혐오감이 마음속에서 번져 나왔다.

"……으, 윽."

"휴~! 가슴은 겸허하지만 피부는 깨끗한걸! 우와, 이런 진짜 발딱 섰잖아……. 어라? 왜 그래? 갑자기 입을 다물고. 안색이 안 좋아 보이는걸~?"

질까 보냐. 네까짓 놈에게 굴복할까 보냐. 나는 긍지 높은 피벨 가의 딸이다. 마술사에게 육체란 어차피 단순한 소모품에 지나지 않는다. 입술을 바르르 떨면서 그렇게 자기 자신을 타이른다.

하지만 그런 시스티나의 이성과는 반대로 입은 다른 말을 지어냈다.

"……이……."

"응? 뭐라고?"

"……이러지…… 마세요……."

그 한마디가 나오자, 더는 자신을 제어할 수 없었다. 이제부터 자신의 몸이 더럽혀지는 것에 대한 비탄과, 첫 경험은 진심으로 좋아하는 사람에게 바치고 싶었던 은밀한 꿈의 불합리한 끝에 시스티나는 눈물을 뚝뚝 흘리며 몸을 떨었다.

"부, 부탁……부탁이에요……. 그것만큼은…… 그것만큼은 제발…… 용서해주세요……."

"꺄하하하하! 굴복하는 게 너무 빠르잖아, 너! 햐하하하하!"

진은 한차례 웃은 후, 냉혹한 눈으로 흐느껴 우는 시스티나를 내려다보았다.

"미안하지만 그렇게는 못 하겠다. ……이제 와서 그만둘 리가 있겠어?"

"……이런 건 싫어…… 싫단 말야……. 아버지…… 어머니…… 도와줘요……. 누가 좀 도와주세요……."

"으히히, 너 진짜 최고인걸! 그럼 잘 먹겠습니다~!"

"싫어…… 싫어어어어어어어어!"

진의 손이 필사적으로 몸부림치는 시스티나의 피부에 닿으려던, 그 순간이었다.

철컥.

실험실 문이 얼빠진 소리를 내면서 열렸다.

"엥?"

"……어?"

열린 문 너머에는 한 남자가 우두커니 서 있었다.

글렌이었다.

"응?"

글렌은 몸이 맞닿아 있는 두 사람을 보더니 난처한 얼굴로 뺨을 긁었다.

"미안. 방해했나 보네. 난 실례하지……."

그렇게 말하며 문을 천천히 닫으려 했다.

"가지마요단지마요도와달라구요!"

하지만 시스티나의 간절한 외침에 글렌은 마지못한 얼굴로 한숨을 내쉬며, 다시 문을 열고 실험실 안으로 들어왔다.

"아~ 역시 그런 거였어? 그런 속 뒤집히는 전개야? 서로 합

의한 후에 즐기고 있는 빌어먹을 바보 커플 폭발해라 같은 전
개인 줄 알았는데……."

"그럴 리가 없잖아요?!"

한편, 글렌의 출현에 어안이 벙벙했던 진은 바로 제정신을
차리고 시스티나의 몸 위에서 벌떡 일어나 글렌을 경계했다.

"누구냐 넌?!"

"일단은 이 학원에서 강사로 일하고 있는 사람입니다만. 선
생으로서 충고하겠는데 너, 이런 건 범죄라고? 아무리 인기가
없어도 그렇지……."

글렌은 어째 상황에 어울리는 않는 말을 꺼냈다. 마치 불량
학생에게 설교하는 태도였다.

'아뿔사!'

시스티나는 그제야 떠올렸다. 궁지에 몰린 상황이라 자기도
모르게 글렌에게 도움을 요청하고 말았지만, 이 진이라는 남
자는 엄청난 힘을 지닌 마술사였다. 한편으로 글렌은 강사로
서는 우수하지만, 마술사로서도 우수하다고 할 수는 없었다.

"시끄러! 대체 넌 어디서 기어 나온 거냐!"

"이봐, 사람을 무슨 바퀴벌레처럼 말하지 말라고. 바퀴벌레
에게 실례잖아?!"

"난 그렇게까지 심한 소리 안 했거든?! 아니, 그보다 넌 왜
그렇게 자학적인 건데?!"

글렌과 진이 마술로 싸우면…… 글렌은 틀림없이 죽을 것이

다. 그는 세 소절 영창밖에 할 줄 몰랐다. 진의 초고속 영창에 대항할 수 있을 리가 없었다.

"아, 안 돼……! 선생님! 달아나세요!"

"너 인마, 도와달랬다가 달아나랬다가. 대체 어느 쪽이야?"

"됐으니까 어서요! 선생님의 힘으로는 무리라구요!"

"이미 늦었어!"

참다못한 진이 글렌에게 손가락을 겨누었다.

그 동작을 보고 글렌도 손을 움직였지만— 늦었다.

"《쾅》!"

단숨에 주문이 완성되며 진의 손끝에서 일어난 번갯불이 글렌을 용서 없이—.

"……어?"

—하지만 흑마 【라이트닝 피어스】는 발동하지 않았다.

주문이 완성되는 것과 동시에 손끝에서 날아가야 할 번갯불이 전혀 발생하지 않았다.

"큭…… 《쾅》!"

진이 다시 주문을 외웠지만, 결과는 마찬가지였다.

"이, 이게…… 대체…… 응?"

진은 글렌이 뭔가를 손에 들고 있다는 사실을 깨달았다.

"광대의…… 아르카나 타로 카드?"

전부 합치면 스물두 장이 존재하는 대 아르카나의 넘버 0인 광대 카드였다.

"너…… 그게 뭐지?"

"이건 나의 특제 마도기다."

글렌은 카드의 그림을 진에게 보이면서 말했다.

"이 광대 그림으로 변환한 마술식을 눈으로 보기만 하면, 난 어떤 마술을 발동할 수 있지. 그 효과는— 나를 중심으로 한 일정 범위의 마술 발동을 완전히 봉쇄한다."

"뭐라고……?"

"안타깝게 됐군. 네 주문 영창 속도가 아무리 빨라도 이젠 관계없어."

"마술 발동을…… 멀리서 봉인했다고?!"

현재 시스티나를 비롯한 학생들에게 걸려 있는 것처럼 마술 발동을 봉인하는 술식은 엄연히 존재하고 있었다. 흑마 【스펠 씰】이라고 불리는 마술이다. 하지만 이건 인챈트가 전제인 데다가, 이 마술에 한해서는 상대의 몸에 직접 주문을 적고 마술 효과를 부여하는 특수한 절차를 밟아야 했다. 실전에서 이 정도로 시간이 드는 마술에 걸릴 마술사가 있을 리 없었다.

"우, 웃기지 마! 뭐야 그게?! 그런 터무니없는 마술은 들어 본 적도 없다고!"

"그야 그렇겠지. 이건 내 오리지널이니까."

"오리지널이라고?! 네가 그 영역에 도달한 마술사라는 거냐?!"

그 대화를 옆에서 지켜보고 있던 시스티나는 전율을 느끼는 동시에 감탄했다.

마술사 간의 전투에서 적의 마술을 일방적으로 봉쇄할 수 있다면, 그건 무적이었다. 원사이드 게임 정도가 아니었다. 글렌이 세 소절로밖에 영창을 할 줄 모른다고 해도 승률은 백 퍼센트일 것이다. 아니, 이 오리지널을 전제로 싸운다면 마력 효율이 나쁜 한 소절 영창 같은 건 처음부터 쓸 필요가 없었다.

"큭······!"

진은 완전히 글렌의 계략에 빠졌다는 것을 깨닫고 식은땀을 흘렸다.

"그 대신 나도 마술을 전혀 못 쓰지만."

"뭐?"

하지만 글렌이 갑자기 그런 말을 중얼거리자 시스티나와 진의 눈이 점 모양으로 변했다.

몇 초 동안 이상한 침묵이 이 자리를 지배했다.

"아니, 그야 나도 효과 범위 안에 있는 거잖아? 나를 중심으로 펼친 마술이니까."

"그, 그럼 아무런 의미도 없는 거잖아요?!"

시스티나도 참지 못하고 태클을 걸었다.

"꺄하하하하하! 너, 바보 아냐?! 마술사가 자기 마술까지 봉인해버리면 대체 어떻게 싸울 건데?!"

"응? 아니······ 딱히 마술 같은 게 없어도 주먹이 있잖아?"

글렌은 고개를 갸웃하면서 마술사답지 않은 이상한 말을 했다.

"뭐? 주먹?"

"응. 주먹."

갑자기 글렌의 몸이 그 자리에서 폭발하듯 움직였다.

단숨에 진과 거리를 좁힌다. 면도날처럼 날카로운 스텝과 동시에 날린 레프트 잽이 진의 안면을 재빠르게 찔렀고, 찰나에 연속으로 라이트 스트레이트를 날렸다.

"으어어어억?!"

전광석화 같은 원투 펀치를 허용한 진의 몸이 뒤로 날아가 더니 그대로 벽에 부딪혔다.

"어? 말도 안 돼…… 뭐야, 방금 그 움직임…….."

전혀 보이지 않았다. 시스티나는 아연실색해서 글렌을 쳐다 보았다.

글렌은 등을 약간 구부린 채로 몸의 절반을 앞으로 내밀고 손등을 상대에게 향하는— 고대 권투술과 비슷한 자세를 잡 고 있었다. 가볍게 스텝을 밟아가면서 빈틈없이 진을 주시하 고 있었다.

"이, 이 자식이!"

일어난 진이 분노에 몸을 맡기고 글렌에게 덤벼들었다.

하지만 글렌은 진이 휘두른 주먹의 궤도 위로 겹치듯이 카 운터를 날렸다.

그 움직임은 마치 스프링처럼 유연했으며 거친 파도처럼 힘 차고 빨랐다.

"커헉?! 흐극?!"

주먹이 다시 진의 안면에 파고드는 것과 동시에 글렌은 날카롭게 체중 이동을 했다. 진의 옆구리에 무릎을 깊게 쑤셔 박은 후, 멱살을 잡고 발을 걸더니 등으로 엎어뜨리듯 집어 던졌다.

"으아아아아아아아악?!"

다시 벽에 내동댕이쳐진 진이 비명을 질렀다.

"음~ 역시 둔해졌네. 오랜만이라 그런가~."

당사자인 글렌은 손가락 관절을 뚝뚝 꺾으면서 나른한 말투로 투덜거렸다.

"너, 너 이 자식……."

진은 코피를 흘리면서 비틀비틀 일어났다.

"응? 놀랐어? 사실 난 옛날에 집 근처 도장에서 권투 같은 걸 잠시……."

"우, 웃기지 마! 묘하게 변화를 주었지만, 이건 틀림없는 제국식 군대 격투술이잖아?! 게다가 상당한 숙련자…… 너, 대체 정체가 뭐야?!"

"글렌 레이더스. 계약직 강사다."

그 말을 들은 진은 마치 유령이라도 본 얼굴로 눈을 크게 떴다.

"글렌, 이라고…… 네놈이?! 설마 캐럴이 졌다는 거냐?! 거짓말이지……?! 그 녀석쯤 되는 수준의 마술사가……?!"

하지만 그것도 있을 수 없는 일은 아니었다. 이 글렌이라는 자는 자신을 포함한 주변의 마술을 봉인하는, 정상적인 마술사라면 상상하지도 못할 바보 같은 짓을 태연하게 저지른 남자다. 이 이상할 정도로 수준 높은 격투술은, 아마도 이 봉인 마술을 펼친 후에 마술사와 싸우는 것을 전제로 익힌 것이리라. 이 남자를 상대하는 것은 순수한 마술사일수록 불리하다.

"제길! 웃기지 마, 웃기지 말라고! 마술사가 육탄전으로 싸운다고?! 넌 마술사로서 자존심도 없는 거냐?!"

"넌 마술이 아닌 방법으로 당하는 게 그렇게 싫은 거냐? 이거 참, 어쩔 수 없군. 그럼 지금부터 너한테 날리는 일격은 【마법의 철권 매지컬☆펀치】라는 이름의 전설적인 초강력 마술이다. 방금 깨우쳤지."

"뭐?"

글렌은 아연실색한 진을 향해 주먹을 겨누고 돌진했다.

"마법의 철권—."

"으, 우오오?!"

글렌이 뒤로 당긴 주먹에 반응한 진은 양팔을 교차해서 얼굴을 방어했다.

"매지컬☆퍼어어어어어어언치!"

글렌은 그대로 왼쪽 다리를 휘두르더니 진이 방어하는 틈을 노려 회오리바람 같은 상단 돌려차기를 날렸다.

"끄아아아아아아아아아아아?!"

맹렬한 킥에 관자놀이를 가격당한 진은 성대하게 바닥을 굴렀다.

"설명해주마. 【마법의 철권 매지컬☆펀치】는 영문을 알 수 없는 마법 같은 힘으로, 펀치의 두 배라고 일컬어지는 킥과 비슷한 위력을 내는 뭔가 굉장한 마법의 펀치다."

"아니, 이건…… 펀치가 아니라 실제로 킥……이었잖아……."

"훗, 그 점이 바로 매지컬인 셈이지."

"제길…… 이 내가……! 이런 웃기는 자식에게……! 커헉……."

그 말을 끝으로 진은 완전히 의식을 잃었다.

시스티나는 아주 조금이지만 진을 동정했다.

제5장 광대와 검은 사신

"이걸로 됐어."

글렌은 방심하지 않고 기절한 진에게 주의를 기울이면서 자신의 범위 봉인 마술의 효과가 끊어지는 것을 기다렸다. 그리고 【매직 로프】로 진의 팔다리를 구속하고 【스펠 씰】을 인챈트해서 마술을 봉인한 후, 【슬립 사운드】를 연속으로 걸었다. 그리고 옷을 홀딱 벗겨서 귀갑 묶기로 묶은 뒤, 온몸에 차마 눈뜨고 볼 수 없는 무참한 낙서를 했다. 마지막으로 가랑이 사이에 『고자』라고 적은 종이를 붙여놓았다.

"홋, 이걸로 완전 무력화 완료. 나 참, 이러니까 마술사를 포로로 삼는 건 성가시다고."

시스티나는 아무리 그래도 이렇게까지 할 필요는 없다고 생각했지만, 갑자기 누군가가 어깨에 남성용 셔츠를 걸쳐주었다.

"선생님······?"

뒤를 돌아보니 탱크톱 차림이 된 글렌이 시스티나의 망측한 모습을 보지 않으려고 시선을 돌리고 있었다.

"무서웠지? 다친 데는 없고?"

"전 괜찮아요. ······선생님께서 구해주셨는걸요."

"그래. 늦지 않아서 다행이다. 지금 그 【매직 로프】를 풀어
주마."

글렌은 흑마 【디스펠 포스】를 영창해서 시스티나를 구속하
고 있는 【매직 로프】와 【스펠 씰】의 인챈트 효과를 해제했다.

팔이 자유로워진 시스티나는 글렌의 셔츠에 팔을 넣고 단
추를 잠갔다.

그래도 글렌은 시스티나와 시선을 마주치려 하지 않았다.

"서, 선생님…… 저기……."

미묘한 침묵을 견디지 못한 시스티나가 글렌에게 말을 걸었다.

"묻지 마. 부탁이다."

그러자 글렌은 난처한 듯 거절했다.

"나도 알아……. 나 같은 놈에게 다른 사람을 가르칠 자격
은 없다는걸. 누군가를 가르치고 이끌어주기에는 손이 너무
더럽혀졌으니까……."

"아뇨. 그게 아니라, 저기…… 바지가 흘러내리셨는데요."

"으헙?!"

아무래도 돌려차기 때문에 벨트의 버클이 날아간 모양이다.
바지가 어느새 무릎까지 내려와서 팬티를 훤히 드러내고 있었다.

"아, 젠장, 빌어먹을! 이러니까 싸구려는!"

"선생님은 정말 마무리가 엉성하시네요……."

황급히 바지를 끌어올리는 얼빠진 모습을 보고 시스티나는
기막혀 했다.

"그래도…… 살아계셔서 다행이에요……."

"응? 뭐라고?"

"……아무것도 아니에요."

시스티나는 왠지 토라진 것처럼 고개를 획 돌렸다.

"……음? 뭐, 아무렴 어때. 어쨌든 상황을 설명해봐. 하얀 고양이. 대체 무슨 일이 일어난 거지?"

"아…… 예……."

시스티나는 지금까지의 상황을 설명했다. 느닷없이 테러리스트라고 주장하는 두 마술사가 교실에 들이닥쳤다는 것. 교실의 학생들은 모두 구속당한 채로 갇혀 있다는 것. 글렌은 아직 학생 중에 희생자가 나오지 않았다는 사실에 일단 안심한 모양이다. 하지만一.

"루미아가 끌려갔다고?"

"……예."

시스티나는 분하고 슬픈 표정으로 시선을 내리깔았다.

"왜 그 녀석이?"

"모르겠어요."

"그런가……. 그렇다면 역시 좀 생각이 짧았나?"

"선생님?"

"아~ 아니다. 미안. 혼잣말이었어. 그 덕분에 널 구했으니 판단은 틀리지 않았던 거겠지."

그때였다.

주위에 금속을 두드리는 것 같은 공명음이 울려 퍼졌다.

시스티나는 무슨 소리인가 싶어서 긴장했지만, 글렌은 인상을 찌푸리더니 주머니에서 반으로 갈라진 보석을 꺼내어 귀에 댔다.

"야, 세리카! 늦어! 너 대체 뭘 하고 있었던 거야?! 이 바보!"

『미안하군. 마침 연설 중이었다. 착신을 끊고 있었어.』

보석에서 지금은 멀리 떨어진 제도에 있을 터인 세리카의 목소리가 들렸다.

"이쪽은 지금 엄청난 일이 벌어졌다고!"

『……그게 무슨 소리지?』

보석에서 들려오는 목소리가 딱딱해졌다.

"음, 실은 말이다……."

…….

『그게 정말이냐?』

"농담으로 이런 재미없는 소릴 할 것 같아?"

글렌은 머리를 긁으면서 말했다.

"아무튼 흑막은 하늘의 지혜 연구회야. 결계를 장악당하는 바람에 학원은 완전히 봉쇄됐어. 이젠 들어오는 것도 나가는 것도 불가능해. 인질로 잡힌 학생은 약 쉰 명 전후. 무력화된 채로 교실에 갇혀 있어. 그중 한 명은 확보. 한 명은 흑막이 있는 곳으로 끌려간 모양이야."

『하늘의 지혜 연구회…… 그 변변찮은 인간쓰레기 놈들이

기어 나올 줄이야…….』

"적의 전력 중 확인한 건 셋. 아직 확인하지 못한 게 한 명 이상. 확인한 적 중 두 명은 무력화에 성공. 하지만 나머지가 아마 위험하겠지. 모든 상황을 비추어 보건대, 틀림없이 앞서 무력화한 두 명과 비교해도 격이 떨어지지는 않을 거야."

『네 오리지널 【광대의 세계】로도 무리인가?』

"내 오리지널은 기습할 때가 아니면 효과를 기대하기 어려워. 아무래도 세 번이나 쉽게 당해줄 만큼 상대도 바보는 아니겠지."

『그건 그렇군.』

"그리고 마지막으로 이게 중요한데…… 나도 이 학원의 마도 시큐리티가 굉장히 높은 수준이라는 건 잘 알아. 하지만 이토록 간단히 시큐리티를 장악한 걸 보아하니…… 있을 거다. 학원 안에 배신자가."

『그래, 나도 지금 그 생각을 하고 있었다.』

"이봐, 세리카. 그쪽에 있는 교수나 강사 중에 부자연스럽게 모습을 감춘 녀석은 없어? 특히 교수 클래스나 그에 준하는 능력을 가진 강사로."

『그건 나도 몰라. 이곳에서는 단체 행동이 아니니까. 바로 확인하는 건 불가능해.』

"칫…… 사정을 설명하고 당장 확인해! 그리고 어서 빨리 제국 궁정 마술사단을 파견하도록 수배하고!"

『무리야. 너도 잘 알겠지만, 마술학원은 각 정부 기관의 체면과 세력 다툼이 이리저리 뒤얽힌 마굴이다. 부르려 해도 신속한 대처는…… 기대하기 어려워.』

"바보 아냐? 웃기지 말라고! 학생들의 목숨이 걸려 있잖아! 네 권한으로 어떻게 좀 해봐!"

『지금의 난 시중에 있는 일개 마술사에 지나지 않아. 누구나가 과거의 직함과 권한을 함부로 휘두를 수 있다면 나라꼴이 엉망이 될 거다.』

"그럼 네가 당장 와! 학원 안에 전송 법진이 있잖아?!"

『진정해. 이렇게까지 용의주도하게 결계를 장악한 놈들이 학원 안에 있는 전송 법진을 가만히 내버려 뒀을 것 같아? 나라면 가장 먼저 파괴했을 거다. 뭐, 시도는 해보겠지만 기대하지는 마라.』

"큭……."

확실히 그 말대로였다. 전송 법진은 장거리 전이 마술의 입구이자 출구이므로, 제도와 학원을 잇는 전송 법진이 기능하고 있다면 제도에서 학원 안으로 침입할 수 있었다. 먼저 거점의 전송 법진을 파괴하는 건 농성 테러의 정석이었다.

글렌은 난처한 듯 머리를 누르며 한숨을 내쉬었다.

"……미안. 내가 좀 냉정하지 못했군."

『역시 인간의 본질은 쉽게 바뀌지 않는 법이군. 넌 예전과 변함이 없어. 아무튼 이쪽에서도 대응을 서두르지. 넌 무리하지 말고 확보한 학생과 함께 안전한 곳에서 숨어 있도록 해.』

"그래, 알았어."

『그럼 일단 끊으마. ……죽지 마라.』

"……누가 이런 데서 죽을까 봐?"

통신 마술을 해제한 글렌은 보석을 주머니에 집어넣었다.

"……응? 왜?"

자신을 빤히 쳐다보는 시선을 깨달은 글렌은 시스티나에게 말을 걸었다.

"아뇨……. 그게…… 의외라고 생각해서……."

"뭐?"

"선생님은 그게…… 좀 더 차가운 사람이신 줄 알았거든 요……."

글렌은 아무래도 상관없다는 듯 시선을 피했다.

"저기…… 방금 그…… 상대는 아르포네아 교수님, 이신 거죠?"

"그래."

"도와줄 사람이 올 것 같나요?"

"니도 들었잖아?"

그 말을 들은 시스티나는 의기소침하게 어깨를 늘어뜨리고 고개를 숙였다.

머지않아 뭔가 결심한 표정으로 고개를 들더니 실험실을 나가려고 했다.

"어디로 갈 셈이지? 하얀 고양이."

글렌은 바로 그녀의 팔을 붙잡고 제지했다.

"루미아를 구하러 갈 거예요."

"그만둬. 개죽음당하고 싶은 거냐?"

"그치만…… 그치만 루미아가…… 루미아가 저 대신에……."

"너 혼자서 뭘 할 수 있다는 거지? 너도 잘 알고 있잖아? 그냥 얌전히 있어."

"그치만…… 그치만……!"

"얌전히 있으라고 했다."

글렌은 반론을 허락하지 않는 차가운 목소리로 말했다.

그러자 시스티나의 어깨가 차츰 가늘게 떨리기 시작했다. 바닥에 작게 물방울이 떨어지는 소리가 울린다.

"그치만…… 전 분하다구요……."

"어, 어라…… 야?"

"그치만…… 흐윽…… 히끅……으아아아아앙!"

지금까지 억눌러왔던 다양한 감정이 안심한 순간 방아쇠가 되어서 폭발한 것이리라. 말을 잃은 글렌 앞에서, 시스티나는 눈이 퉁퉁 붓는 것도 아랑곳하지 않고 어린애처럼 흐느껴 울었다.

"선생님이 말씀하신 대로였어요! 마술 따윈 변변한 게 아니었다구요! 이딴 게…… 이딴 게 있으니까 루미아가…… 루미아가…… 히끅…… 윽, 흑흑……."

"……그만 울어, 바보."

글렌은 시스티나의 머리 위에 부드럽게 손을 얹어주었다.

"……선생님?"

"마술이 현실에 존재하는 이상 갑자기 없어지길 바라는 건 비현실적이다. 중요한 건 어떻게 해야 좋을지 생각하는 것……이라더군. 네 단짝이 한 말이다. 나도 참 오랫동안 머리가 굳어 있었던 모양이야. 나이를 먹어서 그런가?"

그렇게 말하는 글렌은 평소의 나태하고 빈정거리는 얼굴에선 상상도 할 수 없을 만큼 온화한 표정을 짓고 있었다. 생각지도 못한 그의 일면에 시스티나는 당황했다.

"루미아 녀석은 이런 사태가 일어나지 않도록 장래에 마술을 인도하는 입장이 되고 싶다더군. 바보 같지? 그래도 훌륭해."

"걔가…… 그런 말을요?"

"그래, 그런 녀석을 죽게 할 수는 없지. ……죽게 내버려 둘까 보냐."

글렌은 결의가 담긴 눈으로 말했다.

"내가 움직이마. 남은 적은 둘뿐이라고 가정하고 암살하겠어. 이세 남은 건 그 방법뿐이야."

암살. 그 순간, 시스티나는 그런 무서운 말을 아무렇지 않게 내뱉는 글렌에게 등골이 얼어붙을 만큼의 공포를 느꼈다. 하지만 그 이상으로 안타까운 기분이 들었다. 글렌은 사람을 죽이는 것을 각오한 냉철한 눈을 하고 있었지만……, 한편으로는 몹시 괴로워 보였기 때문이다.

"큭, 크하하하하……."

갑자기 실험실에 메마른 웃음소리가 울려 퍼졌다.

"……암살, 이라. 킥킥킥, 설마 그런 말이 쉽게 나올 줄이야……. 보통 녀석은 아니라고 생각했지만…… 뭐야, 너도 이쪽 인간이었나. 크하하……."

시선을 돌리자 바닥에 누워 있던 진이 의식을 되찾은 듯했다. 아무래도 【슬립 사운드】의 효력이 어중간했던 모양이다. 글렌은 혀를 차며 그를 흘겨보았다.

"부정하지는 않겠어. 어차피 나도 쓰레기니까."

"호오? 그럼 나는 안 죽이는 건가? 아니면 귀여운 학생 앞에서는 못 죽이겠다 이거냐~?"

"선생님을 당신들과 같이 취급하지 마!"

진의 불쾌한 말을 듣다 못한 시스티나가 어깨를 들썩이며 소리쳤다.

"선생님은 당신들과는 달라! 아무런 망설임도 없는 쓰레기처럼 사람을 죽이는 당신들과는—."

"크하하! 네가 그 녀석에 대해 뭘 안다는 거냐? 그 녀석은 최근에 부임해 온 계약직 강사일 텐데?"

"그, 그건……."

그만 말문이 막혔다. 확실히 시스티나는 최근 20일 정도의 글렌밖에 알지 못했다. 세리카가 데려온 수수께끼의 강사. 글렌의 과거에 관해서는 전혀 아는 바가 없었다.

"단언하지. 그 녀석은 절대로 제대로 된 인간이 아니야. 이미 인간을 몇 명이나 죽인…… 우리와 같은 쓰레기다. 그런 인간이지. 그런 눈을 하고 있어. 난 알 수 있지."

시스티나는 글렌이 아니라고 한마디 부정해줬으면 싶었다.

하지만 글렌은 아무 말도 하지 않았다. 한없이 긍정에 가까운 침묵이었다.

그 순간, 실험실에 마력의 공명음이 울리고 그들을 에워싼 공간이 파문처럼 흔들렸다.

"이게 무슨?!"

공간의 일렁임에서 수많은 무언가가 출현했다.

해골들이었다. 두 다리로 서 있고 검과 방패 등으로 무장하고 있었다. 그 수는 열 이상. 아니, 지금도 숫자는 점점 늘어나고 있었다.

"이제야 납신 건가! 나이스! 레이크 형씨!"

진은 환성을 질렀다.

글렌과 시스티나는 눈 깜짝할 사이에 대량의 해골에 포위당했다.

"서, 선생님…… 이건—."

"제길, 본 골렘이냐?! 게다가 이 녀석들 용아(龍牙)를 소재로 해서 연금술로 연성한 것들이잖아?! 아주 성대하게 나오시는군!"

소환(召喚)【콜 패밀리어】. 원래는 작은 동물을 사역마로 불러서 부리는 소환 마술의 기본이지만, 이 술자는 자신이 만든 골렘을 원격 연속 소환이라는 엄청나게 어려운 수단을 사용해서 소환했다. 게다가 글렌과 시스티나의 앞에 나타난 골렘의 소재는 아무래도 용아일 테니 경이적인 힘, 운동 능력, 튼튼함, 3속성에 대한 내성을 겸비하고 있으리라. 어중간한 전사나 마술사로는 대처할 수 없는 위험한 상대였다.

글렌이 단 글자 위에 **리모트 시리얼 서문**이라 적은

"아니, 뭐야. 이 엄청난 숫자의 다중 발동은?! 인간의 기술이 아니잖아?!"

술자의 탁월한 기량에 경악할 틈도 없었다.

본 골렘 중 하나가 검을 치켜들고 시스티나에게 덤벼들었다.

"꺄악?!"

"물러나 있어!"

글렌이 사이에 끼어든다. 오른쪽 손등으로 검면을 때려서 흘리는 동시에, 온몸의 탄력을 이용해서 혼신의 라이트 스트레이트를 본 골렘의 머리에 날렸지만—

"칫, 단단해!"

—약간 몸이 뒤로 젖혀졌을 뿐이었다. 작은 금 하나도 생기지 않았다.

자세를 고친 본 골렘이 다시 검을 휘두르려 했다.

"이 자식들, 우유를 너무 많이 마신 거 아냐?! 젠장! 탄산수라도 마시라고!"

용아로 만들어진 골렘에게 물리적인 간섭은 거의 효과를

발휘하지 않는다. 타격은 물론이고 어설트 스펠의 기본 3속성
이라고 불리는 염열, 냉기, 전격도 통하지 않았다.

이 골렘을 쓰러뜨리려면 더 직접적인 마력을 행사해야 했다.

'【웨폰 인챈트】다! 제길, 늦지는 않을까?!'

세 소절 영창밖에 못 쓰는 건 갑작스러운 상황에 대응하기
가 무척 힘들어서 이럴 때 불리했다.

두 번 정도 칼날을 몸으로 받을 각오를 한 글렌은 주문을
영창하려 했다.

"《그 검에 빛이 있으라》!"

그러나 곧 시스티나가 한 소절로 영창한 흑마 【웨폰 인챈트】
가 완성되었다.

글렌의 두 주먹이 한순간 하얗게 빛나며 마력으로 감싸였다.

"선생님!"

"미안, 덕분에 살았다!"

글렌은 시스티나에게 감사를 표하면서 재빨리 스텝을 밟았다.

3연격. 이번에는 정면과 좌우에서 덤벼드는 골렘의 두개골
이 산산이 부서졌다.

"《위대한 바람이여》!"

이어서 시스티나는 흑마 【게일 블로】를 영창했다.

맹렬한 돌풍이 출입구를 막고 있던 골렘들을 문과 함께 날
려버렸다.

대미지는 거의 없었지만, 이것으로 달아날 길이 생겼다.

"잘했다! 달려! 하얀 고양이!"

"아, 예!"

시스티나는 실험실 밖으로 이어지는 길을 달렸다.

곧 양쪽의 본 골렘이 시스티나에게 달려들었다.

"내버려 둘까 보냐!"

시스티나의 뒤를 따르던 글렌의 주먹과 다리가 그 골렘들을 쓸어버렸다.

가까스로 실험실 밖으로 탈출하는 데 성공했다.

쉴 틈도 없이 두 사람은 복도를 질주했다.

"선생님! 어디로 달아나면 좋죠?!"

"글쎄다!"

그 순간―.

"끄아아아아아악!"

뒤에서 비명이 울려 퍼졌다.

"자, 잠깐만?! 어, 어째서 나까지…… 으아아아아아아악!"

부드러운 무언가를 날카로운 물건이 마구 찔러대는 소리와 사람의 비명이 하모니를 이루었다. 시스티나는 얼굴이 새파래지더니 속이 안 좋은 듯 입가를 가렸다.

"구해줄 의리는 없고 여유도 없어."

글렌은 마치 자신을 타이르는 것처럼 차갑게 말했다.

"이제 위험한 건 우리야. 왔다."

진을 처리한 골렘들이 두 사람을 쫓기 위해 실험실 밖으로 나오기 시작했다.

"흡!"
글렌의 라이트 스트레이트가 질주했다.
길을 막아선 본 골렘의 두개골이 박살 났다.
"《위대한 바람이여》!"
시스티나가 【게일 블로】를 영창했다.
양손에서 발생한 돌풍이 뒤에서 쫓아오는 본 골렘들을 날려버렸다.
"이쪽이다!"
"예!"
복도 끝에 도착한 그들은 이어서 계단을 뛰어 올라갔다.
본 골렘 무리가 끈질기게 두 사람의 뒤를 쫓았다.
"제길, 끝이 없군……."
마력으로 강화된 글렌의 권투로 대응하기에는 적의 숫자가 너무나도 많았다. 시스티나가 익힌 마술로는 시간 벌기는 가능해도 쓰러뜨릴 수 없었다.
그러니 도망칠 수밖에 없었다.
게다가 시스티나의 마력도 무한하지 않은데, 아까부터 끊임없이 마술을 쓰고 있었다. 기특하게도 표정에는 드러내지 않고 있었지만, 상당히 소모가 심할 터였다. 마술 적성 평가에 따르면 시스티나의 캐퍼시티는 선천적으로 우수하지만, 아무리 그래도 연속으로 쓰는 건 힘에 부칠 것이다.

"선생님! 골렘은 분류상 마법 생물이죠?!"

글렌의 뒤를 따라오는 시스티나가 숨이 찬 목소리로 말했다.

"선생님의 그 오리지널로 어떻게 안 되나요?!"

"무리!"

글렌은 즉답했다.

"내 【광대의 세계】는 마술 발동 그 자체를 차단하는 것뿐이 야! 이미 발동해서 현상으로 성립하는 마술에는 의미가 없어! 예를 들면 저 녀석들 같은!"

글렌은 뒤에서 쫓아오는 본 골렘들을 지긋지긋하다는 눈초 리로 쳐다보았다.

"저 녀석들을 어떻게 하고 싶으면 오히려 【디스펠 포스】— 마력 상쇄 마술이 잘 먹힐 거다."

"그거라면 제가 쓸 줄 알아요! 해볼까요?!"

"뭐?! 진짜?! 상당한 고급 주문인데?!"

"예. 학원이 아니라 아버지에게 직접 배운 거지만……."

"넌 진짜로 우수했구나……. 하지만 소용없어. 참아."

"어째서죠?!"

"저 녀석들을 디스펠해봤자 용아…… 소재로 되돌아갈 뿐이 니까. 술자가 다시 마력을 불어넣으면 또 골렘이 돼서 덤벼 올 거다. 요컨대 마력 낭비인 셈이지."

"아!"

"덧붙이자면【디스펠 포스】에 필요한 마력량은 대상의 잠재된 마력량에 비례해. 반 자율적으로 움직이게 하려고 마력 증폭 회로를 탑재한, 저 녀석들을 일일이 디스펠하다간 단숨에 마력이 고갈될걸? 지금은 네 마술 지원이 필요해."

"그럼 아직 마력에 여유가 있는 선생님께서【디스펠 포스】를─."

"그건 더 쓸데없는 짓이야. 실컷 긴 주문을 영창해서 대량으로 마력을 소비한 결과가 일시적으로 한 마리 줄인 것뿐이라면 의미가 없잖아? 차라리 마력으로 강화된 주먹을 사용해 싸우는 편이 더 나아. 다시 복원되는 걸 방지하는 의미에서도!"

"하지만 이대로는─."

계단을 끝까지 올라온 두 사람은 다시 복도를 달렸다.

"선생님?! 이 앞에는─."

"맞아, 길이 없지."

시스티나가 눈치챈 것처럼 직선으로 이어진 복도 너머에 있는 것은 막다른 골목이었다.

"어, 어쩌죠?!"

"내가 여기서 막고 있을 테니까 넌 먼저 안쪽까지 가서……즉흥으로 주문을 개변시켜."

"예?!"

"개변시킬 마술은 네 장기인【게일 블로】다. 위력을 낮추고, 범위를 넓게 하고, 지속 시간이 길어지도록 바꿔. 소절은 될 수 있으면 세 소절 이내로. 완성하면 나한테 신호를 보내. 그 후에는 내가 어떻게든 할 테니까."

"하, 하지만……."

시스티나는 불안한 표정으로 옆에서 달리고 있는 글렌의 옆 얼굴을 올려다보았다.

"제, 제가 과연 그런 어려운 기술에 성공할 수 있을지……."

"괜찮아."

되돌아온 글렌의 말은 왠지 모를 자신감에 차 있었다.

"넌 건방지지만 확실히 우수해. 건방지지만."

"건방지다는 걸 강조하지 마세요!"

"내가 최근에 가르친 걸 이해하고 있다면 그 정도는 가능할 거다. 아니, 반드시 완성해. 아니면 성적을 깎아버릴 테다."

"부, 불합리해……."

하지만 이런 상황에서도 평소와 다름없는 글렌의 태도 덕분에 시스티나의 긴장이 약간 풀렸다. 과연 그 말이 진심인지, 아니면 노리고 한 건지는 알 수 없었지만…….

"……알겠어요. 해볼게요."

"좋아. 그럼 먼저 가봐!"

"예!"

글렌은 달리는 것을 멈추고 몸을 돌려서 본 골렘 무리를 마주 보았다.

시스티나는 그대로 글렌을 두고 달려갔다.

"우오오오!"

글렌이 날린 주먹이 제일 앞에 있는 본 골렘을 분쇄했다.

본 골렘들은 파죽지세로 글렌에게 덤벼들었다.

'해볼 만해. 그 양아치를 먼저 습격한 걸 보고 예상했지만, 이 녀석들은 가까운 녀석부터 먼저 공격하라는 단순한 명령 밖에 입력되지 않았어. 그렇다면 내가 여기서 버티는 한 하얀 고양이를 쫓아가지는 않겠지. 벽은 나 혼자로도 충분해.'

글렌은 골렘들의 수많은 검을 조금씩 물러나면서 피했다.

그리고 날아드는 공격의 간격을 노리고 주먹을 날려서 골렘들을 차례차례 파괴했다.

하지만 숫자가 너무 많았다. 완전히 해치우지 못한 골렘들의, 완전히 피하지 못한 칼날이 글렌의 몸에 조금씩 상처를 냈다.

'칫…… 피하는 건 치명상이 되지 않도록 최소한으로…… 가능한 한 오래 버텨서 시간을 벌어야 해. 부탁한다. 하얀 고양이.'

복도 끝에 도착한 시스티나는 숨을 고르면서 즉시 흑마【게일 블로】의 마술식과 주문을 머릿속에 떠올리고, 주문 개변을 시작했다.

아득히 멀리 떨어진 앞쪽에서는 글렌이 사자처럼 용맹하게 싸우고 있었다.

"《바람— 고요한—》 아니야, 이건 안 돼. 이걸로는 위력이 부족해. 《폭풍— 분방한—》."

룬어가 일으키는 심층 의식의 변화 결과를 글렌에게 배운 마술 문법과 마술 공식을 써서 머릿속으로 연산하며, 바라는 형태로 주문을 조금씩 개변한다.

한편, 눈앞에서는 글렌이 조금씩 상처를 입고 있었다. 피가 허공에 흩날릴 때마다 시스티나의 가슴이 초조함으로 타들어 갔다. 글렌이 공격을 피하지 못해 균형을 잃을 때마다 심장이 쪼그라들었다. 저 상태로는 오래 버틸 수 없으리라. 두 어깨를 짓누르는 중압감에 시스티나는 자기도 모르게 머리를 감싸 쥐고 싶어졌다.

"《가로막는 바람— 거절하는 바람— 바람의 벽》? 지속 시간을 늘리려면—"

그래도 글렌은 적에게 등을 보이지 않았다. 조금이라도 길게 시간을 벌기 위해 몸을 좌우로 움직여서 적의 맹공을 흘려버리고 있었다.

시스티나는 깨달았다. 글렌의 조금도 물러서지 않는 의지와 난전은 시스티나를 굳게 믿고 있기에 가능한 일이었다. 입만 열면 빈정거림과 독설을 퍼붓지만, 그래도 글렌은 시스티나를 신뢰하고 있는 것이다.

절망적인 싸움을 계속하는 글렌의 모습은 시스티나에게 용기를 주었다.

이 신뢰를 배신할 수는 없었다.

"영창 속도는 22로 떨어뜨리고…… 텐션은 45로 하면……"

시스티나는 강하지 않았다. 항상 가문의 이름에 어울리도록 허세를 부리고 있을 뿐, 사실은 그 누구보다도 겁이 많고 마음이 여렸다. 사실 시스티나 본인도 그 사실을 알고 있었다.

'지금뿐이라도 좋으니까…… 적을 앞에 두고 한걸음도 물러서지 않았던 루미아 같은 강함을…… 선생님 같은 강함을……!'

시스티나는 루미아와 글렌 덕분에 구원받았다. 두 사람이 없었다면 자신은 지금 이 자리에 서 있지도 못했으리라. 이미 죽었거나— 마음이 망가졌을 것이다.

'그러니까— 이번에는 내가 도울 거야!'

초조함과 공포 때문에 무너지기 일보 직전인 연약한 마음을 시스티나는 마지막에 이르러서야 훌륭히 제어해냈다.

이윽고 한순간 머릿속을 스쳐 지나간 번뜩임과 동시에 마지막 룬을 선택하자 주문 개변이 끝났다.

"선생님, 다 됐어요!"

시스티나가 그렇게 외친 순간, 글렌은 그 말을 기다렸다는 듯 등을 돌리고 그녀를 향해 달려왔다.

당연히 본 골렘들도 그 뒤를 쫓아왔다.

"몇 소절이지?!"

"세 소절이에요!"

"좋아! 내 신호에 맞춰서 영창을 시작해! 저 녀석들을 향해 날려버려!"

글렌이 달린다. 달린다.

골렘들이 다가온다. 다가온다.

"지금이다! 해!"

"《거절하고 가로 막아라·─."

글렌과 시스티나의 거리가 좁혀진다. 좁혀진다.

"《─폭풍의 벽이여·─."

거리는 앞으로 열 걸음─ 다섯 걸음─ 세 걸음─.

"─그 다리에 안식을》!"

글렌이 점프하며 시스티나의 옆을 구르면서 스쳐 지나갔다.

그 순간 주문이 완성되었다. 시스티나의 양손에서 폭발적인 바람이 생성되었다.

【게일 블로】처럼 한곳에 모이는 돌풍이 아니었다. 복도 전체를 가득 메울 정도로 광범위에 걸친 지향성 폭풍이었다.

이름을 붙이자면 흑마 개량형 【스톰 월】. 아득히 멀리 떨어진 복도 저편을 향해 날아가는 바람의 벽은, 달려오는 골렘들의 진행 속도를 극적으로 낮춰주었다.

"트, 틀렸어요……. 완전히 붙잡아 두지는 못할 것 같아요……. 죄송해요, 선생님……!"

하지만 즉흥적으로 만들어낸 주문이라서 위력이 부족했던 것일까. 골렘들은 기류를 거스르며 서서히 접근했다. 저 녀석들이 여기까지 도착하는 건 시간문제였다. 시스티나는 식은땀을 흘렸다.

"아니, 잘했다. 덕분에 살았어."

하지만 글렌은 거칠게 숨을 내쉬며 일어났다.

그 후, 엄지를 사용해 작은 결정을 머리 위로 튕겨 올리고 떨어지는 그것을 왼손으로 낚아챘다.

그리고 글렌은 결정을 쥔 왼 주먹에 큰 소리가 나도록 오른 손바닥을 가져다 댔다.

"내가 지금부터 쓸 마술은 집중해서 영창해야만 발동시킬 수 있으니까…… 잠시 그대로 버티고 있어봐."

글렌은 한차례 호흡을 내쉬고 눈을 감으며 주문을 영창하기 시작했다.

《나는 신을 베어 죽인 자·—.》

천천히…….

《나는 근원의 시작과 끝을 아는 자·—.》

한층 더 천천히…….

글렌은 마력을 끌어올리면서 의식을 집중해 또박또박 주문을 자아냈다.

그 주문에 응해 글렌의 왼 주먹을 중심으로 고리 형태의 세 마법진이 가로, 세로, 수평으로 맞물리듯 형성되더니 각각 서서히 속도를 올리며 회전하기 시작했다.

"……어? 거짓말…….."

시스티나는 글렌이 영창하려는 주문의 정체를 눈치챘다.

"그, 그 마술은…….."

"《그대는 섭리의 원환으로 귀환하라·오대원소는 오대원소로·상과 섭리를 잇는 인연은 괴리할 지니·이제 삼라만상은 마땅히 이곳에서 사라질 지어다·—."

그리고—.

글렌은 아연실색한 시스티나의 앞으로 뛰쳐나왔다.

"—아득한 허무의 끝으로》!"

바로 지금, 총 일곱 소절에 걸쳐서 자아낸 모든 힘을 담은 대주문이 완성되었다.

"에라이! 사라져라, 떨거지들아! 흑마 개량형【익스팅션 레이】!"

글렌이 전방을 향해 왼손을 펼쳐서 내밀었다.

왼손을 중심으로 고속 회전하고 있던 고리 형태의 마법진이 전방으로 펼쳐졌다.

다음 순간, 나란히 선 세 고리의 중심을 관통하듯 거대한 빛의 충격파가 앞으로 내민 글렌의 왼손에서 날아갔다. 그것은 아득히 멀리 떨어진 반대편 복도 끝까지 일직선으로 질주했다.

그리고— 섬멸. 빛의 파동은 사선상에 있는 본 골렘들은 물론이고, 천장과 벽까지 전부 집어삼키더니 단숨에 먼지처럼 소멸시켰다.

머지않아 시야를 하얗게 물들인 눈부신 빛이 서서히 가라앉았다.

무음. 정적. 이제 시야에서 움직이는 건 아무것도 없었다.

"……어?"

싱거운 결말에 시스티나는 잠시 망연자실했다. 천장이 완전히 사라져서 위층 천장이 보였다. 오른쪽에 있는 벽도 전부 소멸해서 바깥 경치가 훤히 보였다. 마치 길고 거대한 원기둥을 복도에서 뜯어낸 광경. 탁 트인 복도에 그저 바람만 불고 있었다.

"괴, 굉장해…… 이런, 고급 주문을……."

흑마 개량형 【익스팅션 레이】. 대상을 가리지 않고 근원소(根源素)까지 분해해서 소멸시키는 마술이었다. 개인이 영창할 수 있는 마술 중에서는 최고의 위력을 자랑하는 주문이자 ― 2백 년 전의 『마도 대전』에서 사신(邪神)의 권속을 죽이기 위해 세리카 아르포네아가 고안해낸, 한 없이 오리지널에 가까운 신살(神殺) 마술이기도 했다.

글렌은 이 주문을 영창할 때 어떤 마술 촉매를 쓴 것 같았지만…… 영창에 성공한 것만으로도 찬사를 보낼 수 있을 만큼 경악스러운 일이었다.

"야, 약간 오버킬이지만, 나한테는 이것밖에 없으, 니까…… 쿨럭!"

그 순간 글렌이 피를 토하며 맥없이 주저앉았다.

"선생님?!"

글렌의 이변을 깨달은 시스티나는 황급히 달려와서 그의 몸에 손을 가져다 댔다. 온몸에 맺힌 식은땀, 만지고 나서 안 사실이지만 소름이 돋을 정도로 몸이 차가웠다.

"이건…… 마나 결핍증?!"

마나 결핍증이란 극단적으로 마력을 소모했을 때 일어나는 쇼크 증상이었다. 마력의 원천은 육체에 내포된 마나. 마나의 본질은 곧 생명력이다. 그것을 급격하게 소모하면 당연히 목숨이 위험했다. 마술이란 자신의 생명을 대가로 행사하는 양날의 검인 것이다.

"뭐…… 주제에 맞지 않는 마술을 잔재주를 부려서 억지로 썼으니까 말이지……."

평소의 가벼운 태도는 어디로 갔는지 글렌은 괴로운 듯 얼굴을 일그러뜨렸다.

마나 결핍증을 제외해도 글렌의 상태는 심각했다. 온몸이 상처투성이에 피범벅이었다. 치명상은 없지만 상처가 상당히 많았고, 이대로 계속 피를 흘리면— 위험했다.

"꽤, 괜찮으세요?!"

"이게 괜찮아 보인다면 병원에 가봐……."

독설에도 날카로움이 없었다.

"《자애의 천사여·그자에게 안식을·구원의 손길을》"

시스티나는 상처를 치료하는 백마 【라이프 업】으로 글렌의 상처를 치료하려 했다. 하지만 그녀는 운동과 에너지를 다루는 흑마술이나 물질과 원소를 다루는 연금술은 잘하지만, 【라이프 업】 같이 육체와 정신을 다루는 백마술에는 자신이 없었다. 이 정도의 상처를 치료하는 데 얼마나 많은 시간과 마력이 필요할지 짐작도 가지 않았다.

"바보 녀석, 그러고 있을 때냐……."

글렌은 입가에서 흘러내리는 피를 닦고 억지로 일어났다. 무릎이 덜덜 떨리고 있었다.

"지금 당장, 여기서 벗어나자……. 어서 어딘가에 숨는 편이……."

하지만 도중에 쓸쓸한 표정을 지었다.

"그런 여유를 줄 정도로 어설픈 상대일 리가 없지…… 젠장."

파괴의 흔적이 새겨진 복도에 발소리가 울려 퍼졌다.

"【익스팅션 레이】까지 쓸 줄이야. 우리가 다소 얕봤던 모양이군."

복도 건너편에서 나타난 것은 검은 코트의 남자— 레이크라고 불린 남자였다.

"으?!"

시스티나는 숨을 삼켰다.

최악의 타이밍이었다. 글렌은 이미 만신창이였다.

게다가 레이크의 뒤에는 다섯 자루의 검이 떠 있었다. 저건 아마도 레이크의 마도기일 것이다. 이미 작동하고 있는 이상 글렌의 【광대의 세계】는 통하지 않았다.

"아~ 진짜, 저 떠 있는 검만 봐도 안 좋은 예감이 풀풀 풍기는걸……. 저건 틀림없이 술자가 원하는 대로 자유롭게 움직일 수 있거나, 숙련된 검사의 기술을 기억해서 자동으로 움직이는 물건이겠지? 제기랄."

"글렌 레이더스. 사전에 조사한 바로는 트레데에 불과한 삼류 마술사라고 들었다만…… 설마 네놈에게 둘이나 당할 줄은 몰랐다. 이건 오산이었군."

"웃기지 마. 그중 한 명의 숨통을 완전히 끊어놓은 건 너일 텐데. 나한테 책임을 떠넘기지 말라고."

"명령 위반이다. 임무를 방치하고 제멋대로 행동한 대가다. 나는 말귀를 못 알아듣는 개에게 자비를 베풀어줄 정도로 착한 사람이 아니니까."

"아, 그러서? 아주 참 엄격하시구만."

글렌은 바로 시스티나에게 귓속말을 건넸다.

"야, 하얀 고양이. 마력에 여유는? 너라면 저 검을 디스펠할 수 있을 것 같아?"

시스티나는 레이크 뒤에 떠 있는 검을 쳐다보았다. 눈으로 봐도 대량의 마력이 흘러넘치는 것을 알 수 있었다. 당연히 마력 증폭 회로를 탑재한 것이리라.

"제 남은 마력을 전부 써도 아마…… 조금 부족할 거예요. 애초에 【디스펠 포스】를 영창할 틈도 없을 것 같은데요……."

"그럼 됐다."

글렌은 느닷없이 시스티나의 몸을 옆으로 밀쳤다.

"……어?"

시스티나의 몸이 밀려난 곳은 글렌의 【익스팅션 레이】로 개

방된 공간— 건물 밖이었다.

"아, 꺄아아아아아아아아아아?!"

온몸으로 중력을 느끼며 시스티나는 4층 높이에서 떨어졌다.

추락하는 도중에 【게일 블로】를 영창해서 추락 속도를 상쇄한 모양인지 밖에서 돌풍이 부는 소리가 들렸다.

"흥. 달아나게 한 건가."

"뭐, 그런 거지. 아무래도 널 상대로 지키면서 싸우는 건 무리일 것 같으니까. 그런데? 그 노골적인 검 형태의 마도기는 나에 대한 대책인 건가?"

"뻔한 걸 묻는군. 네놈에게는 마술 발동을 봉쇄하는— 그런 수단이 있는 거겠지?"

"어라…… 역시 들켰나?"

어디서 봤냐는 센스 없는 질문은 하지 않았다. 원견 마술, 사역마와의 시각 동조, 잔류 사념의 간파…… 마술사가 정보를 수집하는 수단은 얼마든지 있었다.

"그 진이 아무런 반항도 못 하고 일방적으로 당한 걸로 봐서 예상할 수 있는 건 그것밖에 없겠지. 그리고 네놈은 본 골렘들에게 그 묘한 마술을 쓰지 않았다. 즉, 마술의 발동만 봉인하는 특수한 마술이라는 거겠지. 그렇다면 처음부터 발동하고 있으면 될 뿐. ……간다."

레이크가 손가락을 튕겨서 소리를 내자 공중에 떠 있는 검이 일제히 글렌을 겨누었다.

그리고 글렌을 향해 곧장 날아들었다.

"하긴 그러시겠죠?!"

글렌은 상처 입은 몸을 채찍질해가며 날아오는 검들을 필사적으로 피했다.

"으…… 아야야야…… 정말이지, 이게 무슨 짓이야…… 저 인간은!"

추락한 장소— 학원 교정에서 엎드린 자세로 시스티나가 중얼거렸다.

흑마 【게일 블로】로 낙하 속도를 줄인 덕분에, 기분상으로는 계단 대여섯 단 위에서 뛰어내린 느낌이었지만…….

"이게 여자애한테 할 짓이야?! 만약 내가 영창하는 게 늦었으면 어쩔 뻔했냐구?! 정말이지!"

그렇게 소리쳐보기는 했으나, 곧 시스티나의 마음은 빠르게 침울해졌다.

냉정히 돌이켜 보면 글렌은 자신이 달아나도록 도와준 것이다.

내량의 본 골렘을 멀티 태스크, 소환술의 초 고급 기법인 리모트 시리얼 서몬, 그리고 검 형태의 마도기— 몸이 저절로 떨릴 만큼 어마어마한 능력을 보여준 검은 코트의 남자는, 그 양아치 같은 남자와는 비교도 할 수 없을 정도로 강력한 마술사였다. 그런 규격을 벗어난 마술사와의 전투에 휘말려서 시스티나가 사망할 확률과, 학교 건물 밖으로 떨어져서 추락

사할 확률. 그런 건 비교해볼 가치도 없으리라.

그런 상황이기에 허락도 구하지 않고 느닷없이 밀쳐버린 건, 글렌 나름대로 시스티나를 신뢰하기 때문이라고 납득할 수 있었지만…….

"결국, 난…… 방해만 되는 거구나……."

방금 전 글렌은 자신의 마술 지원이 필요하다고 말해주었다.

하지만 그건 시스티나를 지켜야 한다는 전제가 있었기 때문이 아니었을까? 적의 공격을 피하고, 주문을 영창하고, 시스티나를 지킨다. 그 세 가지 중 두 가지 조건뿐이었다면…… 글렌은 아무런 문제없이 헤쳐 나올 수 있지 않았을까? 만약 글렌이 혼자였다면 조금 전의 위기도 별 탈 없이 해결하지 않았을까?

애당초 자신들이 본 골렘에게 쫓긴 원인은?

그 검은 코트의 남자에게 포착된 계기는?

전부 글렌이 시스티나를 구했기 때문인 게 아닐까?

게다가 그 탓에 글렌은 비장의 수단인, 오리지널【광대의 세계】의 존재도 적에게 파악 당하고 말았다. 그렇다. 전부 자신 때문에…….

"웃?!"

머리 위에서 무언가가 부딪치는 소리가 들렸다. 전투가 시작된 모양이다.

이렇게 된 이상 이제 시스티나가 할 수 있는 일은 아무것도 없었다.

"이젠 선생님이 말씀하신 대로 할 수밖에 없겠지……."

시스티나는 어깨를 축 늘어뜨리며 고개를 숙였다. 자신의 무력함을 자각하자 눈앞이 깜깜해졌다.

하지만 그 순간이었다. 시스티나는 문득 어떤 사실을 깨달 았다.

"……말씀하신, 대로?"

그 말에 위화감이 느껴졌다.

시스티나는 그 위화감의 정체를 파악하려고 가만히 생각에 잠겼다.

왼쪽에서, 오른쪽에서, 정면에서 검이 날아든다. 날아든다. 날아든다.

공기를 가르고, 진공을 가르며 칼날이 날아든다.

"하압!"

글렌은 그것들을 왼 주먹으로 흘려 넘기고, 오른 주먹으로 쳐서 떨어뜨린 후 몸을 비틀어서 피했다.

세 방향에서 글렌에게 날아든 세 자루의 검은 달인의 기량 에 필적하는 속도와 날카로움으로 글렌의 몸을 난도질하려 했다.

하지만 그 움직임은 단조롭고 무기적이었다. 그 덕분에 간신 히 대처할 수 있었지만, 별안간 글렌의 머리 위와 뒤쪽에서 두 자루의 검이 날아들었다.

글렌의 동작이 멈추는 타이밍을 노린 유기적인 검격이었다.

순간 몸을 비틀었지만, 최적의 타이밍을 노린 두 자루의 검이 글렌의 등을 베었다.

"크윽!"

피가 흩날렸다. 대처하는 게 늦지 않은 덕분에 상처는 깊지 않았다. 하지만 결코 얕은 것도 아니었다.

"칫."

글렌은 뒤로 도약해서 벽에 등을 대고 자세를 잡았다.

검들이 글렌을 겨눈 상태로 천천히 그를 포위했다.

"골치 아프네……. 너, 설마 양쪽 다였던 거냐."

그렇다. 레이크가 조작하는 다섯 자루의 검은 술자가 자유롭게 움직일 수 있는 두 자루의 검과, 숙련된 검사의 기술을 모방해서 자동으로 적을 공격하는 세 자루의 검으로 구성되어 있었다.

"정답이다. 어차피 숙련된 검사의 기술을 모방했다고 해도 자동화된 시점에서 죽은 검이나 다름없지. 그런 걸 다섯 자루 모아봤자 진정한 달인에게는 통하지 않아. 하지만 다섯 자루를 전부 내가 조작한다고 해도 어차피 난 마술사. 역시 그 또한 진정한 달인에게는 통하지 않겠지. 그래서 나는 지금까지 수십 명의 기사와 마술사를 암살하는 과정을 통해, 세 자루의 자동 검과 두 자루의 수동 검을 조합하는 게 가장 강하다는 결론을 내렸다."

"망할 자식……"

사실 글렌은 완벽하게 밀리고 있었다. 전황은 한없이 불리했다.

확실히 다섯 자루 전부 자동화된 검이거나, 다섯 자루 전부 술자가 조작하는 검이었다면 대처하기는 훨씬 더 편했으리라. 하지만 자동 검과 수동 검이 서로의 단점을 보완하는 형태이다 보니 빈틈이 전혀 없었다.

"그런데 너도 마술사답지는 않은걸."

게다가 이 수동 검의 움직임도 범상치 않았다. 초일류까지는 아니지만, 일류 수준은 되었다. 원격 조작으로 이 정도까지 움직일 수 있다는 건 이 남자 자신도 상당한 솜씨의 검사라는 뜻이었다. 아마 직접 손에 검을 들어도 어지간한 검사쯤은 단숨에 해치울 수 있으리라.

마술사는 대부분 육체의 단련을 통해 고안해낸 기술을 깔봤다. 언제나 정신 수련으로 발전시킨 마술의 아래에 두고 싶어 했다. 그러므로 이 남자도 마술사의 틀에서 벗어난 존재라고 할 수 있었다.

"잡담은 그만."

레이크가 팔을 휘둘렀다.

그 동작에 반응해서 두 자루의 수동 검이 먼저 날아들었다. 기술의 날카로움은 자동 검에 비해 약간 부족했다. 하지만 상황에 따라 변화하는 유기적인 검은 충분히 글렌을 농락했다.

그리고 시야 한구석에서 번뜩이는 세 줄기의 섬광.

"치잇!"

단조롭지만 속도와 날카로움은 초일류의 영역에 도달한 자동 검이 글렌의 사각을 노리고 날아들었다.

순간적으로 반응한 글렌은 두 자루의 검을 손등으로 쳐서 떨어뜨렸다.

그리고 치명상을 입는 것만은 간신히 피하며, 옆으로 뛰어서 세 자루의 검이 펼친 포위망을 빠져나왔다. 칼날이 스치는 바람에 글렌의 몸에 상처가 생겼다.

글렌은 이 타이밍을 절호의 기회라고 판단했다.

《홍련의 사자여·분노에 몸을 맡기고—.》

바닥에 착지하는 것과 동시에 왼손을 들고 주문을 영창하기 시작했다.

선택한 마술은 흑마【블레이즈 버스트】. 한곳에 열에너지가 모인 구체를 날려서 착탄 지점을 폭염과 폭압으로 지워버리는 강력한 군용 어설트 스펠이었다.

이【블레이즈 버스트】의 폭염에 휩쓸린 대상은 재조차 남지 않았다.

이 좁아터진 공간에서는 폭염을 피하기 어려우리라.

《·사납게—.》

《흩어져라》.》

하지만 글렌의 세 소절 영창이 완성되는 것보다 빠르게 레이크의 손가락이 움직이며 한 소절 영창이 완성되었다.

그 순간, 글렌의 왼 손바닥에 생성되던 화염구가 소리를 내며 터지더니 마력의 잔재가 되어서 공간에 흩어졌다.

흑마 【트라이 배니시】. 공간에 내재된 염열, 냉기, 전격의 3속성 에너지를 제로로 되돌려서 지워버리는 카운터 스펠이었다.

"느리다. 마술강사."

"제, 기라알!"

글렌이 이를 갈면서 뒤로 물러나자마자 머리 위에서 날아다니던 다섯 자루의 검이 잇따라 바닥에 꽂혔다.

"주문의 응수라면 세 소절 영창이 한 소절 영창을 당해낼 리가 없지. 【블레이즈 버스트】는 이렇게 영창하는 거다."

레이크는 냉혹한 눈으로 다섯 자루의 검을 피한 글렌의 모습을 응시하고 주문을 외웠다.

"《불꽃 사자—."

한 소절로 흑마 【블레이즈 버스트】를 초고속 발동. 이것이 가능하면 혼자서도 군대를 상대할 수 있다고 일컬어지는 고급 기술이었다.

이 마술강사가 세 소절로밖에 마술을 쓸 수 없다는 사실을 간파한 레이크는 이 한 수로 결판이 날 것이라 반쯤 확신하고 있었다.

"……!"

하지만 글렌은 놀랍게도 레이크가 영창을 개시한 것과 동시에, 품속에서 뭔가를 꺼내려는 동작을 보이면서 레이크를 향해 돌진했고—.

"《사나운 뇌제여·극광의 섬창으로—."

—결코 제시간에 맞출 수 없을 터인 세 소절 영창을 시작했다.

선수를 빼앗겼는데도 상대보다 긴 주문을 외우기 시작한 것이다. 이것은 마술 전투의 정석을 무시한 너무나도 어리석은 행동이었다.

"칫."

하지만 레이크는 청부업자다운 예민한 판단력으로 단숨에 글렌의 의도를 간파했다.

발동 직전의 【블레이즈 버스트】를 해제하고 뒤로 뛰어서 물러났다.

"·꿰뚫어라》!"

마치 그 틈을 노린 것처럼 글렌의 주문이 완성되었다.

흑마 【라이트닝 피어스】. 글렌의 손가락 끝에서 발생한 한 줄기 번갯불이 레이크의 몸 한가운데를 노리고 일직선으로 날아들었다.

하지만 레이크가 조작한 두 자루의 수동 검이 아슬아슬한 타이밍으로 눈앞에서 교차하며 그 공격을 막았다.

"칫. 안 통했나."

글렌은 혀를 찼다.

레이크는 즉시 손가락을 튕겨서 자동 검을 조작했다.

지면에 꽂혀 있던 세 자루의 검이 다시 공중으로 떠올라 글렌에게 날아갔다.

글렌은 그대로 옆으로 굴러서 검의 추격을 벗어났다.

"그 검에 【트라이 레지스트】까지 인챈트해뒀던 거냐. 나 원참, 진짜 용의주도하네. 적어도 한 방은 먹일 수 있을 줄 알았는데 말이지."

"……네놈."

레이크는 속으로 글렌이 보인 기책에 혀를 내둘렀다.

마술에는 마나 바이오리듬이라는 개념이 있었다. 그것은 인간의 생체 마나 상태를 나타내는 지표였다. 통상적인 상태를 뉴트럴 상태, 제어된 상태를 로우 상태, 그리고 제어되지 않고 흐트러진 상태를 카오스 상태라고 한다.

마술을 쓰기 위해서는 정신 집중이나 호흡법으로 뉴트럴 상태인 마나 바이오리듬을 로우 상태로 전환해야만 하며, 마술을 쓰면 로우 상태의 마나 바이오리듬은 단숨에 뉴트럴 상태를 건너뛰어서 카오스 상태가 되었다. 마술의 규모에 따라 정도는 다르지만, 기본적으로 어떤 마술이라도 발동하면 마나 바이오리듬이 카오스 쪽으로 기우는 건 피할 수 없었다.

그리고 카오스 상태일 때는 아무리 뛰어난 마술사라도 마술을 쓸 수 없었다.

이것은 마술의 절대적인 법칙이었다.

방금 글렌이 선보인 기책— 무모한 【라이트닝 피어스】 영창은 아마도 함정이었다. 레이크가 먼저 【블레이즈 버스트】를 완성했다면 글렌은 주저하지 않고 그 수수께끼의 봉인 마술을 써서 발동을 저지했을 것이다.

그렇게 되면 주문은 발동하지 않고 마나 바이오리듬만 카오스 상태가 된 레이크의 검이 한순간 움직임을 멈추었을 것이다. 그 순간을 노리고 뛰어난 격투 능력을 갖춘 글렌이 품속으로 파고든다면 그걸로 끝이었다.

그렇다고 해서 봉인 마술을 경계한 나머지 검으로 글렌을 요격했다면, 이번에는 글렌의 【라이트닝 피어스】가 레이크의 몸을 관통했을 것이다. 이제 와서 돌이켜 보면 글렌이 처음에 영창했던 꼴사나운 세 소절의 【블레이즈 버스트】 역시, 이 상황을 『유도』해내기 위한 포석이었으리라.

그 짧은 순간에 레이크에게 제시한 죽음의 선택지. 상대의 마나 바이오리듬 변동 폭까지 간파한 전술. 조금이라도 타이밍이 어긋났다면 목숨을 잃었을 상황인데도 그대로 강행하는 담력과 판단력.

"글렌이라고 했던가? 네놈, 대체 정체가 뭐지?"

이것은 이미 평범한 마술강사가 아니라 싸움에 익숙한 마도사만이 보일 수 있는 경지였다.

레이크는 글렌이 세 소절보다 빠르게 주문을 외울 수 없는데다가, 캐퍼시티도 평범한 삼류 마술사라는 인식을 고칠 수밖에 없었다. 마술사로서 삼류인 건 사실이지만, 자칫하면 이쪽이 사냥당할지도 모르는 『강적』이었다.

실제로 검에 【트라이 레지스트】를 인챈트해두지 않았다면 글렌의 【라이트닝 피어스】는 검을 관통해서 레이크의 숨통을 끊어놓았을 것이다.

"평범한 마술강사야. 계약직이지만."

"과연 그럴까…… 뭐, 좋다. 흠, 확실히 주문 봉쇄의 타이밍을 스스로 고를 수 있다는 점은 약간 골치 아프군."

"어때? 내가 어느 타이밍에 봉쇄할지 모르니까 적당한 주문을 써보는 건? 군용 어설트 스펠을 강력하게 추천하지."

"웃기는 소리. 네놈의 실력은 인정한다만, 같은 수가 두 번이나 통할 거라고 생각하지 마라."

"젠장, 역시 들통 난 거냐. 난 너 같은 타입은 진짜 싫어."

글렌이 토라진 것처럼 말했지만, 레이크는 오히려 얼음 같은 미소를 띠었다.

"반대로 난 너에게 경의를 표하마. 나를 상대로 여기까지 싸운 건 네놈이 처음이다."

'그야 그렇겠지.'

상대가 다름 아닌 글렌이기에 레이크는 봉인 마술을 경계하느라 전력을 다하지 못하고 있었다. 일반적인 상대였다면 본 골렘과 검 형태의 마도기, 그리고 어설트 스펠을 버무린 연속 공격으로 단숨에 해치웠으리라. 게다가 레이크는 아직 비장의 수를 감추고 있을지도 모른다. 이 남자가 마음껏 마술을 쓸 수 있다면 대체 그 누가 저항할 수 있을까. 글렌도 나름대로 괴물 같은 실력자들을 알고 있었지만, 그들의 실력으로도 이 남자와 싸워 이기는 이미지가 떠오르지 않았다.

'이 녀석과 정면으로 싸워서 이길 수 있는 건 세리카밖에 없는 거 아니야?'

그렇다면 이 남자는 터무니없는 괴물이었다.

'위험해……. 이걸 어쩌면 좋지?'

시스티나가 양손에 걸어준 【웨폰 인챈트】의 효력이 슬슬 떨어지려 하고 있었다. 손에 마력이 인챈트된 덕분에 마도기의 공세를 주먹으로 막을 수 있었다. 그것이 불가능하다면 상황은 단숨에 불리해진다. 【웨폰 인챈트】를 다시 거는 방법도 있지만, 빈틈을 노려서 세 소절이나 되는 주문을 영창할 여유는 없을 것이다. 하늘에 맡기고 시도한 【라이트닝 피어스】가 통하지 않은 게 참으로 안타까웠다.

'사실 아까 걸어준 【웨폰 인챈트】가 아직도 남아 있는 것 자체가 위협이 되고 있는 거겠지……. 하얀 고양이 녀석, 정말로 우수한 학생이었군. 성격은 건방지지만.'

글렌과는 타고난 재능이 다른 것이리라. 아직 미숙하지만 시스티나 피벨이라는 소녀는 틀림없는 천재였다.

'그렇다는 건 슬슬 각오를 다질 수밖에 없으려나…….'

글렌은 숨을 한차례 깊이 내쉬고 주먹을 겨누었다. 여느 때와 다름없는 권투 자세였다.

"훗. 뭔가 생각이 있는 모양이군."

글렌의 분위기에서 다음 한순간이 마지막이 될 것이라고 느낀 레이크는 빈틈없이 자세를 잡았다.

레이크가 손을 앞으로 내밀자 다섯 자루의 검이 글렌을 겨누었다.

공간에 긴장감이 퍼져 나간다.

마치 기온이 단숨에 빙점까지 떨어진 것 같았다.

침묵은 무한이자 찰나.

그리고―.

"―죽어라!"

"《~~ · ―!"

레이크가 다섯 자루의 검을 날리는 것과 글렌이 한 손으로 입을 가리고 주문을 외우기 시작한 건 동시였다.

"바보 같은 놈! 설령 그게 한 소절 영창이라도 이쪽이 더 빠르다!"

레이크가 선언한 대로였다.

세 소절 이하로 줄일 수 없는 글렌의 주문은 어떻게 해도 제시간에 맞출 수 없었다.

섬광처럼 날아드는 다섯 자루의 검.

그리고 날카로운 물건이 살을 찌르는 소리가 다섯 번.

글렌의 가슴을, 배를, 어깨를, 다리를, 팔을 검이 깊숙이 찔

렀다. 검이 명중하는 순간 간신히 몸을 움직여서 급소는 피했지만, 이미 결판은 났다.

―난 것처럼 보였다.

"―균형을 유지해·제로로 돌아가라》!"

하지만 온몸에 검이 박힌 채로 피를 토하면서도 글렌은 주문을 완성했다.

그 마술의 정체는―.

"뭐?! 【디스펠 포스】라고?!"

대상의 마력을 제거하고 무효화시키는 【디스펠 포스】를 발동한 것이다.

글렌의 몸에 박힌 검들이 【디스펠 포스】의 마력과 힘겨루기를 하며 새하얗게 달아올랐다.

"확실히 그 마술이 통하면 내 검은 잠시 동안 평범한 검으로 돌아가겠지만―."

하지만 이것은 악수(惡手)다. 이 마술은 원래 간이 인챈트를 해제하기 위한 술법이었다. 마력 증폭 회로가 탑재된 마도기의 마력을 디스펠하려면, 그야말로 바닥까지 고갈될 정도로 막대한 마력이 필요했다. 마술 전투에서 상대의 마도기에 【디스펠 포스】로 대처하는 건 절대로 해서는 안 되는 행동이었다.

아니나 다를까 글렌의 【디스펠 포스】는 검의 마력을 완전히 지우지 못했다. 검에 담긴 마력이 다소 줄어든 정도였다. 검을 원격으로 조종하는 데 지장은 거의 없었다.

수동 검을 글렌의 몸에서 뽑아서 그대로 목을 날려버린다. 전투는 그것으로 끝이리라.

"발버둥치는 건 여기까지다. 죽어라―."

레이크가 손을 든, 바로 그 순간이었다.

"《힘이여 무로 돌아가라》!"

엉뚱한 방향에서 전혀 예상하지 못한 주문이 날아왔다.

"아니?!"

복도의 아득히 먼 뒤쪽에서 낯익은 모습이 보였다.

시스티나였다. 어느새 그 자리에 서 있던 그녀가, 글렌이 디스펠하는 것에 맞춰 자신의 모든 마력을 담은 【디스펠 포스】를 날렸다.

레이크의 오산은 두 가지였다. 시스티나가 겁쟁이라는 것을 알았기에, 그대로 달아났을 거라 판단하고 되돌아올 가능성을 잊고 있었다는 점. 그리고 시스티나에게 이 정도의 기량과 캐퍼시티가 있다는 점이었다.

글렌과 시스티나가 발동한 【디스펠 포스】의 힘이 더해지자 지금까지 글렌을 괴롭히던 다섯 자루의 마도기는 평범한 검으로 전락했다.

"우오오오오오오오오오오!"

글렌은 그 순간을 놓치지 않고 온몸에 검이 박힌 채로 레이크를 향해 돌진했다.

"칫! 《눈뜨라 칼—.》"

"늦었어!"

다시 검에 마력을 불어넣어서 부유검을 재기동하려던 레이크보다, 글렌이 먼저 광대의 아르카나를 뽑아 들었다.

글렌의 오리지널 【광대의 세계】가 먼저 발동했다.

곧 이 자리의 모든 마술 발동이 봉인되었다.

"우오오오오오오오오오!"

글렌은 아르카나를 집어 던지며 자신의 어깨에 박힌 검을 뽑아 들었다.

그리고—.

"……."

정적. 글렌이 내지른 검은 레이크의 왼쪽 가슴, 급소를 완전히 관통했다.

철퍽, 하고 붉은색 액체가 바닥을 적셨다.

"……흥, 훌륭하다."

레이크는 조금도 움직이지 않았다. 꼿꼿이 서서 자신의 몸에 검을 찔러 넣은 상대에게 찬사를 보냈다.

비겁하게 기습했다는 불평은 없었다. 마술사는 기사가 아니다. 마술사의 싸움에서는 일 대 이가 되든 일 대 삼이 되든, 온갖 수단과 책략을 동원해서 상대를 함정에 빠뜨리고 생각을 앞지른 끝에 마지막까지 서 있는 자만이 정의이자 강자였기에……

"칫…… 기분 더러워지는 짓이나 하게 만들고……."

하지만 글렌은 승리의 여운과 흥분이 전혀 느껴지지 않는 씁쓸한 표정을 짓고 있었다.

"그런가…… 광대였나. 그랬던 거군."

레이크는 바닥에 떨어진 광대 아르카나를 힐끔 쳐다보더니 납득한 듯 중얼거렸다.

"얼마 전까지 제국 궁정 마술사단에 굉장한 실력의 마술사 킬러가 한 명 있었다고 하더군. 어떤 법칙이 작용한 건지는 알 수 없지만, 마술을 봉쇄하는 마술을 써서 반사회적인 마술 범죄자들을 일방적으로 죽이고 다닌 제국 직속의 암살자."

"……."

"활동 기간은 약 3년. 그 사이에 처리한 달인급 마술사는 명백히 드러난 숫자만으로도 스물넷. 그 누구나가 패배하는 모습을 상상할 수 없는 실력자들뿐. 뒷세계의 마술사들이라면 누구나 두려워했던 마술사 킬러, 코드 네임―『광대』."

"무슨 말이…… 하고 싶은 거지?"

어둡게 가라앉은 눈을 한 글렌의 질문에 레이크는 입가를 끌어올려서 처절하게 웃었다.

"글쎄?"

마지막으로 그 말을 남긴 레이크는 무너지듯 그 자리에서 쓰러졌다. 이제 숨을 쉬고 있지 않았다.

"자…… 그럼……."

레이크가 죽은 것을 확인한 글렌도 벽에 몸을 기대듯이 주
저앉았다.

"나도…… 여기까지……인가……."

슬슬 한계가 온 모양이다. 누군가가 달려오는 발소리와, 누
군가가 자신의 이름을 부르는 목소리를 멀어져가는 의식 속
에서 느끼면서ㅡ.

"참으로…… 시시한…… 인생……."

글렌의 의식은 어둠 속에 잠겼다.

제6장 백수였던 내가 전혀 의욕이 없었던 이유

　글렌 레이더스라는 남자에 관해 이야기해보도록 하자.

　지금으로부터 십몇 년 전. 당시에는 제국 궁정 마술사단의 일원으로 활동하던 세리카가, 어떤 사건에 의해 가족을 잃은 어린 소년을 한순간의 변덕으로 거두어들였다. 그것이 글렌이었다.

　세리카는 살아가기 위한 수단 중 한 가지로서 어린 글렌에게 마술을 가르치기 시작했고, 당시의 글렌은 신비한 마술의 세계에 마음이 끌리게 되었다. 마술사로서 특별히 우수한 재능은 없었지만, 무척 공부를 열심히 하고 진심으로 마술을 사랑하는 글렌에게 세리카는 가족과 다름없는 사랑을 베풀게 되었다.

　이윽고 글렌은 알자노 제국 마술학원에 다니게 되었다. 그의 묘한 재능이 밝혀진 건 그 무렵이었다. 그는 어째선지 변화의 정체(停滯)와 정지를 촉진하는 술식에 강한 친화성을 가지고 있었다. 변화의 정체와 정지. 그것이 글렌의 마술 특성^{퍼스널리티}이었다. 하지만 변화를 일으키는 것이 목적인 마술사에게 그 퍼스널리티는 아무런 도움이 되지 않는 재능이었다.

그리고 마침내 글렌의 졸업이 가까워지자, 졸업 마술 논문 주제로 고민하던 글렌은 자신의 퍼스널리티를 이용해서 어떤 오리지널을 만들어냈다. 【광대의 세계】의 탄생이었다. 마술사로서는 평범하고 별다른 공적도 없었던 글렌은 그 마술을 논문으로 정리해서 발표했다.

하지만 세간의 마술사들은 한결같이 쓸모없는 마술이라며 비웃었다. 인정머리 없는 교수들은 그대로 논문을 불태웠고, 글렌이 오리지널을 만들어냈다는 사실은 기록조차 남지 않게 되었다.

하지만 그 쓸모없는 마술에서 유일무이한 가치를 발견해낸 조직이 있었다. 그들은 다름 아닌 명망 높은 제국 궁전 마술사단. 여왕 폐하의 심복 중 하나인 제국 최강의 마술사 집단이었다.

글렌은 학원을 졸업한 후, 제국 궁전 마술사단에 은밀히 스카우트되었다. 세리카는 기쁨의 눈물을 흘리며 훌륭하게 출세한 글렌을 뒷바라지하고 축복했다. 글렌도 자신의 힘을 세상을 위해 쓸 수 있다는 사실에 자긍심을 느꼈다.

그리고…….

글렌에게는 지옥과도 같은 나날이 시작되었다―.

"으…… 으윽……."

글렌은 눈을 떴다. 기분은 최악. 머리는 어질어질하고 온몸은 금이라도 간 것처럼 욱신욱신 아팠다. 하지만 통증이 있다는 건 살아 있다는 증거였다.

"여긴…… 어디지……?"

아무래도 자신은 침대 위에 누워 있는 모양이다. 소독약 냄새가 났다. 흰색으로 통일된 천장과 벽을 보아하니 여기는 학원의 의무실인 듯했다.

"아…… 정신이 드셨어요……?"

침대 옆의 의자에 앉아 있는 시스티나가 글렌의 몸에 두 손바닥을 대고 있었다. 그 손에는 치유 마술인 【라이프 업】의 따스한 빛이 깃들어 있었다.

"다, 다행이다……. 이제, 틀린 줄 알았는데……."

시스티나의 눈가에 서서히 눈물이 맺히기 시작했다.

"선생님은 바보…… 진짜…… 진짜 바보예요……. 그런 무모한 짓을 하시다니……."

아무래도 시스티나가 여기까지 옮겨서 응급 치료를 해준 모양이다. 글렌이 자신의 몸을 내려다보니 상처가 깊은 몸 여기저기에 피로 물든 붕대가 감겨 있었다.

한편으로 시스티나의 상태도 이래저래 좋지 않았다. 피투성이인 글렌의 몸을 나르느라 얼굴과 머리카락에 끈적한 피가 달라붙어 있었다. 이래서야 예쁜 얼굴이 아깝다. 그리고 아마 글렌이 의식을 잃은 동안 계속 【라이프 업】을 걸었던 것이리라. 표정에는 짙은 피로가 배어 있었고, 여기저기에 맺힌 식은

땀과 창백한 안색은 마나 결핍증의 조짐이었다.

"그만해…… 이제, 됐어…… 괜찮……으니까……."

몸을 일으키려는 글렌을 시스티나가 황급히 막았다.

"괘, 괜찮을 리가 없잖아요! 겨우 출혈은 멈췄지만 상처는 전혀 아물지 않았다구요?!"

"그렇지 않아도…… 【디스펠 포스】로 대량의 마력을 소비했을 텐데……. 너, 그러다 죽어……."

"그 전에 당신이 먼저 죽을 거라구요! 제발 부탁이니까 얌전히 계세요!"

"하지……만……."

"하아…… 정말이지. 전 아직 괜찮아요. 이 펜던트의 마정석에 조금씩 저축해둔 예비 마력이 남아 있으니까요."

시스티나는 그렇게 말하며 결정으로 된 펜던트를 글렌에게 보여주었다.

"그것보다 지금 문제는 선생님이에요. 아직 적은 한 명 이상 남아 있으니까…… 당신을 한시라도 빨리 움직일 수 있게 하지 않으면……."

시스티나의 말이 타당하다고 깨달은 모양인지 글렌은 토라진 듯 시선을 피했다.

"그래…… 회복을 부탁하마. 미안……."

"하아…… 평소에도 이렇게 고분고분하면 얼마나 좋아……."

시스티나는 한숨을 내쉬고 【라이프 업】 시술을 계속했다.

하지만 언제까지 이렇게 있을 수 있을까. 지금 바로 이 순간, 적의 추격이 시작되었어도 이상하지 않은 상황이었다. 자신이 적이라면 틀림없이 이 기회를 노릴 것이다.

글렌은 그런 긴장감 속에서 감도는 침묵을 깨뜨리듯 중얼거렸다.

"그러고 보니…… 너…… 용케도 내 의도를 파악했더라……?"

"【디스펠 포스】의 중첩 발동 말인가요? 안타깝지만 저도 선생님의 황당무계한 사고 패턴을 읽을 수 있게 된 모양이더라구요."

이 남자를 만난 이후로 벌써 몇 번째 내쉬는 건지 모를 한숨이 흘러나왔다.

"만약 정말로 절 달아나게 하려는 의도였다면, 일일이 저에게 남은 마력량을 물어보거나 『그럼 됐다』라고 말씀하실 필요는 없었을 테니까요."

"하하…… 아마 7할 정도는…… 글렀을 거라고…… 생각했다만……."

"여기서 『널 믿고 있었다』는 말은 절대로 안 하시는 점이 선생님답네요. ……정말이지."

"넌 정말로…… 우수한 학생이었군……."

"건방지지만요?"

"내가 할 말을…… 먼저 하지 마……."

"예, 예. 어련하시겠어요."

시스타나는 아주 조금이지만 안심했다. 이렇게 입이 살아 있는 걸 보아하니 당장 어떻게 될 일은 없으리라. 물론 이런 응급조치가 아니라 한시라도 빨리 진짜 의사나 백마술 전문가에게 보일 필요가 있었다.

"기분은 어떠세요? 선생님."

"아파……. 온몸이 엄청나게 아파…… 울고 싶어."

"그래도 아까보다는 많이 나을걸요? 【슬립 사운드】의 효과를 조절해서 마취했으니까요."

"아프니까, 잘래. 지금의 나는…… 어차피…… 아무것도 못 할 테니까……."

"우와, 갑자기 태도가 돌변하시는 것 좀 봐."

"너…… 만약 내가 자는 사이에…… 적이 오면…… 날 두고…… 달아나라…… 알겠지?"

"그럴 수 있을 리가 없잖아요. ……선생님?"

갑자기 편안한 숨소리가 들리기 시작했다.

글렌이 또 의식을 잃은 모양이다.

그리고 시간은 천천히 흘러갔다.

부디 적이 이 순간을 노리고 습격해 오지 않기를. 시스타나는 평소에 좀처럼 기도하지 않는 신에게 기도하며 계속 【라이프 업】을 유지했다. 의식은 어느 쪽으로도 치우침이 없게, 호흡을 가다듬으면서 마력을 천천히 방출한다.

얼마나 시간이 지났을까.

"……정의의…… 마법사가…… 되고 싶었어……."

"예?"

갑자기 들려온 가느다란 목소리에 변함없는 상태를 유지하고 있던 시스티나의 의식이 현실로 되돌아왔다.

그녀가 시선을 돌리자 글렌은 어렴풋이 눈을 뜨고 있었다.

하지만 의식은 아무래도 몽롱한 모양이다. 눈에 초점이 맞지 않았다.

"그래서 그때는…… 꿈이 이뤄졌다고…… 생각했어……."

"……선생님?"

"처음에는…… 자랑스러웠어……."

무슨 꿈이라도 꾸고 있는 것일까.

글렌은 이해할 수 없는 내용을 두서없이 중얼거리고 있었다.

"하지만…… 두 명째부터는…… 뭔가, 이상하다는…… 생각이 들기 시작하더군……."

"……응?"

"……세 명째부터…… 확실히…… 자각했지……."

시스티나는 조용히 글렌의 말에 귀를 기울였다.

"모두가…… 날…… 영웅이라고…… 확실히…… 많은 사람이…… 구원받았지만…… 그래도…… 난…… 역시…… 맞지 않는구나…… 싶었어."

그 말을 마지막으로 글렌은 입을 다물었다. 다시 깊은 잠에 빠진 모양이다.

"선생님……?"

시스티나는 글렌의 입에서 흘러나온 말들을 이해할 수 없었기 때문에, 단편적인 정보에서 추측해볼 수밖에 없었다. 글렌이 과거에는 제국군에 있었을지도 모른다는 점. 마술사와의 전투에 특화한 오리지널. 지나칠 정도의 마술 혐오증. 마술을 살인의 도구라고 주장하는 편중된 사고방식. 그리고…… 방금 중얼거린 말.

"글렌 선생님……이라."

시스티나는 치유 마술을 유지하면서 단순히 불성실한 데다 게으른 남자라고 평가했던 글렌을 다시 생각해보게 되었다.

얼마나 잠들었던 걸까.

완전한 어둠 속에 잠긴 세계 어딘가에서 의식 한구석을 찌르는 소리가 들려왔다.

금속을 두드리는 듯한 공명음.

대체 이건 무슨 소리일까.

기억의 밑바닥에서 건져 올리듯, 천천히 그 소리의 정체를 깨닫는다.

중간에 의식이 완전히 각성한 글렌은 침대에서 벌떡 일어났다.

"으앗?! 대체 몇 시간이 지난 거지?!"

대답은 없었다. 시선을 돌리자 시스티나는 완전히 기진맥진한 얼굴로 침대에 엎드린 채 깊이 잠들어 있었다. 그저 금속을 맞부딪히는 공명음만 방 안에 계속 울려 퍼지고 있었다.

"칫!"

일단 상황을 확인하는 건 나중이었다.

글렌은 주머니에서 착신음을 울리는 보석을 꺼내 귀에 가져다 댔다.

"세리카냐?"

『글렌?!』

보석 건너편에서 숨을 삼키는 기척이 느껴졌다.

『다행이다……. 걱정했다고, 이 바보 녀석.』

그 목소리가 약간 떨렸다.

『몇 번이나 시도해도 연결이 되지 않아서…… 무슨 일이 생긴 줄만 알고…….』

"미안, 사정이 있었어. 그래도 간신히 목숨은 붙어 있군."

『설마…… 적과 싸웠던 거냐?』

세리카의 목소리가 딱딱해졌다.

"……응. 덕분에 이쪽에는 진전이 있었어. 적 마술사 중 하나를…… 죽였으니까."

『……그런가.』

감정이 실리지 않은 의기소침한 목소리가 되돌아왔지만, 글렌은 애써 무시하고 이야기를 진행했다.

"이것으로 확인된 적 마술사는 전원 무력화했어. 남은 건 미확인 마술사…… 아마 이 사건의 흑막이겠지. 따로 끌려간 학생은 아마 그 녀석과 같이 있을 거야. 그쪽의 상황은?"

『일단 이쪽에서 전이를 시도해봤다. 하지만 역시 무리더군. 예상했던 대로 학원 안에 있는 전송 법진은 이미 파괴됐나 봐. 참 나…… 전송 법진을 하나 구축하는데 얼마나 많은 돈과, 시간과, 소재와, 촉매가 필요한지 알기나 해? 국가 재산이라고. 더 소중히 하란 말이다. ……하긴 테러리스트에게 이런 말을 해봤자 무슨 소용이 있겠냐만.』

"……그런가. 안타깝군. 네가 있었다면 쉽게 정리됐을 텐데."

『그리고 드디어 제국 궁정 마술사단이 움직였다. 지금 그쪽 지부에서 편성된 마술 테러 대책 부대가 학원 정문에서 결계를 해제하는 데 안간힘을 쓰고 있다더군. 돌입하려면 아직 시간이 필요하다는 모양이야.』

"그 녀석들이 와 있는 거야? ……아니, 그것보다 역시 궁정 마술사단이라도 간단히는 해제할 수 없는 건가?"

『그래. 확실히 말해서 이번 사건의 주모자는 이 분야…… 공간 계통 마술에 관해서는 보기 드문 천재다. 나도 아직 공부가 부족하다는 걸 뼈저리게 느꼈지.』

"진짜? 네가 그렇게까지 말할 정도라니……."

『뭐, 내 전문 분야는 너도 알다시피 전쟁이니까. 신 한두 마리쯤이라면 죽일 수 있지만, 이런 세세한 건 도무지 성미에 맞지를 않아. 셉텐데…… 인간을 그만둔 정도로 모든 것을 깨우칠 수 있을 만큼 마술의 바닥은 얕지 않다는 거다.』

세리카의 씁쓸한 중얼거림을 들은 글렌은 고뇌했다. 역시 생각이 짧았던 것일까. 그 부적을 남겨뒀어야 했나. 한순간 그런 생각이 머릿속을 스쳐 지나갔다.

하지만 자신이 앞뒤 사정 볼 것 없이 돌입한 덕분에 시스티나를 구해낸 것도 사실이었다. 그 위험한 마술사 2인조 — 특히 인간으로서 분별이 없는 양아치 같은 남자 — 를 초기에 무력화하지 않았다면 다른 쉰 명에 가까운 인질 중에서도 피해자가 나왔을지 몰랐다.

지나간 일은 됐다. 중요한 건 앞으로 어떻게 해야 하느냐다.

글렌은 기분을 전환하고 세리카에게 질문을 계속했다.

"그런데 학원 내부에 있을지도 모르는 배신자 말인데…… 뭔가 알아낸 건 있어?"

『아니. 학회에 참가한 교수와 강사들은 모두 확인 했지만, 부자연스럽게 모습을 감춘 녀석은 없었다. 전원 다 있더군.』

"진짜……?"

『아니, 배신자가 존재할 가능성을 완전히 무시할 수는 없다. 예를 들면 마도 시큐리티의 술식을 훔쳐서 놈들에게 흘리는 방식으로 협력했을지도 모르니까.』

"어찌 됐든 이 학원 어딘가에 숨어 있는 적은 미지의 상대라 이건가."

『……그래.』

골치가 아프기 시작했다. 아직 그 목적을 알 수 없는 정체

불명의 적. 대체 어떻게 대처해야 좋을까. 애당초 놈들은 이 학원 어디에 숨어 있는 것일까. 학원은 넓다. 부지 안에는 학교 건물뿐만 아니라 숲이나 고대 유적 같은 장소도 있었다. 일일이 확인하다간 날이 저물 것이다.

"젠장…… 놈들의 목적은 대체 뭐냐고!"

글렌이 자기도 모르게 독설을 내뱉었을 때였다.

『그러고 보니 한 가지 묘한 점이 있더군…….』

세리카가 뭔가 생각났다는 듯 말했다.

"뭐가?"

『제도의 모노리스 형 마도 연산기로 마력 회선을 통해, 그쪽 결계의 자세한 상황을 살짝 조사해봤다만…… 묘한 점을 알아냈다.』

"묘한 점?"

『학원을 봉쇄한 그 결계는 안쪽에서 바깥쪽으로는 나갈 수 없게 되어 있더군. 그런 수단이 마련되지 않았어.』

"뭐? 그럴 리가 없잖아. 놈들은 밖에서 안으로 들어오기 위한 열쇠를 준비했었다고? 그렇다면 밖으로 나가기 위한 열쇠도 있는 게 당연하잖아."

『일반적으로 생각하면 그렇겠지. 하지만 그 폐쇄 결계에 한해서는 안으로 들어간 이상 밖으로 나오는 건 불가능해. 결계를 억지로 뿌리째 파괴하지 않는 한은.』

"그렇다면 놈들은 목적을 달성한 후에 어떻게 나가려고 한 거지?"

『몰라.』

"모르겠다니, 너—."

그때였다. 갑자기 글렌의 머릿속에 한 가지 가능성이 섬광처럼 떠올랐다.

"아니, 잠깐 기다려봐⋯⋯."

글렌은 주머니에서 회중시계를 꺼내 시간을 확인했다. 하지만 검은 코트의 남자와 싸우다가 망가진 건지 시곗바늘은 열두 시를 넘은 시점에서 멈춰 있었다.

"세리카. 지금 몇 시지?"

『뭐?』

"질문은 됐으니까 대답해. 내 시계는 아무래도 망가진 것 같으니까."

『⋯⋯방금 막 17시를 지난 참이다. 그게 어쨌다는 거지?』

즉, 자신은 다섯 시간 가까이 자고 있었다는 뜻이었다. 명백히 부자연스러웠다. 그 검은 코트의 남자는 진과 싸움이 끝나자마자 습격해 왔었다. 적이 자신들의 흔적을 놓쳤을 가능성도 있지만, 이렇게까지 오랫동안 내버려 두는 건 아무래도 이상했다.

"이봐, 세리카. 전송 법진은 정말로 파괴된 거야?"

『응? 쓸 수 없으니 파괴된 게 당연하지 않나? 이쪽의 법진을 기동해도 그쪽의 법진에서는 반응이 없었으니까. 애초에 농성 테러는 가장 먼저 전송 법진을 파괴하는 것이 정석—.』

"파괴한 게 아니라 전이하는 장소의 설정이 바뀐 거라면? 학원과 제도가 아니라, 학원과 다른 장소에 구축해놓은 법진과 이어지도록 설정을 변경한 거라면—."

『아하하, 그거야말로 말도 안 되지. 전송 법진이라는 건 처음부터 특정한 장소만 왕래할 수 있도록 구축해놓은 물건이야. 파괴하는 거라면 또 모르지만, 한 번 완전히 구축된 전송 법진의 설정을 바꾸는 건 나도 무리—.』

"학원의 결계를 조작한 흑막이라면 어떨까? 너희들이 한수 접어주는 공간 계통 마술의 천재잖아? 그 녀석이라도 불가능할까?"

글렌의 질문에 세리카는 한순간 말문이 막혔다.

『아니, 설마 그런…… 말도 안 돼……. 하지만…… 어쩌면 그 녀석이라면…….』

"세리카. 계산은 나중에 해. 네가 이 흑막이 된 시점에서 생각해봐. 무슨 수단을 써도 괜찮다는 걸 전제로 이 법진의 설정을 변경하려면 시간이 어느 정도 걸릴 것 같아?"

『음, 사전에 술식에 대해 숙지한 상태로 도구와 소재가 갖춰져 있고…… 그 녀석의 기량이 내가 가정하는 대로라면…… 다섯 시간…… 아니, 여섯 시간 정도일까?』

"그거다!"

『아, 잠깐?! 그게 무슨—.』

글렌은 억지로 통신을 끊고 보석을 주머니에 쑤셔 넣었다. 그 후, 침대 옆 테이블 위에 있는 광대의 아르카나를 움켜쥐고 침대 위에서 뛰어 내려왔다.

몸 상태를 확인해보니 이곳저곳이 경련하는 데다가 엄청나게 고통스러웠다. 간신히 움직이는 것만 가능한 정도. 심하게 움직이면 상처가 다시 벌어지리라. 하지만 이 만큼 회복한 것만으로도 나름 만족스러웠다.

"고맙다, **시스티나**. 네가 있어줘서 정말 다행이야."

글렌은 잠든 시스티나의 머리를 난폭하게 쓰다듬은 후, 의무실 밖으로 뛰쳐나왔다.

"아마 이런 시나리오인 거겠지."

글렌은 지금 낼 수 있는 전속력으로 교내를 달리면서 생각했다.

한걸음 내디딜 때마다 상처가 벌어져서 피가 배어 나오기 시작했지만, 그런 걸 신경 쓰고 있을 짬은 없었다.

"흑막은 어제 미리 교내 어딘가에 숨어 있었을 거야. 후보로 들 수 있는 건 지하 미궁 정도겠지. 그리고 어젯밤에는 세리카를 비롯한 교직원들이 전송 법진을 써서 제도로 출발. 텅 빈 한밤중의 학원에서 행동을 개시한 흑막은 결계를 하룻밤에 걸쳐서 조작했을 터."

길모퉁이를 돌았다. 교정이 시야 옆에서 세찬 물처럼 흘러

지나갔다.

"그다음에 저지른 건 전송 법진의 개변이다. 하지만 이건 고가의 소재와 전용 도구가 필요해. 아마 사전에 반입하는 건 불가능했을 터. 용도가 한정된 마도구를 반입했다간 학원에 들킬 가능성이 있어. 그래서 계획 당일인 오늘 그 검은 코트와 양아치에게 들고 오게 한 거겠지. 2인조는 계획했던 대로 학생들을 구속하고 루미아를 확보. 동시에 흑막은 전송 법진을 개변하기 시작."

교정을 주파하고 나무가 늘어선 가로수 길을 직진해서 목적지에 접근했다.

"흑막의 오산은 난데없이 등장한 내가 협력자 세 명을 전부 쓰러뜨린 거겠지. 그놈은 법진을 개변하느라 손을 뗄 수 없는 상황. 몇 시간 동안이나 정신을 잃고 있었던 나에게 손을 대지 않은 건…… 손을 댈 여유가 없었을 뿐. 법진이 완성되면 흑막은 루미아를 데리고 탈출. 밖에 있는 녀석들이 폐쇄 결계를 해제하는 데 애먹고 있는 사이에 유유히 도주. 아니…… 그걸로 끝이 아니겠지. 탈출하는 김에 폭정석 같은 걸 써서 한곳에 모아둔 인질을 한꺼번에 날려버리면, 시체의 신원을 판별하는 데 시간이 걸려서 루미아를 추적하는 건 더더욱 곤란해져. 놈들이라면 충분히 저지르고도 남아."

다시 말해, 이건 루미아 개인을 노린 유괴 사건이었다.

농성 테러를 가장하고 저지른 교묘한 이중 범죄.

"아니, 결론을 내는 건 아직 일러. 이 시나리오대로라면 앞 뒤가 맞지 않는 점이 두 가지 있어."

첫 번째는 루미아다. 유괴가 목적이라면 이런 번거로운 방법이 아니라 평범하게 유괴했으면 됐을 터. 흔적이 남는 걸 경계한 걸지도 모르지만, 그렇다 쳐도 방식이 너무 거창했다. 루미아 개인을 특정해서 노린 목적도 아직 불분명했다.

두 번째는 학원 내부에 있는 배신자였다. 이 계획을 실행하려면 반드시 학원 내부에 배신자가 필요했다. 협력하는 것만으로는 부족하다. 흑막이 미리 학원 안의 어딘가에 잠복해야 한다는 조건을 달성할 수 없었다. 하지만 세리카의 말에 따르면 학원 내부에 배신자는 없었다고 했다.

"또, 생각이 짧았나……."

왠지 이제 와서 자신의 판단이 틀린 기분이 들기 시작했다. 하지만 어찌 됐든 현시점에서 가장 수상한 건 전송 법진이 있는 장소— 전송탑이었다. 확인해볼 가치는 충분히 있었다.

그리고 곧 예상이 확신으로 변했다.

우뚝 선 백아의 탑이 눈앞에 그 위용을 드러냈을 때, 탑으로 이어지는 가로수 길에는 수많은 골렘이 배회하고 있었다.

마치 돌을 쌓아 올려서 만든 거인 모습의 골렘들.

그들은 학원을 수호하는 가디언 골렘이었다. 이 골렘들은 평소에는 산산이 흩어진 돌멩이의 형태로 풍경의 일부를 이루고 있지만, 학원에 이상 사태가 발생한 경우에는 자동으로 인간 형태로 변하여 침입자를 요격하는— 그런 시스템으로 되어 있었다.

그런 역할밖에 주어지지 않았을 터인 골렘들이 탑을 지키려는 듯 부자연스럽게 모여 있었다.

"좋았어! 빙고! 그런데…… 끝에 와서 이렇게 나오기냐……."

글렌은 울고 싶어졌다.

언뜻 봐도 만만치 않을 것 같은 수많은 가디언 골렘이 글렌의 접근을 눈치채고 요격 태세를 취하기 시작했다. 그들은 당연히 적의 편이었다. 학원의 마도 시큐리티를 완전히 장악했다는 것은 곧 이런 뜻이다.

"에잇, 그래! 이렇게 될 줄 알았다고! 비켜! 떨거지들아!"

글렌은 각오를 다지고 골렘 무리를 향해 돌진하면서 주문을 영창했다.

"《홍련의 사자여·분노에 몸을 맡기고·사납게 울부짖어라》!"

먼저 선수를 취했다.

흑마 【블레이즈 버스트】.

왼손에 생성된 화염구를 골렘 무리의 중심에 집어 던졌다.

고속으로 포물선을 그리며 날아가던 화염구가 명중했다.

폭음과 동시에 폭발과 폭염이 착탄 지점을 중심으로 사납게 폭풍을 일으켰다.

직격당한 골렘 한 대가 산산이 부서졌다.

"뜨아아~! 예상은 했지만 이 자식들 너무 단단하잖아?! 무거워! 성가시다고!"

그 주위에 있는 골렘들은 표면이 약간 그을린 정도였다. 이 정도로 사납게 날뛰는 폭풍 한가운데에서도 균형조차 잃지 않았다.

직격이라면 해치울 수 있는 모양이지만, 원래【블레이즈 버스트】는 무차별 범위 공격 주문이었다. 그 위력에 비례하듯 마력 소비량도 심상치 않았다.

이렇게나 많은 수의 골렘을 일일이 흑마【블레이즈 버스트】로 상대하다간 글렌의 마력이 먼저 고갈되리라.

"야, 이봐, 어떻게 할 거야! 어떻게 할 거냐고! 글렌! 마, 맞아.【블레이즈 버스트】가 무리라면【라이트닝 피어스】로 한꺼번에 관통— 아니, 그런 작은 구멍으로 어떻게 될 놈들이 아니잖아?! 난 바본가?! 역시 여기서는 내 초필살기인【익스팅션 레이】로— 아차, 없잖아?! 촉매가 이제 없어! 마력도 없고! 아, 진짜 이걸 대체 어쩌라는 거냐고오오오?!"

초조함 때문에 가벼운 혼란 상태에 빠진 글렌은 시끄럽게 악을 쓰면서 골렘들을 향해 계속 돌진했다.

글렌과 골렘 무리의 간격이 점점 좁아졌다.

"진정해……. 생각해……. 생각하라고……. 냉정히 생각하면 분명 이 상황을 돌파할 수 있는 마술이 있을 거야……. 진정해……. 생각해……. 아니, 생각할 틈이 없잖아아아아아아아?!"

정신을 차리고 보니 골렘들은 이미 글렌의 바로 눈앞까지

육박해 있었다.

인간의 두세 배는 될 법한 거구를 자랑하는 골렘들은 이미 자신들의 팔이 닿는 거리에 글렌을 포착하고 있었다.

그들은 밑에 있는 글렌을 향해 일제히 주먹을 치켜들고, 그대로 내리쳤다.

한 방이라도 맞으면 박살 확정인 치명적인 공격이 글렌의 머리 위에서 소나기처럼 쏟아졌다.

"으아아아아아아아! 이제 몰라! 강행 돌파! 될 대로 되라!"

글렌은 뒤집힌 목소리로 비명을 지르면서 머리 위에서 쏟아지는 주먹의 공격을 앞으로 굴러서 피하고, 정면에서 날아오는 주먹을 도약해서 피하고, 옆으로 휘두르는 주먹을 슬라이딩으로 피했다.

이제 잔재주는 부릴 수 없었다.

글렌은 골렘들 사이를 빠져나오면서 거대한 주먹들이 만들어내는 폭풍을 몸동작만으로 피했다.

지금까지의 수련으로 얻은 직감과 호흡만을 사용해 몸을 움직였다.

쿵, 쿵, 쿵.

불규칙하게 바닥을 내리치는 돌주먹의 파쇄음이 학원 부지 안에 메아리쳤다.

돌바닥이 뒤집히는 바람에 돌기둥이 솟구쳤다. 수많은 크레이터가 바닥에 입을 벌렸다.

그 위력 때문에 튀는 모래와 돌조각이 사방에서 인정사정없이 글렌의 몸을 두드렸다.

때때로 돌주먹이 글렌의 몸을 스칠 때마다 뼈에는 금이 갔다.

흙먼지와 피로 범벅이 되면서도 글렌은 다리를 멈추지 않았다.

밀려오는 해일 같이 압도적인 질량을 자랑하는 바위 군단의 틈새를 바느질하는 것처럼 춤추듯이 돌파했다.

"으아아아아아아아아아아아아앗!"

이제 탑의 입구는 바로 코앞.

하지만 고작 그 정도의 거리가 지금은 한없이 길게 느껴졌다.

그리고—.

"아~ 진짜! 나중에 반드시 학원에서 산재 보상을 뜯어낼 테다. 빌어먹을······."

글렌은 쿵, 쿵 발소리를 울리며 천천히 전송탑 내부의 나선 계단을 오르고 있었다.

이제 시간이 얼마 없는데도 몸이 전혀 말을 듣지 않았다. 그 상황이 참으로 답답했다.

"제길······ 어째서 내가 이런 꼴을······ 이러니까 일하는 게 싫었던 거라고······. 난 이 싸움이 끝나면 은둔형 폐인으로 돌아갈 거야······. 계속 세리카에게 빌붙어서 살 거라고······."

끊임없이 푸념을 내뱉지 않으면 의식이 날아갈 것 같았다.

기적으로 골렘의 방어선을 돌파한 글렌은 전송탑 내부에

침입하는 데 성공했다.

하지만 겨우 아물었던 온몸의 상처가 완전히 벌어졌다. 새롭게 타박상과 열상도 늘어났다. 흐르는 피가 돌바닥과 몸을 기댄 돌벽에 붉은 꼬리를 그리고 있었다.

마침내 글렌은 조명이 침침한 나선 돌계단을 끝까지 올라왔다.

정면에는 최상층의 큰 방— 전송 법진이 있는 방이 있었다.

"으라차!"

쾅! 하고 문을 발로 걷어차서 열었다. 방 안은 어두컴컴했다.

"이 몸, 등장! 이봐, 거기 있는 거지? 이제 슬슬 이 바보 같은 소동을 끝내자고."

"……선생님?! 그 목소리는 선생님!"

이 어둠 속 어딘가에 루미아가 있는 모양이다. 목소리가 들렸다.

"다, 다행이다……. 무사하셨던 거군요!"

"야, 너 말이다. 이게 무사한 걸로 보이면 병원에 가봐라……."

글렌은 빈정거리듯 농담을 던지며 비틀거리는 움직임으로 방 안에 들어갔다.

점점 눈이 어둠에 익숙해졌다.

이윽고 어둠 속에서 떠오르듯 나타난 건 20대 중반 정도의 미남이었다. 부드러운 금발, 시원스럽고 단정한 용모. 짙은 흑청색의 눈동자를 가진 미청년이었다.

처음 보는 얼굴이었다. 적어도 이 학원에서 계약직 강사로 일하게 된 후로는 본 적이 없는 남자였다. 역시 학원 내부에 배신자는 없었던 모양이다. 이제 와서는 상관없는 이야기지만…….

"네가 흑막이냐?"

"예, 그렇습니다."

청년은 흔들리지 않고 온화하게 대답했다.

"……참 나, 미남이라는 것만으로도 유죄인데 이렇게까지 다른 죄를 늘릴 줄이야……. 이 마음씨 고운 글렌 선생님도 인내심에 한계가 왔단다. 철권제재다. 각오해."

"하하하, 같은 교육자로서 하는 말이지만 체벌은 좋지 않습니다."

글렌은 청년의 주위를 확인했다. 움직이고 있는 마도기 같은 건 없었다.

청년은 그저 가만히 서서 글렌을 흘겨보고 있을 뿐.

선수 필승. 글렌은 그렇게 판단을 내렸다. 망설이지 않고 광대 아르카나를 뽑아 들었다.

"이걸로 끝이다."

약간 맥이 빠지지만 오리지널 【광대의 세계】는 확실히 발동했다. 이제 저 청년이 어떤 비술을 가지고 있어도 소용없었다. 발동은 불가능했다.

"안타깝게 됐군. 내가 이겼—"

"—제가 이겼군요."

하지만 글렌보다 먼저 승리 선언을 한 건 청년 쪽이었다.

"뭐라고?"

"그야말로 신의 장난일까요? 설마 마지막에 와서 이런 게임이 성립할 줄이야."

"이봐, 그게 무슨 소리야?"

"사실 전 전투형 마술사가 아닙니다. 원래 제 힘으로는 아무리 발버둥을 쳐도 당신을 이길 수 없었겠지요. 하지만 당신이 그 【광대의 세계】를 발동해준 덕분에 저에게 승산이 생긴 겁니다."

"웃기지 마! 질문에 대답해! 그게 대체 무슨······."

그제야 완전히 어둠에 익숙해진 글렌은 방 안의 상태를 파악했다.

청년을 사이에 둔 건너편. 루미아는 거기에 있었다. 마술에 몸이 구속당하고 마술이 봉인된 상태로, 작동 중인 전송 법진 위에서 몸을 웅크리고 있었다. 저 전송 법진은 아무래도 타이머 식인 모양이다. 특정 시간이 지나면 법진 위에 있는 존재를 지정된 좌표로 보내는 방식이리라. 빛나는 룬의 숫자가 시시각각 제로를 향해 줄어들고 있었다.

이건 괜찮다. 그나마 예상했던 범위 안이었다.

문제는 청년 쪽이었다. 청년의 발밑에도 루미아처럼 법진이 구축되어 있었다. 하지만 어째선지 마력로— 빛의 선이 바닥을 따라 루미아가 있는 전송 법진과 연결되어 있었다. 그리고 그 법진의 정체를 눈치챈 글렌은 아연실색했다.

"백마 의식【새크리파이스】— 환혼(換魂)의 의식이라고?!"

"예."

청년은 온화하게 미소 지었다.

"이제 곧 루미아 양은 법진의 힘으로 우리 조직이 있는 곳에 전송되겠지요. 그것을 계기로 제 영혼과 이어진 이 법진도 효과를 발동해, 제 영혼을 먹어치우는 대가로 막대한 마력을 연성해서 이 학원의 모든 것을 폭파할 겁니다. 제 영혼은 처음부터 이걸 목적으로 마술적인 조정이 되어 있으니 그 정도의 위력은 나오겠지요."

"뭐?"

"예, 전 폭탄입니다."

"너, 너 대체 무슨 생각으로 이런 짓을?!"

그것이 마치 당연한 것처럼 말하는 청년에게 글렌은 몸서리치지 않을 수 없었다.

"넌 처음부터 죽을 작정으로 이런 짓을 벌인 거냐?!"

"예. 그게 바로 제가 존재하는 이유니까요."

그 순간, 루미아가 비통한 목소리로 외쳤다.

"이런 짓은…… 이제 그만두세요! 휴이 선생님!"

"휴이?"

들어본 적이 있는 이름이었다.

"분명 내 전임…… 행방불명됐다는…… 아! 그런 거였나!"

"어째서 이런 짓을 하시는 거죠?! 휴이 선생님! 당신은 훌륭한 선생님이셨잖아요! 이런 짓을 할 분이 아니셨는데……!"

"미안하군요, 루미아 양. 안타깝지만 전 처음부터 이런 인간이었답니다."

휘이는 미안한 듯 시선을 내리깔고 말했다.

"왕족, 혹은 정부 쪽 중요 인사의 가족. 만약 그런 분이 이 학원에 입학했을 때, 그 인물을 자폭 테러로 살해하기 위해 10년 이상 전부터 학원의 관계자로 들여보낸 인간 폭탄. 그게 바로 저니까요."

"바보 같은…… 그런 확실하지도 않은 일을 목적으로 그렇게 옛날부터 준비를 했다는 거야?!"

"예, 그렇습니다."

"칫…… 그러고 보니 그랬지. 너희들은 하늘의 지혜 연구회…… 그런 일을 태연하게 저지르는 바보 놈들의 집단이니까."

글렌은 지긋지긋하다는 듯 독설을 내뱉었다.

"저도 동감합니다. 루미아 양만 없었다면 전 지금도 이 학원에서 느긋하게 강사 생활을 계속할 수 있었겠지만…… 안타깝게도 조직은 루미아 양을 주목하더군요."

"즉, 이런 거야? 역시 루미아는 고귀한 신분의 아가씨였다는 뜻?"

"선생님…… 그건……"

"됐다. 말 안 해도 돼. 관심 없으니까. 넌 너야."

글렌은 괴로운 표정으로 뭔가 말하려는 루미아를 앞서 제지했다.

"그런데 묘하군. 넌 루미아를 유괴할 셈이지? 원래 네 목적은 죽이는 거였잖아?"

"예. 원래는 그랬지만, 루미아 양의 입장과 특성은 약간 특이해서요. 조직의 상층부는 루미아 양에게 큰 관심을 보이고 계십니다. 그래서 계획을 수행하기 직전에 이런 식으로 변경된 거지요. 이번 계획이 다소 어설픈 데다 인력이 부족했던 건 그런 이유가 있었습니다. 덤으로 학원을 폭파하는 것도 장기적으로 보면 제국 정부에 큰 손해를 끼칠 수 있을 거라는 판단에서겠지요. 자, 그럼 무대의 뒷사정을 밝히는 건 이쯤해두고 슬슬 본론으로 들어가지 않겠습니까?"

청년, 휴이는 글렌을 시험하는 눈으로 똑바로 바라보았다.

"루미아 양이 갇혀 있는 전송 법진을 해제하면 제 자폭 법진은 작동하지 않습니다. 즉, 이건 제한된 시간 안에 루미아 양의 전송 법진을 해제하는 게임인 셈이지요. 참고로 이미 눈치채셨겠지만 먼저 말해두겠습니다. 절 죽이는 건 참으시는 편이 좋을 겁니다. 제가 죽는 순간 두 법진이 동시에 발동할테니 그렇게 알아두시길."

"……그런 초보적인 마술 트랩에 걸릴 리가 없잖아."

"당신이 【광대의 세계】를 쓰지 않았다면 루미아 양의 전송법진을 해제하기에는 충분한 여유가 있었겠지요. 하지만 당신은 【광대의 세계】를 쓰고 말았습니다. 그 마술이 효과를 발휘하는 동안에는 주문을 해제하는 것이 불가능합니다. 따라서 당신이 해제 작업을 시작할 수 있는 건 【광대의 세계】가 효력을 잃은 후…… 즉, 벌써 많은 시간을 잃었습니다."

글렌은 이미 자신의 실책을 깨닫고 있었다. 그러므로 이건 단순히 룰을 재확인하는 것뿐이었다.

"저는 당신의 주문 해제 실력을 모르고, 당신의 【광대의 세계】가 언제쯤 끝나는지도 모릅니다. 하지만…… 전송 법진이 작동하는 시간은 앞으로 약 10분. 제 경험상 지금 당장 작업에 들어가더라도 아슬아슬한 시간이겠지요."

"……."

"당신에게는 선택지가 있습니다. 시간이 부족하다는 걸 알면서도 모두를 구하려다가 다 같이 폭사하는 것. 아니면 모든 것을 버리고 달아나는 것. 학원 지하에는 대미궁이 있습니다. 그곳으로 달아나면 충분히 살아남을 수 있겠지요. ……당신 혼자뿐이라면."

확실히 이제 와서 인질이 된 학생들과 시스티나를 데리고 지하 미궁으로 피난하는 건 시간이 너무 부족했다. 살고 싶다면 지금 당장 그녀들을 버리고 혼자서 미궁으로 가야 했다. 하지만 그런 선택지는 처음부터 고려 대상이 아니었다.

글렌은 미간을 찌푸리며 눈을 감았다. 식은땀을 흘리면서 침묵을 유지했다. 자신의 오리지널 【광대의 세계】가 쓸데없이 잡아먹는 일분일초가 몹시 아까웠다.

"선생님…… 달아나세요."

루미아는 애원하듯이 말했다.

"모두 다 같이 죽는 거라면…… 하다못해 선생님만이라도……."

"……."

글렌은 계속 침묵했다. 그녀의 심정 같은 건 알 바 아니라는 침묵이었다.

"선생님…… 제발…… 부탁이에요……."

글렌은 루미아가 무슨 말을 하든 한 마디도 응하지 않았다. 미동조차 하지 않았다.

그리고—.

그대로 영원에 가까운 몇 분이 지난 순간, 글렌은 갑자기 눈을 떴다.

바로 지금 【광대의 세계】가 효력을 잃었다.

글렌은 즉시 왼쪽 손목을 물어뜯으며 루미아의 발밑에 있는 전송 법진으로 달려들었다.

"망설임은 없으신 겁니까. 과연 대단하시군요."

글렌은 휴이의 감탄을 한쪽 귀로 흘려들으며 눈앞에 펼쳐진 법진을 주시했다. 루미아 주위를 견고하게 둘러싼 다섯 겹의 원형 법진. 이걸 전부 파훼하지 않으면 그녀를 구할 수 없었다. 법진에는 막대한 마력이 흘러넘쳤고 덤으로 마력 증폭 회로까지 탑재되어 있었다. 이래서야 대상의 마력을 자신의 마력으로 상쇄하는 【디스펠 포스】로도 대처할 수 없으리라.

역시 이것을 파훼하기 위해서는 마술의 구조 자체를 파괴―해체하는 수밖에 없었다.

"《원초의 힘이여·나의 피를 통해·길을 이루어라》!"

흑마 【블러드 캐털라이즈】를 영창하여 손목에서 흘러내리는 자신의 피를 간이 마술 촉매로 만든다. 마력 그 자체로 문자를 적는 고난이도의 마력 조작은 글렌의 실력으로는 무리였다. 그러므로 마력이 깃든 자신의 피를 사용해, 가장 바깥쪽에 있는 전송 법진 위에 해제 술식을 직접 적어 넣는 수밖에 없었다.

팔을 휘둘러서 피를 짜낸다. 피가 맺힌 다섯 손가락이 바닥 위에서 종횡무진 움직였다.

"빠르군요. 조금 전까지 해제 루트를 이미지하고 계셨던 겁니까."

휴이는 글렌의 솜씨를 보고 크게 감탄한 것처럼 중얼거렸다.

루미아는 신들린 느낌으로 해제 작업을 진행하는 글렌에게 필사적으로 호소했다.

"선생님, 그만하세요! 도망치세요! 시간이 없다구요!"

"에잇! 시끄러! 입 다물고 있어!"

하지만 글렌은 그런 루미아의 호소를 물리치고 피로 술식을 짜는 데 전념했다.

"《풀려라 하늘의 사슬·정적의 밑바탕·섭리의 속박은 여기에 해방될지니》!"

그리고 없는 마력을 쥐어짜서 흑마 의식 【이레이즈】— 주문 해제 마술을 발동시켰다. 금속음이 울리는 것과 동시에 마력이 거칠게 휘몰아치며 법진의 가장 바깥쪽에 있는 제1층을 입자로 바꾸어 파괴했다.

다음은 제2층. 여기까지 걸린 시간은 대략 1분.

"선생님! 부탁이니까 전 상관하지 마시고 도망치세요!"

"함부로 말하지 마! 이 바보 녀석!"

글렌은 한 걸음 나아가 제2층의 해제 작업에 들어가면서 소리쳤다.

"너뿐만이 아니라고! 그 하얀 고양이와 학생들…… 아직 많은 사람이 학원에 남아 있단 말이다! 그 녀석들을 버리고 도망칠 수 있을 리가 없잖아!"

소리치면서 바로 밑의 제2층 법진을 내려다보던 글렌은 한순간 손가락을 멈추고 이를 갈았다.

"제길, 법진의 구조가 훨씬 더 복잡해졌어……."

즉, 이 법진은 안쪽으로 갈수록 해제 난이도가 올라가는 구조라는 뜻이었다.

"휴이라고 했던가? 너, 나중에 한 방 갈겨주마."

"알겠습니다. 각오하고 있지요."

독설을 내뱉는 사이에도 글렌은 멈추지 않고 술식을 적었다.

피를 짜내고, 마력을 짜내고, 생명을 쥐어짜 내면서…….

"안 돼요! 선생님…… 이대로는 선생님이…… 선생님이……!"

루미아는 집중해서 해제 작업을 진행하는 글렌의 얼굴을 쳐다보았다. 심각한 마나 결핍증이었다. 혈색과 체온이 전혀 느껴지지 않는 피부. 이미 그는 목숨이 위험한 영역에 들어섰다.

"마술을 더 쓰다간 선생님이 죽을 거라구요!"

"그러냐, 하얀 고양이가 아주 기뻐하겠군!"

"그런…… 어째서……? 여기서 도망친다 해도 아무도 선생님을 책망하지 못할 거라구요……? 선생님은 아무것도 잘못한 게 없는데……."

"아~ 시끄럽네 진짜! 집중력이 흐트러지니까 입 다물라고 했지!"

"어째서? 어째서 그렇게까지 하시는 거죠? 자신의 목숨을 걸어가면서까지……."

루미아의 그 질문에 마음속으로 걸리는 게 있었던 것일까.

글렌은 작업을 계속하면서 잠시 입을 다물었다.

"……기억났어."

"……예?"

"아까 묘한 꿈을 꾸기 전까지는 완전히 잊고 있었어. 내가 왜 마술 따위를 동경했는지!"

피로 쓴 글자로 마지막 단어를 매듭지은 후 【이레이즈】를 영창했다.

그리고 제3층을 향해 기어간 글렌은…… 피를 토했다.

"서, 선생님?!"

루미아가 비명을 질렀다.

글렌은 그것을 무시하고 떨리는 손으로 해제 작업을 시작하며 말을 자아냈다.

"쿨럭…… 별거 아닌 시시한 이야기야! 하늘에 뜬 성을 무대로 정의의 마법사가 마왕을 물리치고 공주님을 구해내는……, 그런 애들 취향의 그림책이 옛날에 있었잖아?! 난 거기에 나오는 정의의 마법사를 진심으로 동경해서 마술을 배우기 시작한 모양이더군!"

"……그림책? 그건…… 혹시 『멜갈리우스의 마법사』……?"

글렌은 빈정거리듯이 입가를 일그러뜨렸다.

"하하! 바보 같냐? 그래, 나도 바보 같아! 그런 애들이 꾸는 꿈같은 이야기에 난 대체 몇 년이나 인생을 쓸데없이 쏟아부은 거지?! 정말로 인생 낭비였어!"

하지만 글렌은 피를 토하는 심정으로, 실제로 피를 토하면서 가슴속에 맺힌 말을 쏟아냈다.

"쿨럭…… 쿨럭……그래도 역시 완전히 포기할 수는 없어! 꿈은 이미 옛날에 박살 났어! 그림책에 나오는 정의의 마법사 같은 건 허상이야! 마술의 세계에는 더럽고 피비린내 나는 현실밖에 존재하지 않아! 그래도 역시 난 포기할 수가 없었어! 정의의 마법사라는 시시한 환상을 시간이 아무리 지나도 버릴 수가 없었다고!"

그리고 글렌은 지긋지긋하다는 표정으로 법진을 노려보았다.

"여기서 아무도 구하지 못한다면 대체 뭐가 정의의 마법사라는 거야?! 여기서 도망치면…… 내 인생은 정말로 뭐였던 거냐고! 정의의 마법사에 건 인생…… 그게 무의미했다는 건 나도 알아! 하지만 무가치한 것으로 만들고 싶지는 않단 말이다!"

"서, 선생님……."

"그러니까 입 다물고 있어! 딱히 널 위해서 이러는 것도, 학생들을 위해서 이러는 것도 아니니까! 난 나 자신을 위해서 제멋대로 행동하는 거다! 불만 있어?! 빌어먹을!"

늦지 마라, 늦지 마라, 늦지 마라. 초조한 마음을 필사적으로 억누르며 담담하게 술식을 완성한 후 혼신의 마력을 쥐어짜 【이레이즈】를 영창했다. 제3층도 해제 성공.

해냈다. 글렌은 순조로운 작업에 기분이 고양되었다. 예상했던 것보다 빨랐다.

자신이 이런 위기 상황에서 여기까지 해냈다는 것이 믿기지 않았다.

이제 남은 법진은 두 겹이다. 의기양양하게 제4층으로 향했지만—.

그것은 갑작스레 찾아왔다. 지금까지 순조로웠던 탓에 전혀 예상하지 못했다.

갑자기 자신의 몸속에서 무언가가 뚝 하고 끊어지는 소리가 들렸다.

"쿨럭!"

다음 순간, 글렌은 성대하게 피를 토했다.

"꺄악! 서, 선생님?!"

갑자기 바닥에 무너지듯 쓰러진 글렌을 보고 루미아가 비명을 질렀다.

"……아……아? 우욱…… 아…… 쿨럭! 커헉!"

몸이 움직이지 않는다. 손가락이 움직이지 않는다. 빠져나가는 힘. 급속도로 멀어지는 의식. 산산이 흩어지는 집중력— 해제 작업을 계속하려고 해도 술식이 떠오르지 않았다. 머릿속이 안개처럼 흐릿해서 지금 자신이 뭘 하고 있었는지, 뭘 해야 하는지도 전혀 떠오르지 않았다.

이럴 수가, 설마 자신에게 먼저 한계가 찾아올 줄이야.

돌이켜 보면 한계는 훨씬 전에 넘어 있었다. 수명을 깎아내는 무모한 짓을 대체 몇 번이나 저질렀던가.

그것을 의식한 순간, 더는 무리였다. 손가락 하나 까딱할 수 없었다.

끝났다. 글렌은 그 사실을 명확하게 깨달았다. 이런 상태로는 절대로 제시간에 맞출 수 없었다.

"역시…… 내 힘으로는…… 무리였나. 하하…… 그런가…… 그야…… 그렇겠지……."

마술 세계의 현실을 알았을 때와 비슷한 깊은 절망감이 글렌의 마음속을 덧칠해갔다.

"……미안, 하다…… 루미……아…….'"

이제 무리라고 생각했다. 이제 구할 수 없으리라고 깨달았다.

하지만, 그래도 포기할 수 없었다.

옛날과 변함 없는 자신.

아무리 처량하고 꼴사납게 보여도 결국 포기하는 것만큼은
할 수 없었다.

이것은 이미 신념도, 분노도 아니다. 그저 글렌이라는 인간
의 고집일 뿐.

그런 까닭에 목숨이 아슬아슬한 상태에서도 결코 무너지지
않는 무언가에 등을 떠밀려서 제4층을 향해 기어간…… 그
순간이었다.

"……닿았어요."

이쪽으로 내민 루미아의 손이 가까스로 글렌의 뺨에 닿았다.

"선생님께서 포기하지 않으신 덕분에…… 닿았어요."

"……루미아……?"

"선생님…… 부디 이걸, 받아주세요."

그 순간이었다.

갑자기 루미아의 몸이 눈부신 빛을 발했고, 손에 닿은 곳이
뜨거워졌다.

"아?!"

흘러넘치는 빛. 용솟음치는 바람에 흔들리는 황금색 머리
카락. 주위에 떠다니는 빛의 입자.

미소 지은 얼굴로 이쪽을 똑바로 바라보는 루미아의 모습은 마치 천사 같았다.

그리고 다음 순간—.

글렌의 몸에서 막대한 마력이 흘러넘쳤다.

자신의 몸을 지배하고 있던 모든 고통이 거짓말처럼 사라지고 감각이 예민해졌다. 온몸에 지금까지 경험해본 적 없는 열기가 흘러넘쳤다. 마치 작열하는 불꽃에 휩싸인 것만 같았다.

그리고 열기가 낳은 압도적인 전능감이 글렌을 지배했다.

"이, 건……?"

육체와 정신력이 동시에 회복되었다. 이미 실이 끊어졌을 터인 몸이 움직였다. 루미아가 뭔가 마술을 쓴 것 같지는 않았고 애초에 그녀는 마술을 봉인당했을 터였다.

그렇다면 짐작이 가는 건 단 하나뿐.

이능력자. 이 세상에는 극히 드물게 마술에 의존하지 않고도 기적의 힘을 사용할 수 있는 선천적인 특수 능력자가 존재했다. 하지만 지금도 그들은 악마의 환생이라며 갖은 박해를 받고 있었다. 이능력자들을 찾아내서 죽이는 것을 목적으로 삼은 광신적인 집단조차 존재했다.

"루미아…… 너 설마…… 이능력자……였던 거냐?!"

게다가 이 능력은 글렌도 소문으로 들은 적이 있었다. 자신에게 접촉한 상대의 마력과 마술을 자신이 뜻하는 대로 수십 배나 증폭시키는 능력. 세계 최고의, 살아 있는 마력 증폭 회로.

감응 증폭자.

고작 한 사람의 힘만으로 수십 개의 복잡한 공정을 거친 마술 의식을 능가해버리는 파격적인 능력자.

"으, 우오오오오오오오오오!"

끊어질 뻔했던 의식을 기백으로 이어 붙이고, 꺾일 뻔했던 마음을 난폭하게 채찍질한 글렌은 다시 해제 작업을 시작했다. 자신도 무서울 정도의 속도로 주문 해제 술식을 구축해서 【이레이즈】를 영창했다. 당연하다는 것처럼 제4층의 해제에도 성공했다.

그 순간, 전송 법진이 빛을 발하고 소리를 내면서 작동하기 시작했다. 전이가 시작된 것이다.

"서, 선생님……."

"젠장, 젠장젠장젠장! 늦지 마라!"

이게 끝나면 죽어도 상관없다.

글렌은 뇌와 내장이 닳아빠질 정도로 마력을 퍼붓고, 근육이 끊어질 정도로 손가락을 움직이고, 온몸의 피란 피는 전부 쥐어짜 내면서 라스트 스퍼트에 돌입했다.

"늦지 말라고오오오오오오오오오!"

글렌은 피로 쓴 글자로 마지막 단어를 끝맺는 것과 동시에 외쳤다.

"《풀려라 하늘의 사슬·정적의 밑바탕·섭리의 속박은 여기에 해방될지니》!"

…….

…….

……그리고 정적.

빛도, 바람도, 소리도. 모든 것이 거짓말처럼 산산이 흩어졌다.

전송 법진 위에서 전이까지 남은 시간을 가리키는 룬의 숫자는 제로가 되어 있었다.

발동하는 것과 동시에 전송 법진이 완전히 해제된 것이다.

"선생님……."

루미아는— 여기에 있었다.

"하아…… 하아…… 하아…… 하아……."

모든 것이 끝난 정적 속에서 글렌이 내뱉는 불꽃 같은 숨소리만이 메아리쳤다.

"……제가, 진 거군요."

침묵을 깨뜨리듯 휴이가 작게 탄식했다.

"이상하군요. 계획이 좌절되었는데도…… 어딘지 모르게 안심이 되는군요."

"……흥. 역시 너도 죽는 게 무서웠던 거냐?"

"아니요. 그것도 부정할 수 없겠지만…… 무엇보다 학생들이 무사해서 다행이라는 생각이 드는군요."

글렌은 거칠게 숨을 내쉬면서 비틀비틀 바닥에서 일어나 휴이의 앞에 섰다.

"그래서? 뭔가…… 남길 말은?"

"……딱 하나만 물어봐도 되겠습니까?"

"뭔데? 말해봐."

글렌의 재촉을 받은 휴이는 자신의 가슴속에 있는 질문을 더듬거리는 목소리로 털어놓았다.

"전 대체 어쩌면 좋았을까요? 조직이 시키는 대로 죽어야 했을지…… 아니면, 조직을 거스르고 죽어야 했을지. 이렇게 됐는데도 전 아직 그 답을 모르겠습니다."

"내가 그걸 어떻게 알아. 조직이 시키는 대로 흘러가면서 자신의 길을 선택하지 못한 네 잘못이잖아?"

"선택…… 말입니까?"

"자신의 문제는 스스로 해결하라는 소리다. 확실히 네 처지에 동정이 가지 않는 건 아니지만…… 네가 저지르려 했던 일을 전부 조직의 탓으로 넘기지 말라고."

"……엄격하시군요. 하지만…… 그렇군요. 정말 말씀하신 대로입니다. 저는 지금 당신을 좀 더 빨리 만났으면 좋았을 거라는 생각이 강하게 드는군요."

"그러냐. 그럼 이제 이 악물어."

글렌은 팔을 치켜들고 휴이의 뺨을 있는 힘껏 후려쳤다.

그 위력을 이기지 못하고 날아간 휴이는 바닥을 성대하게 구르며 기절했다.

"……나 원 참."

그리고 몸이 기울어지는 느낌과 동시에, 글렌의 눈앞에 바닥이 한가득 펼쳐졌다.

그 광경을 마지막으로 글렌의 의식은 뚝 끊어졌다.

"당신의 꿈은 무의미하지 않았어요."

새카만 어둠 속에서 누워 있자니 누군가의 목소리가 들렸다. 그런 기분이 들었다.

잘 모르겠다.

"확실히…… 과거의 당신이 애타게 동경하고 상상했던 꿈의 형태와는 다를지 모르지만, 그래도 당신의 꿈은 분명히 많은 사람을 구해냈는걸요."

누가 말하는 건지 잘 모르겠다.

하지만 아는 사람인 것 같았다.

"전 과거에 당신이 구한 수많은 사람 중 한 명일 뿐. 정말 아쉽지만…… 당신이 절 기억하지 못하는 것도 무리는 아니겠죠. 그래도 전 3년 전에 당신에게 구원받은 그때부터…… 당신을 사모하고 있었답니다."

뭔가가 얼굴로 다가오는 기척. 좋은 향이 코를 간지럽힌다.

뺨에 부드럽고 따스한, 다정한 감촉이 닿은…… 기분이 들었다.

역시 잘 모르겠다. 기억이 나지 않았다.

"선생님…… 정말 감사해요."

종 장 백수인 내가 마술강사가 된 이유

알자노 제국 마술학원 자폭 테러 미수 사건.

한 계약직 강사의 활약 덕분에 최악의 결말을 벗어난 이 사건은, 관여한 조직의 위험성으로 미루어 보아 사회적인 불안감을 증가시킬 수 있다는 점을 고려해서 은밀하게 처리되었다. 학원에 남은 수많은 파괴의 흔적도 공식적으로는 마술 실험에 의한 폭발이라고 발표되었다.

제국 궁정 마술사단이 총력을 기울여서 철저한 정보 통제를 한 결과, 학원에서 일어난 사건의 경위를 아는 건 극히 일부의 강사와 교수진, 그리고 당사자인 학생들밖에 남지 않았다.

물론 모든 것이 어둠 속에 묻힌 건 아니었다.

과거에 여왕 폐하의 심복으로서 제국 각지에서 암약했던 전설의 마술사 킬러와, 세계를 멸망시킬 악마의 환생으로서 은밀히 존재가 지워졌을 터인 폐기 왕녀, 예전에 죽었을 터인 강사의 망령이 사건 뒤에서 관여하고 있었다는 출처 불명의 다양한 소문이 그럴듯하게 떠돌아다녔다. 하지만 인간은 쉽게 질리는 생물, 사건으로부터 한 달이나 지난 지금은 아무도 화제로 삼지 않게 되었다.

사건에 말려든 학생 중 한 명인 루미아 틴젤이 무슨 이유에 선지 잠시 휴학했지만, 머지않아 평범하게 복학했다. 아침 일찍 일어나면 오늘도 은발 소녀와 함께 등교하는 그녀의 씩씩한 모습을 볼 수 있으리라.

예전과 변함없는 평화롭고도 지루한 일상이 돌아온 것이다. 그리고—.

'그런데 뭐랄까, 루미아가 3년 전에 병사했다던 그 엘미아나 왕녀였을 줄이야……'

어느 맑은 날 오후.

알자노 제국 마술학원 강사 — 이제 계약직이 아닌 — 글렌은 여느 때와 다름없이 복도를 걸으면서 문득 한 달 전의 사건을 떠올렸다.

그 사건이 끝난 후, 글렌과 시스티나는 사건을 해결한 공로자로서 제국 정부의 상층부에게 은밀한 호출을 받아 루미아의 정체를 알게 되었다. 이능력자였던 루미아는 이런저런 정치 사정 때문에 제국 왕실에서 추방당했다는 것. 제국의 미래를 위해 루미아의 정체가 밝혀져서는 안 된다는 것. 그리고 글렌과 시스티나는 사정을 아는 자로서 루미아를 비밀리에 지키는 데 협조할 것을 요청받았다.

'참 나…… 또 성가신 일을 떠맡게 됐군……'

하지만 그렇다고 해서 뭔가 변한 건 아니었다. 왕녀든 이능력자든 상관없었다. 루미아는 루미아였다. 시스티나 역시 루미아의 정체를 알았다고 해서 태도가 변하지는 않았다. 평소와 다름없이 사이좋은 단짝으로 지냈다.

'뭐, 어떻게든 잘 되겠지.'

변한 건 아무것도 없었다. 글렌이 그런 속 편한 생각을 하고 있을 때였다.

"그런데 뜻밖이로군."

갑자기 뒤에서 누군가가 말을 걸어왔다.

"한 달 전의 그 사건으로 네가 마술에 관여할 일은 이제 두 번 다시 없을 거라고 생각했다만."

목소리에 반응한 글렌은 나른한 동작으로 뒤를 돌아보았다.

그곳에는 어딘지 모르게 기분이 좋아 보이는 세리카가 서 있었다.

"뭐? 그건 또 무슨 소리래. 그럼 예전처럼 너한테 빌붙어 살기를 바란 거야?"

글렌은 귀찮다는 듯 그렇게 대답했다.

"하하, 웃기지 마라. 이 바보 녀석."

쌀쌀맞은 말투와는 달리 세리카는 기쁨이 반, 허전함이 반쯤 섞인 태도였다.

"그런데 정말 대체 무슨 바람이 분 거지? 설마 정말로 네가 강사가 되겠다는 말을 꺼낼 줄은 상상도 못 했다. ……바로 그런 사건이 있었던 후였으니까."

세리카는 글렌이 입고 있는, 학원의 정식 강사라는 증거인 올빼미 문장이 들어간 로브 — 제대로 입지 않은 점이 참으로 글렌다운 — 에 시선을 주면서 질문했다.

　그러자 글렌은 약간 쑥스러운 표정으로 뺨을 긁었다.

　"그 사건의 흑막…… 휴이라고 했던가? 왠지 남 일 같지가 않더라고. 자기 주관도 없이 상황에 휩쓸리다가 문제가 생기니까 전부 상황 탓으로 돌리고 사고 정지……. 뭐, 아무튼 내 인생이 실패한 걸 마술 탓으로 돌리는 건 그만두기로 했어. 좀 더 긍정적으로 살아보는 것도 나쁘지 않겠다 싶었거든."

　"……흐응?"

　"그리고……."

　글렌이 이어서 뭔가 말하려던 그 순간이었다.

　"아! 선생님!"

　"……거기 계셨군요!"

　복도 맞은편에서 낯익은 두 여학생이 글렌을 발견하고 달려왔다.

　글렌은 그녀들의 모습을 쓴웃음을 지으며 힐끗 쳐다본 후, 양손을 펼치고 어깨를 으쓱했다.

　"……보고 싶어졌어. 저 녀석들이 장래에 무슨 일을 할지. 강사를 계속하기에는 충분한 이유이지 않아? 심심풀이로는 나쁘지 않잖아?"

　그 말을 들은 세리카는 마치 아이의 성장을 지켜보는 어머니 같은 따스한 미소를 지었다.

"그런가. 열심히 해라."

"……내 나름대로."

서로를 바라보고 웃었다.

그 타이밍에 은발 소녀— 시스티나가 끼어들어 왔다.

"잠깐만요! 선생님! 오늘은 정말 한마디 해야겠어요!"

"뭐야, 하얀 고양이. 또 설교냐. ……매일 질리지도 않고 용하네. ……너, 혹시 설교가 취미냐? ……그러니까 흰머리가 늘어나는 거라고."

"그러니까 이건 백발이 아니라 은발이라고 했잖아요! 아, 진짜! 그건 일단 내버려두고, 조금 전의 연금술 수업. 그게 대체 뭐죠?! 선생님은 대체 무슨 생각으로 그런 수업을 하신 거냐구요!"

"응? 하급 원소 배열 변환법을 이용해서 『금과 아주 흡사한 다른 무언가를 연성하는 방법』 말이냐? 연성 순서에 무슨 문제라도 있었어?"

"그게 아니라! 문제는 그 후에 하신 말씀이라구요!"

"아아, 『연성한 금 비슷한 물건을 멍청한 악덕 상인에게 감쪽같이 팔아치우는 방법』? 아니, 그건 틀린 부분이 없었을 텐데? 실제로 난 학생 시절에 그 방법으로 용돈을……."

"틀, 렸, 어, 요! 정확히 따지면 틀린 건 아니지만 어쨌든 틀렸다구요! 문제투성이예요! 이건 아무리 봐도 범죄잖아요?!

마도법 제23조 을항에 정면으로 싸움을 걸고 있다구요! 대체 학생한테 뭘 가르치시는 건가요!"

"바보 녀석. 그게 무슨 문제가 된다는 거야. 무에서 금을 창조……, 그리고 실제로 길바닥에 굴러다니는 돌멩이는 금화 한 닢으로 바뀌었지. 이게 바로 『연금술』의 진수 아니겠어?"

"아니, 그건 그럴지도 모르겠지만! 그게 아니라! 아, 진짜!"

그리고 금발 소녀— 루미아가 글렌을 변호하듯 끼어들었다.

"자, 자. 진정해, 시스티. 분명 글렌 선생님은 다들 재미있으라고 하신 말씀일 거야. ……그렇죠? 선생님."

"……응? 아, 응. 맞아, 그거다."

"방금 그 부자연스러운 간격은 뭐죠?"

"흑흑…… 역시 루미아는 알아주는구나. ……이 선생님은 정말 기쁘다!"

시스티나의 태클을 성대하게 무시한 글렌은 과장스러운 태도로 감격한 것처럼 울먹였다.

"아, 그리고 보니 루미아. 너 아까 연금술 실험이 끝난 다음에 기구 정리하는 걸 도와줬지? 고맙다. 덕분에 굉장히 일찍 끝났어."

"에헤헤, 별말씀을요."

글렌은 착하다며 루미아의 머리를 쓰다듬어주었다.

루미아는 내심 기쁜 듯이 가만히 머리를 가져다 댔다.

그런 두 사람의 모습을 본 시스티나는 주먹을 굳게 쥐고 화가 났는지 어깨를 떨면서 관자놀이에 두꺼운 힘줄을 세웠다.

"아아~ 하얀 고양이도 루미아처럼 솔직하고 귀여웠으면 좋았을 텐데~."

"아니에요, 선생님. 시스티도 귀여운 데가 있는걸요? 실은 얼마 전의 사건에서 구해주신 글렌 선생님께 감사하는 의미로— 으읍."

"으아아아?! 잠깐, 스톱! 스톱!"

어째선지 얼굴이 새빨개진 시스티나는 황급히 루미아의 입을 틀어막았다.

"왜 하필이면 이 인간 앞에서 까발리려는 건데?!"

"아하하, 그야 이대로 내버려 두면 시스티는 부끄러워서 평생 말하지 못할 테니까 그렇지. 모처럼 어머니께서 가르쳐주시고 그렇게나 연습했는데……."

루미아는 혀를 빼꼼 내밀고 장난스럽게 웃었다.

"아, 아니…… 그건 딱히 그런 게 아니라…… 그게, 여자에게는 필수적인 기술이라고 해야 할까…… 그러니까…… 으으……."

시스티나는 흔들리는 시선으로 허공을 쳐다보고, 긴 머리카락을 손가락으로 빙글빙글 감으면서 중얼거렸다. 어디서 베이기라도 한 건지 손가락에는 몇 개의 반창고가 감겨 있었다.

"……뭔 소린지는 잘 모르겠다만, 너희들에 대한 내 평가는 여전히 바뀐 게 없다. 루미아는 귀엽지만 넌 건방져. 이상."

빠직.

전혀 섬세한 구석이 없는 글렌의 말투에 마침내 시스티나의 이성이 끊어졌다.

"잠시 화제를 바꿀게요. 저희 아버지는 마도청 관리로 일하고 계세요. 이곳 페지테 지부에서 마술 관련 물품의 유통을 책임지고 관리하는 마도 감찰관이시죠."

"응? 갑자기 그건 왜?"

"그런데 선생님. 혹시 금품 거래에 관한 서류는 약 10년 정도 폐기하지 않고 보관한다는 건 알고 계시나요?"

"……어? 그래?"

"조만간 이 도시에서 일어난, 어떤 조건에 부합하는 요 10년 사이의 금품 거래를 철저하게 재조사하도록 아버지께 말씀드릴게요."

시스티나는 명랑하게 방긋 웃었다. 글렌은 이마에 식은땀을 흘리며 뺨을 실룩댔다.

"뭐? 아니, 그건…… 저기…… 죄, 죄송합니다. 용서해주세요……."

"흥!"

시스티나는 매달리려 하는 글렌의 팔을 손으로 내치고 등을 돌렸다.

"가자! 루미아!"

"야…… 잠까아아아아안! 잠깐 기다려어어어어! 미안! 죄송합니다! 제가 장난이 좀 지나쳤다고요오오!"

"시끄러워요! 바보! 당신은 한 번쯤 감옥에서 콩밥이나 드셔 보시죠!"

"그건 싫어어어어어어어어어어!"

복도가 단숨에 소란스러워졌다.

최근 이 학원의 명물이 되어가고 있는 일상적인 풍경이었다.

"나 참, 시끄러운 녀석들이군. ……젊다는 건 부러운 일이야."

세리카는 기막힘이 반, 쓴웃음이 반쯤 섞인 얼굴로 그 소동을 멀찍이서 지켜보았다.

"……이제 괜찮아진 것 같군. 뭐, 약간 허전한 기분은 들지만."

세리카는 학생의 발밑에 엎드려서 사정하는 한심스러운 애제자의 모습을 목격했지만, 그래도 만족스러운 듯 중얼거리며 창밖을 쳐다보았다.

더없이 맑은 푸른 하늘에는—.

항상 변함없는 하늘의 성이 눈부신 햇살을 반사하고 있었다.

"여러분은 『멜갈리우스의 마법사』라는 옛날이야기를 알고 계시나요?"

여자는 문득 혼잣말처럼 중얼거렸다.

"예, 맞아요. 하늘에 떠 있는 성을 무대로 정의의 마법사가 나쁜 마왕을 쓰러뜨리고 공주님을 구해내는……, 그런 아이들 취향의 동화죠. 이 나라 사람이라면 누구나 한 번쯤 자장가 대신 들어본 적이 있지 않을까요?"

여자는 손에 든 책을 덮었다.

그 표지에는 『멜갈리우스의 마법사』라는 제목이 적혀 있었다.

"하지만 이 이야기에는 기묘한 일화가 있답니다. 예를 들면—."

여자가 시선을 향한 벽에는 커다란 세계 지도가 걸려 있었다.

"이웃 나라 레자리아 왕국. 성 엘리사레스 교회가 지배하는 저 나라에서는 『멜갈리우스의 마법사』를 금서로 지정해서 전부 불태웠다고 하더군요. 그리고 그 저자는 이단자의 낙인을 찍어서 화형에 처했다고도 하고요."

여자는 애도하듯 크게 숨을 내쉬었다.

"참 이상한 일이죠…… 고작해야 동화 하나 때문에 국가가 총력을 기울이면서까지 그런 일을 벌이다니요."

여자는 살며시 방 안에서 테라스로 나왔다.

"또 한 가지 기묘한 점이라면……, 이 나라에서는 동화의 모델이 된 페지테의 부유성이 간직한 비밀을 풀기 위해 수많은 마술사가 연구를 계속하고 있습니다. 하지만 그 대다수가 어찌 된 영문인지 어느 날 갑자기 모습을 감추거나, 기묘한 변사체로 발견되고는 한답니다. 물론 모든 마술사가 그렇게 된건 아니지만…… 조금 부자연스러울 정도로 많은 건 사실이에요. 과연…… 이게 우연일까요?"

하늘이 가까웠다. 부드러운 바람이 불어와 여자의 긴 머리카락을 흔들었다.

난간 아래를 내려다보니 알자노 제국의 제도인 오를란도의 호사스러운 경관이 한눈에 들어왔다.

그리고 아득히 먼 하늘 저편.

페지테 방향의 하늘 위에는 그 환영의 성이 작은 모습으로 떠 있었다.

"과연 페지테의 하늘 위에 떠 있는 저 성은……, 『멜갈리우스의 천공성』이란…… 대체 무엇일까요?"

알자노 제국 여왕— 알리시아 7세는 이번에도 역시 혼잣말처럼 중얼거렸다.

■작가 후기

안녕하세요, 히츠지 타로입니다.

이번에는 운 좋게도 제26회 판타지아 대상의 대상을 수상한 덕분에 후지미 쇼보에서 책을 내게 되었습니다.

이야~ 정말 감개무량하네요. 마침내 여기까지 온 건가 싶습니다.

이러고 보니 왠지 옛날 생각…… 제가 소설을 쓰게 된 계기가 떠오르는군요.

제가 재수생이었던 시절의 이야기입니다.

고등학생 때 부 활동에 정신이 팔리는 바람에 학업을 소홀히 했던 저는 당연히 재수생이 되어서 입시 학원에 다니고 있었습니다. 괜한 허세를 부려서 그럭저럭 유명한 대학을 목표로 학업에 힘쓰고 있었지요.

하지만 장래에 확실한 비전이 있는 건 아니었습니다. 주위에는 연구원이 되고 싶다고 떠벌렸지만, 반드시 되고 싶었던 것도 아니었거든요. 다들 가니까, 남들 보기에 안 좋으니까, 취직하는 데 유리할 것 같으니까…… 전부 딱히 『특별한 이유』는 없었던 거죠.

그렇게 확실한 목적의식도 없이 대학에 가는 것만을 위한 공부를 하다 보니 어느새 지치더군요. 그야 피곤할 만도 하죠. 못 해먹겠더라고요.

그런데 어느 날, 저는 참고서나 사려고 아무 생각 없이 들른 학원 근처의 서점에서 문득 눈에 띈 라이트노벨을 골라 기분 전환 겸 서서 읽어봤습니다.

당시의 제 취미는 만화나 게임이었고 소설을 읽어본 적은 없었습니다. 애초에 전 글자가 쭉 나열된 걸 보고 있으면 두통이 생기는 체질이거든요. 표지에 만화 같은 그림이 그려져 있었다고는 해도 왜 당시의 제가 라이트노벨을 손에 들었던 건지…… 지금도 풀리지 않는 제 인생 최대의 수수께끼입니다.

하지만 그 라이트노벨 — 가제목으로 『완전 금속 소동』이라고 하겠습니다 — 이 엄청나게 재미있더라고요. 이렇게 재미있는 게 이 세상에 있었을 줄이야. 갑자기 눈앞이 확 트이는 기분이더군요.

자, 이젠 공부 같은 걸 하고 있을 상황이 아니었습니다.

공부는 재미없지만, 소설은 재미있잖아요? 그럼 어느 쪽을 우선해야 할지—.

"훗, 그야 당연하잖아? 히츠지. 난 수험생이라고? 공부와 소설. 어느 쪽이 중요한지……, 진정으로 우선해야 할 건 무엇인지……. 그런 건 생각해볼 필요도 없잖아? 그렇지? 이상을 버려. 히츠지. 현실을 똑바로 보고 더 좋은 선택지를 고르는 거다."

그리고 당시의 저는 후자를 선택했습니다. 입시 학원의 수업은 나 몰라라 하고 서점에 틀어박혀서 그『완전 금속 소동』을 탐독하는 나날이 시작됐지요.

그 선택이 잘못됐다고요? 예, 확실히 전 잘못을 저질렀습니다. 당시의 전 제대로 책을 사서 읽었어야 했습니다. 재수생이라 돈이 없다는 건 핑계에 지나지 않는데 말이죠.『완전 금속 소동』의 작가님, 정말로 죄송했습니다(하지만 나중에 전부 샀으니 용서해주세요).

아무튼 그 현실도피의 나날 끝에 저는 한 가지 결심을 했습니다.

"내가 정말로 장래에 되고 싶은 건 이거다! 이것밖에 없어! 나도 언젠가 이『완전 금속 소동』같은 재미있는 소설을 쓰고 싶어!"

장래의 방향성이 정해진 순간이었습니다. 이 하늘의 계시를 얻기 위해 뭔가 소중한 것(주로 공부 시간이라든가, 공부 시간이라든가, 또 공부 시간이라든가)을 잃은 기분이 듭니다만, 그래도 당장은 아무래도 상관없었습니다. 중요한 일이 아니니까요.

"후회는 없어……. 지금까지 내가 한 일에…… 앞으로 일어날 일에…… 나는 절대 후회하지 않을 거야……. 나는『올바른 백(白)』 안에 있으니까……."

그리고 그해 대학 수험은 멋지게 실패했습니다.

삼수생 시즌의 돌입입니다. 물론 죽도록 후회했습니다.

아무튼 이런 우여곡절 끝에 제가 소설을 쓰게 된 셈입니다. 그 후로 흑역사 작품을 양산하거나, 1차 심사에서 떨어져서 풀이 죽거나, 어떤 게임의 2차 창작에 몰두하거나, 소설은 팽개치고 마작 공부를 하는 둥 이런저런 일을 경험한 끝에 마침내 판타지아 대상 수상……. 뭔가 엄청나게 감동을 느낍니다.

부모, 친구, 은사. 지금까지의 인생에서 저를 지탱해주신 여러분께 무한한 감사를. 편집자님과 편집부 여러분, 선배 작가님들, 제 졸작을 평가해주신 분들께도 무한한 감사의 말씀을 올립니다.

마지막으로 이 책의 주인공인 글렌에 대해 언급해보기로 하겠습니다.

한마디로 표현하면 『이상한 녀석』입니다. 이 이야기의 주인공은 나이에 비해 어른스럽고, 누구에게나 친절하며, 품행 방정한 멋진 청년인 데다가, 신비한 매력을 지니고 있어서 이유도 없이 여자들에게 인기가 넘치는— 그런 라이트노벨 업계의 일반적인 주인공이 아닙니다. 나이에 맞지 않게 애 같은 구석이 많고 친절하게 대해주는 상대는 극히 일부, 관심이 없는 상대는 이름조차 기억하지 않으려 하며 소행은 불량하고, 입도 더럽고, 설교를 들어봤자 마이동풍. 그렇게 제멋대로 살다 보니 좋아하는 사람은 좋아해도 싫어하는 사람에게는 끝까지 미움받지만, 본인은 그런 사실을 전혀 개의치 않는— 그런 주인공입니다.

하지만 그런 글러먹은 인간인 글렌에게도 결코 남에게 양보할 수 없는 선이 존재합니다. 가슴속에 숨겨둔 뜨거운 정열이 있습니다. 사정이 있어서 지금은 방황하고 있지만요.

과연 글렌은 마술학원에서 어떤 사람을 만나고, 무슨 생각을 하고, 어떤 선택을 하게 될까요? 아직 어른이 되지 못한 어린애 같은 주인공 글렌의 서투른 『삶』을 따스한 눈으로 지켜봐 주시면 감사하겠습니다.

아무쪼록 잘 부탁드립니다.

히츠지 타로

■역자 후기

안녕하세요, 역자 최승원입니다.

변변찮은 마술강사와 금기교전 1권, 재미있게 읽으셨을까요?

개인적으로 번역 작업 중에 가장 골치 아픈 순간은 바로 후기를 쓸 때입니다. 뭐랄까, 다른 역자님들은 어떠실지 모르겠지만 전 정말로 작업이 완료된 시점에서 후기를 쓰다 보니 몸과 마음이 그야말로 완전 연소된 상태라 대체 무슨 글을 적어야 할지 갈피를 잡기 어려울 때가 많습니다. 특히 이런 경향은 원고를 할 때 고생하면 고생할수록 두드러지는 데 이번에는 그야말로 다 타고 남은 재조차 남지 않은 상태이다 보니 정말 뭘 써야 할지 모르겠습니다(……). 현재 모니터 앞에서 약 두 시간 이상을 헤매고 있군요. 정말로 재미있는 작품이었는데, 작업하는 도중에는 참 쓰고 싶은 말이 많았는데 결국 후기를 쓸 때면 아무것도 남아 있지 않은 이 딜레마……. 아무래도 다음부터는 원고 중간에 후기를 쓰던가(이러면 사실 후기가 아니라 중기가 아닐지 모르겠습니다) 책을 완독한 시점에서 쓰는 편이 낫지 않을까 싶습니다.

하지만 이 와중에도 일단 패러디 해설은 들어갑니다. 아무래도 이번 작품은 정통 판타지이다 보니 딱히 후기에 해설 같은 걸 쓸 필요는 없겠구나~ 싶었는데 설마 작가님이 후기에서 뒤통수를 치실 줄이야…… 진심으로 감사드립니다. 이러다가 정말로 후기에 영양가가 있는 내용은 아무것도 못 넣을 뻔했거든요. 흑흑.

『완전 금속 소동』

이건 아주 간단합니다. 그냥 단어 하나하나를 영어로 직역하시면 되거든요. 이 작품과 같은 후지미 판타지아 문고 출신 작품이자 라이트노벨 업계에서는 그야말로 전설과도 같은 명작이지요. 저도 개인적으로 제 인생에서 가장 인상적으로 읽은 라이트노벨을 꼽자면 반드시 열 손가락 안에 넣는 작품이기도 합니다. 아마 조만간 애니메이션 신 시리즈도 나올 예정이라고 하더군요. 마침내 레바테인이 영상 매체에서 움직이게 될 날이 온다고 생각하니 정말 감개무량합니다(슈퍼로O대전? 반프레스토, 너희는 나에게 실망감만 줬어!).

『올바른 백(白)』

죠죠의 기묘한 모험 3부의 등장인물인 장 피에르 폴나레프의 명대사에서 나온 말입니다. 사실 전 딱히 죠죠러는 아닙니다만, 라이트노벨에서 잘 모르는 패러디가 나온다면 아주 높은 확률로 이 죠죠 시리즈 패러디이다 보니 어쩔 수 없이 참고서 삼아 완독한 케이스입니다. 이건 올바른 선택! 올바른 정의! 정도의 의미로 생각하시면 될 것 같습니다.

변변찮은 마술강사와 금기교전 1

1판 1쇄 발행 2016년 3월 10일
1판 11쇄 발행 2024년 3월 8일

지은이_ Taro Hitsuji
일러스트_ Kurone Mishima
옮긴이_ 최승원

발행인_ 최원영
본부장_ 장혜경
편집장_ 김승신
편집진행_ 권세라 · 최혁수 · 김경민 · 최정민
편집디자인_ 양우연
관리 · 영업_ 김민원

펴낸곳_ (주)디앤씨미디어
등록_ 2002년 4월 25일 제20-260호
주소_ 서울시 구로구 디지털로 26길 111 JnK디지털타워 503호
전화_ 02-333-2513(대표)
팩시밀리_ 02-333-2514
이메일_ lnovellove@naver.com
ㄴ노벨 공식 카페_ http://cafe.naver.com/lnovel11

원제 AKASHIC RECORDS OF BASTARD MAGIC INSTRUCTOR Vol.1
©Taro Hitsuji, Kurone Mishima 2014
Edited by FUJIMISHOBO
First published in Japan in 2014 by KADOKAWA CORPORATION, Tokyo.
Korean translation rights arranged with KADOKAWA CORPORATION, Tokyo.

ISBN 979-11-86906-47-7 04830
ISBN 979-11-86906-46-0 (세트)

값 6,800원

© 2012 Ken Suebashi
illustration Mieharu
Originally published by HOBBY JAPAN

은톨이 그녀는 신입니다. 1~7권

스에바시 켄 지음 | 미에하루 일러스트 | 박정원 옮김

고교 입학을 계기로 어느 학생 기숙사에서
새로운 생활을 시작하게 된 나츠카 타카토.
하지만 그가 쓰기로 한 방은 "명계의 왕"을 자칭하는 소녀
히무로 아야카에게 점령된 후였다!
자신이 머물 곳을 확보하기 위해 타카토는 다양한 수법으로
아야카를 끌어내려 애쓰지만, 천성이 은톨이인지라 쉽지 않은데?

**환수, 괴물, 신화 속의 신들.
인간이 아닌 자들이 모여 사는 도시를 무대로 한
"초(超)일상" 스토리가 막을 올린다!**

데이트 어 라이브 1~12권, 앙코르 1~4권, 머테리얼

타치바나 코우시 지음 | 츠나코 일러스트 | 이승원 옮김

4월 10일. 새 학기 첫 등교일.
이츠카 시도는 평소와 다름없는 일상을 보내고 있었다.
갑작스러운 충격파로 파괴된 마을 한가운데에서 소녀와 만나기 전까지는─

세계를 부수는 재앙, 정령을 막을 방법은 단 두가지.
섬멸, 혹은 대화

정령과 만나게 된 시도는,
세계의 멸망을 막기 위해 데이트로 정령을 꼬셔야하는 운명에 처하게 되는데!?

세계의 멸망을 막기 위한 데이트가 시작된다─!!

ANIPLUS TV 애니메이션 방영 화제작!!